愛吻文創

殿下讓我還他清譽

卷五

三千大夢敘平生 著
蓮花落 繪

目錄

【第一章】

回京城後，學個正經的曲子，好好唱給你聽

三日後。

雲州城如今已成了朔方軍的駐地，京城許久沒有像樣的糧草軍餉，大都靠著琰王府與各方故人的暗中補給。

戍邊軍隊自耕自養，雖然抵禦外敵，卻仍遵從端王昔日將令，不擾平民尋常內外走動，不涉城內百姓與邊境外的牧民往來生意。

天才亮，城門來往的行人裡，過了一輛不起眼的尋常馬車。

雲州城自古叫雲中，戰國時趙武靈王行胡服騎射，向北拓疆，疆至河套而雲中城生。

歷朝歷代，雲中、雁門都是邊境屯兵的重鎮。

朔方軍不入應州城，駐紮在雲州這幾年，固守著疆土的最北端，與西夏和遼人長年對峙，已漸漸同雲州城守軍百姓融在一處。

邊城人雜，最容易混進各路眼線密探。城門守軍正逐個排查文牒路引，看見輛徐徐走過來的馬車，伸手攔住，「何方來的，名字，來雲州做什麼？」

「汴梁來。」景諫早打點妥當，客客氣氣拿出眾人的路引，回道：「同舊友有約，來雲州拜會故人。」

守軍皺了皺眉，抬頭仔細看了一眼風塵僕僕的車隊。

這些年北疆戰亂頻頻，敢來雲州的人已少了許多。也有京中來的，十個有九個都是兩地倒騰貨物的商賈馬販。富貴險中求，世道越亂，這一份利潤便越可觀。故而縱然冒著捲進戰亂喪命的風險，也總有人來做。

由那安逸的京城千里迢迢過來，特地走親訪友的，卻頭一回見。

守軍聽出他的汴梁口音，仔細核對了路引，逐個對照盤查，「亂成這樣，有法子的都往京城

跑，你們倒不遠萬里往這裡來，什麼朋友這般要緊？」

景諫道：「生死之交。」

守軍一愣，握了一遝路引抬頭看他。

景諫壓了心中念頭，不動聲色低頭道：「若核准過了，還請辛苦，將路引用印……」

少將軍說要喬裝入城，不能引人懷疑、不能叫人認出原本身分。誰若被揪出來了，便要繞著雲州城跑整整十圈。

如今雲州城中處處可見朔方軍，景諫遠離軍中數年，被認出來的可能還小些。刀疤等人去歲入冬時才走，此時回來，縱然特意喬裝易容過，若被抓著挨個盤問，也免不得要露餡。景諫牽制著城門守軍，不著痕跡，將身後的車隊侍從擋了擋。

「看你斯斯文文，不像江湖人，也不像從軍的，倒像個教書先生。」守軍將路引拿去用印，順口問道：「如何竟還跟人結了生死之交？」

景諫無奈，笑了笑，「教書先生便不能從軍了？」

「你也從過軍？」守軍有些詫異，抬了頭，上下仔細打量他，「給人當師爺的？」

景諫搖搖頭，「養兔子的。」

「原來是做飯的火頭兵。」守軍失笑，卻又旋即正色，拍了拍他的肩，「菜刀也是刀，從過軍就是好樣的，來這雲州城就算是自己人了。」

日復一日死死扛著西夏的鐵騎，雲州城與朔方軍早連在一處，少年長大了便去從軍，扛不動槍、打不動仗的老兵退下來，城中百姓日子過得再緊，也會設法湊錢接濟供養。

千瘡百孔的邊城，傷痕累累的鐵軍，打斷骨頭連著筋，再難分得清楚。

守軍用力按按景諫肩膀，又看了看引著黑馬的蕭朔，「他年紀這般輕，也從過軍？」

「是我家少主人，如今在京中禁軍供職。」景諫靜了一刻，慢慢道：「此番來雲州城，是替父履約，來接故人回鄉。」

守軍怔了怔，又看了一眼蕭朔。

「好。」守軍笑道：「這些年，朔方軍已被忘了個乾淨……哪個若能叫接回去，好生享福過安穩日子，走了八輩子大運。」

守軍朝蕭朔拱了拱手，視線在一黑一白兩匹駿馬上停了停，不捨挪開。

軍中無人不愛馬，戰馬是命，打眼便知道這兩匹馬是千金難換的大宛良種。

朔方軍苦守這些年，最精細養著的便是戰馬，清水草料都先緊著馬，卻還是缺了個大口子。就連尋常的蒙古馬，騎兵營從上到下搜刮盡，也只能緊巴巴地三五人一匹。

如今的代太守凡事不管，整日裡只想著調回京城，遠遠離開這苦寒之地。城中勉強有幾戶在外面跑商的，湊錢買過兩三次馬，卻畢竟只是杯水車薪。

守軍壓了心中羨慕，嘆了口氣，將路引遞回去，「車裡是家眷？」

「是。」景諫就怕他問這個，捏了掌心冷汗，「路途遙遠，水土不服……」

「難免，這等苦寒之地，我當初來還病了三個月呢。」守軍笑了笑，「城中客棧數不歸樓最好，別叫名字嚇著了。你們若不缺銀子，便去那裡落腳歇歇，好生將養幾日。」

見他並未細加盤問，景諫懸著的一顆心終於稍落，鬆了口氣，「如何叫不歸樓？」

「那客棧老闆姓胡，叫糊塗，嚴太守在時，是嚴太守帳下的幕僚師爺。」此時沒什麼人進城，守軍不急盤查，索性也多說了幾句：「後來嚴太守也走了……這雲州城裡當年的故人，就只剩下胡師爺一個。」

「代太守不用他，他便盡出積蓄開了家客棧，掙來的錢三七分，七成都供養了朔方軍。掛匾

時，我們也勸他別起這晦氣的名字，怪瘆人，他偏不聽。」守軍道：「我們也只好設法幫襯，同來往行腳的多解釋幾句。幸而那客棧的確收拾得極妥貼，日子久了，倒也有不忌諱的願意住。」

景諫回過頭，迎上蕭朔視線，不著痕跡點了下頭，同守軍拱手道謝：「多謝閣下指點。」

守軍擺擺手，挪開路障，示意他們盡快入城。

車隊緩緩朝城門內走，走到一半，守軍又忽然道：「慢著。」

景諫心頭微懸，停步道：「還有何事？」

「你們從京城來。」守軍頓了一刻，低低呼了口氣，又問：「聽沒聽過……雲將軍的下落？」

景諫微怔。

邊城路途遙遠，這幾年又少有與京城的生意往來，山高水深攔著，消息比過去更不暢通。

守軍也知此事不容輕問，只是難得遇上京城來的，又從過軍，便再忍不住，「雲將軍，當初跟著端王爺的，年歲與你家少主人差不多大。」

守軍咬了咬牙，低聲飛快道：「他是一等一的忠良，不是叛逆，是叫人陷害的。我們上次聽人說，雲將軍在京裡叫人抓了……」

「已查清了。」景諫壓住胸口念頭，緩聲道：「皇上降下旨意，昔日的罪也免了。」

守軍眼睛霍地亮起來，「當真？」

景諫點了點頭。

「是那白袍銀甲的小將軍，極俊極厲害的。」守軍追問：「不是旁人？你這消息可是準的？你聽見念詔書了？」

「是。」景諫道：「雲麾將軍雲琅，如今已復職了。」

守軍牢牢盯著他，確認了景諫沒在胡說八道，胸口起伏幾次，抬手用力抹了把臉。

「好……好好。」守軍壓不住喜悅，來回飛快走了幾步，幾乎想要扔下城門回去報信，又生生忍住，「你們在不歸樓等著，我輪值歇了，便請你們喝酒。」

景諫說不出話，抬手朝他一禮。

守軍仍叫天降的喜訊沖得面色脹紅，偏不能擅離職守，焦灼繞了幾個圈，恰好看見個少年背著藥簍入城，一把將人扯住，「白嶺，快回去同不歸先生說，雲將軍如今已叫皇上免罪了！不定什麼時候便會回來……」

「雲將軍是誰？」少年不過八九歲，卻已顯得極老成，冷冷清清抽回胳膊，扯平身上的衣物，「不會有人回來的，這裡不好，他們走了就都不回來了。」

「胡扯！」守軍照他腦袋虛拍了一巴掌，「雲將軍前些年是怕連累咱們，若能回來，肯定會回來找我們！全天下的人不會來，他也會回來。」

白嶺皺了眉，抬頭反問：「雲州城是他的家嗎？」

守軍一愣，頓了下，「這倒不是。」

「雲州城有他要的東西嗎？」白嶺問：「功名利祿，金銀財寶……」

「你這孩子……」守軍一陣氣結，「雲將軍豈會要這些個！」

白嶺冷冷道：「那他為何會回來？」

守軍從未想過這個，他只知道雲琅定然會回雲州城，眼下叫這早熟的少年再三詰問，竟一時答不上來，張口結舌立在原地。

白嶺見他不語，也不再說話，看也不看景諫，背了藥簍走進城門。

守軍回過神，再要叫人，已沒了影子。

車隊已先進了城，看方向是朝不歸樓去了，景諫仍立在城門旁，視線落在那少年身上。

守軍看過去，苦笑著朝他賠了一禮，「先生莫怪……這小子自小沒了爹娘，脾氣古怪些，不是有意冒犯的。」

「雲將軍這些年不回來，是為了不連累我們，我們豈會不知道？」守軍低聲道：「當初端王爺沒了，雲將軍叫人陷害了罪名，京裡頭來的人在雲州城過篩子，處處網羅罪名抓人……那時候不知誰先傳起來的，說抓的這些人都是受雲將軍牽累，我們不辨黑白，心裡也覺得有怨氣過。」

景諫喉嚨發澀，靜了良久才道：「後來如何想透的？」

「能叫雲將軍牽連的人，盡數牽連完了。」守軍道：「這些人裡跑了一個，是應州城原本的守城將軍。」

又有人進城，守軍過去核查了路引，做好標注遞回去，「於是這些人又開始以搜捕這個將軍為由，接著抓人。」守軍臉上透出些木然，「我們那時才知道，胡先生說得對，這些人只是為了抓人……至於找些什麼緣由，無非隨意攀扯一個，拉過來做大旗罷了。」

景諫那時早已被押送京城審訊，他不知道這之後雲州城竟還亂成這般，心底寒了寒，「這樣抓，豈不將雲州城抓空了？」

守軍立了片刻，朝那路障一指。

景諫皺緊眉，細看了看，才看清陳舊的木質路障上有一片不起眼的深色痕跡。

「有一天，雲將軍忽然回來了，沒騎馬，拿了把狼頭刀。」守軍道：「那時我們……心中怨氣未消，裝作看不見，沒去搬開路障。」

「雲將軍叫了三次門，便不叫了，笑了笑，靠在這路障上歇了一陣。」守軍低聲：「我們終於忍不下去，要去搬開路障時，樞密院的人又來抓人了……我們求他進來。」

「已死了那麼多人，沒了那麼多人，我們只剩這一個故人，什麼也顧不上了，只想拚命留住

他。胡先生也聽了消息，痛罵了我們一頓，急著來請他。」守軍靜了良久，輕聲道：「可他卻不肯進來了。」

景諫胸口狠狠一沉，抬頭看著守軍。

「他靠在路障上，握了那柄狼頭刀，守著城門，沒一個人敢近前。」守軍道：「對峙兩個時辰，天色黑透了，樞密院的人終於熬不住，膽怯退走，從此再沒回來。」

「胡先生催我們快去扶雲將軍進城，我們過去時，才發覺血染透了路障，雲將軍雖然仍站著，卻早已沒了知覺。」

景諫說不出話，挪開視線，看著路障上的陳舊血痕。

少年將軍嚇退了居心叵測的宵小，僵冷身形在夜色裡倒下來，無聲無息，跌在匆忙伸出的數雙手臂間。他甚至已再流不出更多的血，也從沒怪過雲州城的怨氣，這股怨氣遠比不上他的自責，他想將命賠出去，一條命卻無論如何都賠不夠。

要他護的人太多，要他做的事，一件摞著一件，不准他死。

連死也不能。

連死都不能。

景諫從不知這些，喉間像是吞了十斤冷沙，澀得厲害，「後來呢？」

「後來胡先生將雲將軍帶去不歸樓，設法調理養傷……雲將軍剛能起身，便偷著走了。」守軍低聲道：「在城門前倒下時，他曾說過一個名字。我們想，雲將軍是不是去找那個人了。」

景諫問：「誰？」

「你先說，雲將軍當真給赦了罪？」守軍不知不覺便和他說了這些話，忽然醒轉，警惕盯著景諫，「莫不是樞密院的人又來套話……」

景諫無奈，摸出一塊鐵牌，遞給守軍。

「龍營！」守軍接過來看了一眼，瞪圓了眼睛，「你是給龍營做飯的？」

「……」景諫點點頭，「是。」

景諫問：「少將軍那時要找誰？」

守軍不很熟悉這個名字，細想了下，道：「……蕭朔。」

五年前，雲州城的城門前，少年將軍耗盡了最後一點力氣。倒下去時短暫醒轉，努力伸手，去握冰冷的月色。

「蕭朔。」雲琅握緊那捧月亮，昏沉沉往懷裡填進去，「蕭朔。」

明月不應人，明月不暖身。

雲琅力竭，鬆開空無一物的手掌，閉上眼睛……

不歸樓下，馬車緩緩停穩。

五年倏忽即過，雲州城已不再復當初的動盪混亂。縱有外敵襲擾，卻因為當年雲少將軍浴血隻身守城兩個時辰，懾得京中再不敢來從背後添亂，軍民齊心，總能應對。

當初門可羅雀的冷清客棧已頗氣派，只有牌匾上的「不歸樓」三個字仍斑駁如故。

小二極有眼力見，笑盈盈遠遠迎上來，高聲報著本店的特色菜，接來客入門，「請請，貴客路遠，只當自家歇腳……」

蕭朔吩咐親兵去安置馬匹，回了馬車前，挑開車簾。

雲琅抱著暖乎乎的野兔，陷在厚實裘皮裡補眠，在眉睫間的輕觸裡睜開眼睛，朝蕭朔笑了笑。

蕭朔伸手，握牢了雲琅的掌心。

雲州比臨泉鎮更北，卻沒了能將人淹沒的漫天黃沙。

天高穹遠，陰山下盡是一望無際的開闊平原，三五場春雨澆過，已開始冒出綠油油的春草。

不歸樓建得高聳氣派，比城牆還高出幾分，在頂層極目遠眺，眼力好的甚至能隱約望見西夏人的營帳。

「少將軍。」刀疤尋上樓，抱了披風過來，低聲道：「雨後風涼。」

「這點風算什麼？」雲琅不以為意，擺了擺手，「我又不是麵捏的。」

刀疤張了張嘴，將話嚥回去，仍立在原地。

「……」雲琅惱羞成怒，「你這是什麼表情？」

「無事。」刀疤忙用力搖頭，「少將軍自然不是麵捏的。」

三天前，少將軍也說過這話，只是那之後便不知為何疑似著了風寒，在車上昏昏沉沉睡了三日，還總要琰王殿下進去幫忙揉腰。

一眾親兵誰不知雲琅一身新傷疊舊傷，生怕少將軍有哪處傷勢發作，又同以往一般強忍著不說，都擔憂得不行。

雲琅叫他憂心忡忡盯著，實在無法，只得抖開披風披上，「小王爺叫你們來的？」

「是。」刀疤道：「飯菜擺好了，還有酒……」

景參軍特意囑咐了不能在雲少將軍面前提酒，尤其不能提壯膽的燒刀子，說少將軍一聽就要犯頭疼腰疼。

刀疤一時說順了，忽然想起來，忙生硬改口：「酒……九種餡的包子。」

雲琅按按額角，「……知道了。」

往事不堪回首，雲琅一時大意，中了蕭小王爺的計，這三日已徹底長了記性，再不輕易沾這亂性誤事的東西。

「外人面前，記得改口。」雲琅轉身下樓，見刀疤跟上來，又額外囑咐：「賭約還在，你們幾個誰若先洩露了身分，叫人認出來，這十圈還是要跑的。」

刀疤忙牢牢閉緊了嘴，跟著雲琅走下閣樓，才小心道：「少……少爺。」

雲琅好整以暇，等他向下說。

「我們不能叫人知道擅離朔方軍的事，要瞞著旁人身分也就罷了。」刀疤攥了攥拳，一口氣低聲道：「您何必藏著？朔方軍年年盼著今日，做夢都想少爺回來。若是知道了您在這兒，整個雲州城與朔方軍都定然要高興瘋了……」

雲琅啞然：「我們為何要提前抄近路過來，為了領著小王爺遊山玩水逮兔子？」

刀疤幾乎已忘了緣由，叫他一問，張口結舌愣在原地。

「雲州、朔州、應州，各方勢力交匯，不知多少雙眼睛盯著。」雲琅道：「在明的是靶子，在暗才好謀劃。」

朔方軍如今將領奇缺，刀疤幾個跟得久了，遲早要放出去獨當一面。

雲琅有意叫他們多想些事，耐心道：「京城往朔州城發兵，消息傳到邊境，最快要幾日？」

「我們有烽火臺，他們也有金雕傳信。」這個刀疤自然清楚，「不說三日，五日也足夠了。」

雲琅點了點頭，「若是信傳到了，他們會作何反應？」

「自然是調大軍壓境頑抗。」這些軍中都教過，刀疤想也不想，答得極快：「我軍長途跋涉，就算到了邊境，軍力也已經疲憊。他們趁我們立足未穩，以逸待勞搶先來攻，就能占住上風……」

刀疤說到一半，自己也不由愣了愣，皺起眉，「不對……」

雲琅道：「不對？」

「道理是兵書上寫的，定然是對的。」刀疤搖頭，「可我們這兩日進城前，才照著嚴太守說的

兵力分布四下探過，還是老樣子，沒有大軍調動集結。」

若說西夏的鐵鷂子都跟著國主陷在了汴梁，國力空虛，倒也可能。但金人素來凶悍，不可能都叫人打到眼前了，竟還半點反應也沒有。

刀疤越想越想不通，皺緊了眉，立在原地。

雲琅撚了下袖口，將披風攏了攏，「金人也在等……他們在等誰？」

刀疤知道雲琅定然不是在問自己，閉牢了嘴，不打攪少將軍思慮，悄悄往擋風的地方站了站。

雲琅在不歸樓頂站了半晌，便是在想這個。他已大略有了念頭，只是此時尚無印證，還需再設法探查清楚。

總歸此事仍要幫手，尚急不得一時。倘若這三座邊城當真如嚴離所說，是個等人踏進來的套子，誰隱得更暗，誰手中的底牌與成算便更多。

雲琅斂了心神，看見刀疤神情，不由失笑，「倒也沒緊張到這個分上……」

話音未落，樓下忽然傳來陣鬧哄哄嘈雜聲，人喊跑動間，竟還隱隱雜著「快抓」、「不可放他跑了」的話音。

刀疤臉色一變，要往樓下趕過去看情形。雲琅卻比他更快，不見如何動作，披風落定，人已站在了階下。

蕭朔走上來，迎上雲琅視線，搖了搖頭，「無事。」

這次輪到雲琅也微愕，「你在這兒，下面抓的是什麼？」

蕭朔：「……」

雖說如今雲州城內，歸根結柢就只他一個生面孔，雲少將軍的不放心也未免直白得太過了些。

蕭朔看了看雲琅攏在袖中的雙手，將暖爐遞過去，「兔子。」

雲琅險些沒聽清，「什麼？」

「你那兔子不知怎麼跑了，在樓下亂竄，啃了店裡的藥草，景諫在帶人追。」蕭朔道：「苦主來尋，說是兔子咬壞了一株百年的野山參，要我們賠償。」

雲琅攏著暖爐，若有所思，朝樓下望了一眼。

眾人忙著捉兔子，來回亂成一團，廊間稍靜處立了個冷著臉的半大少年。

果然是他們進城門時看見的那一個，背著藥鋤，懷裡抱了棵已有顯眼破損的野山參。

雲琅看清了那棵山參，心下有數，同蕭朔一併過去，「要賠多少？」

「不多。」蕭朔道：「一千兩銀子。」

雲琅腳下一絆，匪夷回頭，看著這話說出來半分不虧心的蕭小王爺。

「琰王殿下。」雲琅站定，「有件事我得提醒你……你我如今在一個玉牒上。」

蕭朔罕少被他這麼叫，微蹙起眉，點了下頭。

「生同衾，死同穴。」雲琅：「有福同享，有難同當。」

「自然。」蕭朔低聲：「你要說什……」

雲琅：「琰王府的銀子，有你的一半，也有我的一半。」

蕭朔：「……」

雲琅實在看不下去蕭小王爺這般聽憑敲竹槓的架式，走到那少年面前，將山參接過來，「這是兔子咬的？」

少年攥緊了拳，僵立半晌，別開視線道：「是。」

「一株野山參，不值這麼多銀子。」雲琅看他一陣，將手中山參遞還回去，輕聲道：「你為何要一千兩？」

「不要一千兩也可。」少年咬了咬牙關，這次說得流暢了許多，顯然早已打好腹稿，「我是要拿這山參跟人換馬的，一匹馬要這麼多錢。叫你們弄壞了，馬便換不成了。」

少年摘下褡褳，一併遞過去，「我這山參給你們，我還攢了十五兩銀子……買你們一匹馬。你們若不同意，便只能報官了。」

雲琅看著他，眉峰微蹙了下，沒說話。

少年站在他的視線裡，只覺從頭到腳不自在，橫下心沉聲道：「天理昭昭，莫非你們要恃強凌弱，將此事賴過……」

他話未說完，蕭朔已走過來，將褡褳推回去，「馬已有主，不能賣給你。」

少年臉上白了白，攥緊了褡褳，咬牙閉上嘴，面紅耳赤立在原地。

「既有人同意與你換馬，想來這山參值這個價錢。」蕭朔靜看他一陣，慢慢道：「你既要一千兩，便……」

雲琅：「蕭朔。」

雲琅的聲音不高，只兩人間聽得清。蕭朔話頭微頓，抬眸看向雲琅。

「照你這麼教，孩子是要長歪的。」雲琅無奈，笑了笑，「他這麼小，你不能教他為了什麼事都能不擇手段。」

蕭朔微蹙了下眉，若有所思，沒有開口。

少年臉色忽然變了變，打了個顫，臉色徹底蒼白下來。

「我知道。」雲琅半蹲下來，與少年視線一平，緩聲道：「你開價一千兩，只是為了報出一個你認為我們定然會回絕的高價，逼我們選另一種辦法，將馬賠給你。」

「我還給你們銀子的。」少年死死攥著拳，他身上已開始微微打顫，仍盡力站直，「我有十五

兩銀子，還有山參，這山參……」

「這山參是你從陰山北面的谷坡裡採的，那裡林深樹密，土地扎實，山參長得也比別處好，最為大補。」雲琅道：「只可惜你採了山參，卻因為路滑坡陡，摔了一跤，不小心將這參磕破了。」

雲琅看了看那一處山參上的破損，「品相壞了，價錢便要折半，連十兩銀子也賣不出……你有十五兩銀子，可最便宜的駑馬，也要二十五兩。」

少年臉色慘白，眼底灰暗下來，死死瞪著他。

雲琅問：「你要買馬做什麼？」

少年嘴唇動了動，將山參死死抱進懷裡，扭頭便走。

「站住。」雲琅起身，「裝兔子的竹籠，是不是你做了手腳？」

「不要你們賠了！」少年急著走，聲音有些尖利：「一隻兔子罷了，值什麼……」

「值一片心。」雲琅道：「那兔子是有人送我的，我要好好養著，給牠找清水，割嫩草。」

少年聽不懂，莫名看了他一眼，還要再走，卻已被刀疤魁梧的身形攔在了眼前。

「設局訛詐、毀人財物，都有律法。」雲琅道：「你方才說要報官，我們也可報官來判。」

少年在刀疤手中掙扎，眼中終於透出慌亂，緊閉了嘴，絕望地瞪向雲琅。

「若要私了也可，找你們胡掌櫃來，我有話同他說。」

雲琅笑了笑，「放心，不是說你的事。」

「你到底要幹什麼？」少年終於再繃不住，嘶聲道：「是我不對，要打要殺隨你們！總歸你們也懂不了，不必這般戲弄折辱於我……」

「我為何不懂？」雲琅道：「我還知道，你雖然站著，兩條腿都已叫北谷坡下的碎石磨爛了，若不及時敷藥，要拖上十天半月才能勉強收口。」

少年怔住，緊緊皺了眉，仍盯著他。

「日子再不好過，也沒到不擇手段的時候。」雲琅問：「在城門口，我聽見守軍叫你白嶺，你父親叫什麼？」

少年一繃，剛稍緩下來的眼底便掀起分明抵觸，冷冷挪開。

雲琅也並不追問，示意刀疤將人帶走敷藥，同一旁面如土色的茶博士道：「人我帶回去上藥，若要人，勞煩你們胡先生親自過來一趟。」

茶博士已嚇得不敢開口，不迭點頭，一溜煙飛快跑了。

雲琅抱著懷中的暖爐，立了一刻，察覺到身旁的熟悉氣息，朝蕭朔笑了下，「兔子沒把飯菜也啃了罷？」

「是我想得不夠周全。」蕭朔道：「論教導孩子，我不如你。」

「……」雲琅從方才起便覺得這話不對勁，下意識摸了摸子虛烏有的一對龍鳳胎，乾咳一聲，「我也不會，全是跟先皇后瞎學的。」

當年先皇后對他固然疼愛，該嚴厲的地方卻絲毫不含糊，哪怕只一點點錯處，若涉及立身處世根本，也要重罰，罰到他徹底想清楚為止。

蕭小王爺能止京城小兒夜啼，這脾氣卻分明隨了先帝，縱然叫一層殺伐果決的冷漠殼子罩著，內裡的寬仁卻還是下意識反應出的本能。

「我知你也看出來了，只是不忍心。」雲琅笑了笑，「畢竟是故人之子。」

在城門口，看見那少年的古怪反應，兩人心中其實便都已猜出了大概。

尋常民間的半大少年，既不曾及冠，又沒有就學拜師，罕少有不喊乳名，卻有個這般正經的學名的。不歸樓這名字固然奇怪，開客棧的人姓胡，連在一處，意思便已再明瞭不過。

式微，式微，胡不歸。

這不歸樓本就不只是開給生人的，那些埋骨他鄉的客魂，日日夜夜，有人在等。

「龍營副將白源，動轉輕車都尉。」雲琅輕聲道：「說實話，我現在就想回朔方軍……去他的陰謀陽謀，活著的人死了的人，痛痛快快喝一場。」

當初雲琅剛回王府，兩人合計去醫館養傷時，景諫來質問雲琅，曾提過一次。

被拘禁在京中的朔方軍將領，關在大理寺地牢，在審訊裡沒了七八個。

輕車都尉叫人拖來十幾張草蓆，乾淨的留給活著的人睡，最破爛的一張，拿來裹自己的屍首。

蕭朔抬手，在披風下撫上雲琅微繃的脊背。

「就是想想。」雲琅搓了把臉，笑了笑，「這些年你都忍得住，我若忍不了這一時，也太沉不住氣了。」雲琅呼了口氣，「回頭將銀子給胡先生吧，從我帳上出。」

少將軍在府上任意花銷，根本不曾做過帳。蕭朔靜了一刻，默記了回去找老主簿補帳本，點了點頭，「好。」

「在龍營時，我與白大哥也如兄弟相處。」雲琅道：「他的後人，也算是我的侄子。」

蕭朔：「……」

雲琅看他反應不對，有些莫名，「怎麼了？」

「無事。」蕭朔平靜道：「只是想知道，我在北疆散落了多少素不相識的兄弟手足。」

雲琅咳了一聲，沒繃住，扯起嘴角樂了下。

縱然沒有這一齣，琰王府撫恤接濟的銀兩也是要送過來的。只是今日出了這一樁插曲，事情便還需再仔細斟酌。

雲琅眼下沒心思斟酌這個，深吸口氣，按按眉心，「行了，此事揭過……」

「有我安置，回頭整理出章程名冊，給你過目。」蕭朔接著道：「邊疆平定後，我陪你去祭他們的英靈。」

「什麼名分？」雲琅笑了笑，有意刁難，「我是他們的少將軍，你——」

「帳下先鋒。」蕭朔道：「將軍家室。」

雲琅沒能難倒他，得寸進尺，順勢調戲少將軍的家室，「笑一個。」

蕭朔抬眸，學著少將軍的架式，也抬了抬嘴角。

雲琅微怔。

「你此時笑起來，便是這樣。」蕭朔視線靜靜攏著雲琅，輕聲道：「你心裡若仍不痛快，我陪你去跑跑馬。」

他不說此事還好，一說跑馬，雲琅後腰就應聲扯著往下一疼，切齒照蕭小王爺戳過去兩柄鋒利眼刀。

「……」蕭朔：「啊？」

「跑什麼馬？」雲琅磨著後槽牙，「我現在就想趴著，讓琰王殿下給我按按腰。」

若不是蕭小王爺自己提起來……他幾乎忘乾淨了。

雲琅到現在都沒想通，這世上就算酒量再有限的人，怎麼就能一碗酒活活醉了三天的？

還是白天安頓防務、巡查各處一切如常，一到夜裡，酒勁便又自動上門找回來？

這世上哪有這麼懂事的燒刀子？

雲琅前三天叫蕭小王爺迷了心竅，說什麼信什麼，此時清醒過來，幾乎懷疑自己這幾天叫人下了降頭，「你那是十八摸？八十摸都不夠吧？我就該跟兔子學一學蹬鷹……」

蕭朔耳後滾熱，他實在聽不下去，伸手牽了雲琅，低聲道：「今夜好睡，絕不擾你。」

雲琅很不滿意，悻悻道：「野兔蹬鷹，野兔擺腿，野兔頭槌……」

「見你半夜翻看，便沒收了的那本兵書。」蕭朔沉默了片刻，「回去便還你。」

雲琅摩拳擦掌，「野兔連環十八爪……」

「回京城後，」蕭朔道：「學個正經的曲子，好好唱給你聽。」

雲琅沉吟著立在原地。

蕭朔低頭，輕聲：「少將軍？」

雲少將軍方才牽動心神，此時胸口難受得走不動，警惕掃了一圈，見四下無人，終於放開，「抱我回去。」

蕭朔垂眸，伸出手。

雲琅斂起披風，蹦進了蕭小王爺的懷裡。

◆

胡先生聽了茶博士報信，匆匆趕上樓，敲開了天字型大小上房的門。

外間桌上的飯菜已用去大半，只剩下些殘羹冷炙。少年白嶺叫人捆在椅子上，連雙腿也牢牢綁著不准動，臉上脹紅深埋了頭。

幾個家將都身形魁梧，凶神惡煞，叉著手守在一旁。

「南門入城，說是從京城來赴約訪友的。」茶博士追著掌櫃一路過來，停在門口，低聲報信：「兔子是他家仲少爺的……他家仲少爺身子好像不算很好，入城時都坐的馬車。那兔子聽說是人送的，寶貝得很。窗邊打棋譜的，穿黑衣那個，是他們家少主人。」茶博士悄聲道：「此事是他們家

仲少爺計較，若論當家，只怕還是少主人說了才算。」

胡先生細看了看屋內情形，沒立刻說話，先同管家打扮的景諫見了禮。

茶博士親眼看著那時陣勢，雖不曾盡然聽清楚幾人說了些什麼話，卻也知道白嶺理虧，有些心焦，「您快給說上幾句好話，若他們拖了白嶺去報官……」

胡先生淡聲道：「為何不能去報官？」

茶博士怔住。

白嶺叫這些人捉了回來，說得清楚，不見酒樓掌櫃便不放人。

他急著找掌櫃來解圍，是想設法周旋，儘快將白嶺換出來，卻全然沒想到胡先生會問出這樣一句話。

白嶺臉上脹紅褪淨了，蒼白得像是更冷了一層，漆黑眸底最後一點光也熄盡。

少年垂著頭，坐在椅子上，始終繃著的肩膀一分分塌下來，叫繩索深深勒進去。

「胡先生！」茶博士回過神，急道：「白嶺好歹也算是咱們不歸樓的人，縱然不懂事闖了禍，回去要打要罰再論。如今咱們城內的情形，報官豈是好受的？」

「原來不好受。」胡先生點了點頭，「起初咬定人家的兔子毀人財物，嚷嚷著要報官的，莫非不是我們不歸樓的人嗎？」

茶博士張了張嘴，沒能出聲，無力向屋內望了一眼。

蕭朔此時終於自黑白棋子間抬頭，像是才聽見門口動靜，視線掃過來。

「少主人。」景諫適時上前，「客棧掌櫃來拜訪，想帶人回去。」

蕭朔取了枚棋子，落在棋盤上，「現在還不行。」

蕭朔看了看門口的胡先生，稍一頷首作禮，同景諫說了幾句話。

「……我們少主人說，仲少爺原本有話同先生說，只是受方才之事攪擾，有些不適，需靜臥修養。」景諫回了門口傳話：「此時不便，先生請回。」

胡先生皺了皺眉，「可要緊嗎？客棧有一味寧神湯，對調養心神好些。」

景諫搖了搖頭，「歇一歇便不要緊了。」

這樣攔在門口，雖不明說，也已是半個送客的架式。

茶博士生怕白嶺闖了大禍，聽說那體弱的仲少爺不要緊，心頭才稍稍落定，跟在胡先生身後，向屋內看了看。

窗邊主人坐得遠，身形叫窗外日色晃得看不大清，只遠遠模糊聽著語氣頗平和，像是性情和緩溫善。倒不像那一眼看出端倪的仲少爺般，縱然笑著說話，那一雙眼睛裡的清冽鋒銳也叫人心頭寒顫莫名。

茶博士又生出一線希望，扯扯胡先生，低聲道：「白嶺好歹也算是您的學生，他是為了什麼您分明也是清楚的。這家主人看著寬和，若是能好好解釋……」

「自然該來解釋。」胡先生抬頭，朝門內道：「閣下可准允我說幾句話？事情說清了便走。」

景諫稍一遲疑，回頭望了望蕭朔。

少將軍與王爺打賭，是對城中眾人瞞著身分，這一位昔日嚴太守帳下的師爺卻不算在內。雲琅過幾日要做的事，不少還要這位胡先生幫忙打點。

今日藉題發作，要客棧掌櫃親自過來領人，原本也有將身分攤牌的打算。

只是如今局勢亂成這樣，人人立場都不分明。卻也不能上來什麼都不問，便全無提防，和盤托出。景諫尚在遲疑，蕭朔已放下棋子，隨手拂亂棋局，抬眸看過來。

「今日之禍，由貪欲而起。」胡先生道：「白嶺採來的山參品相不好，沒能賣出高價。回客棧

時，恰好見了安置兔子的竹籠，心生邪念，便設法悄悄將竹籠弄壞，縱走了兔子。」

茶博士聽得瞪圓了眼睛，「掌櫃的……」

胡先生不為所動，也不看被綁著的白嶺一眼，繼續道：「趁堂下亂成一團，又謊稱兔子咬壞了山參，以此訛詐，甚至不惜以報官恐嚇脅迫。」

白嶺眼底浮起些絕望，牙關咬得咯咯作響，每聽他說一句，臉色就更慘白一分。

「二位將他帶回來，綁住雙腿，是為了不再扯裂敷過藥的傷口，以快些好轉。這一桌菜並不是汴梁風味，想來二位也沒有這樣好的胃口。」胡先生道：「詭計害人在先，受人一藥一飯之恩在後。仍不生悔意，不見愧色，心中竟仍憤懣不服，不知好歹。」

「掌櫃的，」茶博士實在聽不下去，攥了攥拳，訥聲插話：「白嶺沒有壞心，他做此事，也是為了……」

「不論為什麼。」胡先生道：「也不能為了做成事，便忘了該如何做人。」

白嶺狠狠打了個顫，臉色慢慢灰敗下來。

「養不教，父之過。父母不在，師者代之。」胡先生平靜道：「白嶺做出此等劣行，是師長不曾教導好，我既是他的老師，自然該在此給二位公子賠罪。」

胡先生上前一步，伸手斂起衣襬。

白嶺原本已灰敗冰冷得幾乎成了個淡漠的影子，此時卻忽然出現了分明裂痕，他瞪圓了眼睛，幾乎難以置信，忽然死命掙扎，「先生！」

少年太單薄瘦弱，縱然豁出命一般掙，也輕易被家將單手制住。

白嶺打著哆嗦，嗓子發不出聲，哀求地看著胡先生。

胡先生神色仍極平靜，望了他一眼，收回視線。

白嶺沒能在那一眼裡看見任何責備，冷意卻反而自骨縫間刺出來，叫刀疤牢牢按著，啞了嗓子哀求：「我該死，我知錯了，你們砍了我吧，送我去報官也行，別……」

胡先生在門前拜下去，雙膝未及觸地，卻已被一隻手穩穩阻住。

胡先生微怔，視線循著那隻手抬起來，落在眼前人身上。

蕭朔命人收了桌上殘羹冷炙，示意親兵將白嶺也一併帶走，重新上了熱茶，「請。」

胡先生皺了皺眉，看著屋內情形。

他其實已看出些蹊蹺，此時在門口遲疑片刻，還是不曾多說，舉步進了門。

茶博士跟在胡先生身後，原本也想進門，卻見那些壯碩魁梧的家將已俐落動身，不用吩咐，悄無聲息出門，散開守在了門外。

哪怕一個全不懂陣勢的人來，也能看得出這些人挑的位置極為精妙。

處處連環相扣、密不透風。彼此守望，無論誰想靠近窺伺，都要結結實實挨上一把鋼刀。

茶博士掃見那鞘中洩出的雪亮刀光，只覺頸後嗖嗖發冷。他徹底沒了膽子，向門外退出幾步，裹著嚇出的一身冷汗，逃下了樓。

客房內，胡先生看著不知何時關緊的門，眉頭徹底蹙緊。

「恩威並施，攻心為上。」蕭朔回到桌前，「不歸先生好治軍手段。」

胡先生始終平靜的表情凝固了片刻，垂在袖中的手動了下。

蕭朔轉身去倒茶，才碰到茶壺，袍袖忽然翻轉，已將三枚朝頭頸射過來的飛蝗石盡數斂落。

塗了毒的飛蝗石落在地上，骨碌碌滾了幾滾，滾在胡先生微縮的瞳孔裡。

蕭朔取了布巾，隔開手，將飛蝗石逐顆撿起來，「教你這飛蝗石的人，沒有用毒的習慣。」

胡先生並不回答他的話，怔怔盯了那飛蝗石半晌，闔眼苦笑。

「不是什麼要命的毒……若僥倖擦破了皮，能叫人昏沉幾個時辰罷了。」胡先生走到桌旁，束手坐下，「算不如人，願賭服輸。」

「你並非算不如人。」蕭朔道：「今日若非白嶺出事，你也不會急著趕來見我們。」

車隊一入雲州城，便已叫幾雙眼睛無孔不入地盯上，其中一路正是由這不歸樓來的。

雲琅說得不錯，此時這邊境三城內，在明在暗天差地別。

胡先生原本隱在暗中，卻先被門口守軍提及，後受白嶺牽連不得不出面，已徹底走到了他們的視野之中。

「你要救白嶺，又不能使手段，引起我們懷疑。於是以退為進，索性將事情盡數挑明，代其受過。一來是管教此子，叫他長些記性，二來也希冀於我等受此坦蕩之舉感懷，抬手放人。」蕭朔倒了盞茶，推過去，「若非有此變故，你我各自隱在暗中，交手幾次，勝負未必分明。」

胡先生靜聽著他說，神色重新緩緩歸於平靜，閉了閉眼。

「事已至此，何必再論輸贏勝負。」胡先生接過茶水，笑了笑，眼底滲出些苦澀黯然，「龐家蟄伏隱忍這些年，後人裡竟還藏著這般天縱之才，一放出來就是兩個……」

蕭朔微奇，「你當我二人是龐家的？」

「難道不是？」胡先生抬起頭，視線驟然冷下來，「京中近來風雲驟變，雲將軍平叛有功豁罪，與琰王一併領兵來收朔方……太師府龐家與樞密院勾結，往軍中硬塞參軍不成，七日前已派了本家子弟日夜趕赴雲州城。」

「如今雲州代太守龐轄，是龐家旁支，尸位素餐，廢物而已。」胡先生沉聲道：「待主家人一來他便會交權，到時雲州城亂，矛頭所指定然是朔方軍。」

他說這些話時，雖仍是尋常布衣裝束，卻已透出隱隱冷沉殺意。

蕭朔擱下手中茶盞，視線透過竹簾，同內室裡坐在榻上的雲琅對了對，彼此竟都有些啞然。

雲琅走的這條近路，尋常人不清楚，清楚的人又叫他們攔截，被泥石流一舉沖垮，盡數留在了洛水河谷。原本只想比大軍提早到些，事先應對城中暗潮，替後續戰事掃清障礙也就夠了。

卻不想到得太早，竟還先了處心積慮的太師府龐家一步。

景諫立在一旁，也覺啼笑皆非，細想了下忽然明白過來，「白嶺也以為我們是龐家的？」

「此事與白嶺無關。」胡先生擰緊眉，沉聲道：「要打要殺任憑諸位處置，稚子年幼無辜，還請高抬貴手。」

景諫一腔話說不出，搖搖頭，無奈苦笑。

若當他們是龐家人，白嶺這一番少年人盡力周密的算計，被雲琅問到父親時的分明敵意抵觸，就都有了緣由。只是若白嶺也知道此事，真當他們是龐家人……

「胡先生教弟子，太過縱容了些。」蕭朔道：「平日不加管教便也罷了，若我等真是太師府所出，他今日衝動之舉，無異陷你於死地。」

胡先生苦笑了下，垂了視線。

蕭朔坐在桌前，視線落在他身上，眸底忽然微微一動，抬頭朝內室裡望過去。

胡先生見他總往身後看，縱然心中黯然，也終歸忍不住跟著回頭，「閣下在看什麼？」

「無事。」蕭朔收回目光，「我派人查過你的底。」

胡先生並不意外，無奈笑了笑，「我的底並不難查。」

「不容易。」蕭朔搖了搖頭，「你是上任雲中太守嚴離的師爺，姓胡，城中人都說你叫糊塗……嚴太守獲罪罷免後，你便傾家財開了這座不歸樓，暗中支持朔方軍。」

胡先生問：「這些還不夠？」

「不夠。」蕭朔道：「糊塗好活人，糊裡糊塗，沒人再追究過胡先生是誰。」

景諫立在一旁，聞言愕然抬頭，視線倏地釘在胡先生身上。

胡先生是嚴太守帳下的人，雲中城裡人人清楚，他們再三打探，也並沒打探出更多的消息。

就連雲琅也只隱約知道，這位胡先生並非只是面上這般弱不禁風的文人書生，身上也有功夫，特意提醒了蕭朔小心留神。

胡先生坐了一刻，他的身形幾乎有些僵硬，慢慢活動了下手指，「閣下說這話，我聽不懂。」

「我們來早了。」蕭朔道：「你既先入為主，認定我們是龐家人，城門口的守軍同我們說的話，想來也是你提早特意安排。」

胡先生沒有開口，握了茶盞，抬頭看著蕭朔。

「現在想來，你是故意走這一步。」蕭朔道：「你的不歸樓暗中接濟朔方軍，原本也藏不住，早晚會查出來……你主動走到我們眼前，恰恰是甘願做這一局中的棄子，牽制我等視線，叫我們先來對付你。」

蕭朔抬起視線，落在胡先生身上，「你還調了朔方軍？如今有幾個強弩手對著這一間上房？」

「朔方強弩，無堅不摧。」胡先生眼尾微微縮了下，緩聲道：「閣下彷彿……並不害怕。」

「既是朔方軍，定然軍紀嚴明，不見號令不會出手。」蕭朔道：「你最好叫他們退去。」

「為什麼？」胡先生苦笑，「就因為你們自稱不是龐家來的？」

蕭朔搖了搖頭，「因為他們若不快走，來日也要繞雲州城跑十圈。」

「……」胡先生：「啊？」

景諫一時沒撐住，嗆咳了兩聲，急清了幾下嗓子站直。

「你豁出命也要護住朔方軍，若說只是因為做嚴太守幕僚時，與朔方軍有過交集，雖也說得

通，卻終歸牽強。」蕭朔仁至義盡，並不多勸，話鋒一轉：「直到方才，我仍想不通你是誰。」

「天下人……凡尚有血氣的。」胡先生嗓子有些啞：「都會護住朔方軍。」

「天下人卻並非都有斷腸草。」蕭朔看了看那三顆飛蝗石，將一顆投進茶盞裡，「胡蔓草，宮中稱鉤吻。外用能致人昏沉，適量服下可現假死象，脈微氣絕，以假亂真。只是服用之人要生熬腸斷之痛，故而又稱斷腸草。」

斷腸草曾經只在宮中有，後來年深日久，宮中也漸漸沒人再用。

他當初困在文德殿，曾與侍候父王的洪公公要過一次，洪公公卻只說這東西已沒了，不曾告訴他究竟給了何人。

「佑和二十九年，禁軍城西門的值守本冊裡，曾允過一隊人扶靈回鄉。」蕭朔抬眸，「守門兵將細查過，那人氣息心脈俱絕，以破草蓆勉強包裹屍身，由一輛驢車拉了口薄皮棺材，要歸雲州城下葬。」

景諫原本立在一旁凝神細聽，此時忽然錯愕抬頭，盯著相貌陌生的胡先生張了幾次嘴，沒能出聲。內室竹簾被人挑開，雲琅披了件墨色的外衫，攏著暖爐倚在門沿。

蕭朔與他的視線交會，稍一頷首，「我聽人說，胡先生來做嚴太守幕僚，是在七年前。」

「七年前……端王離開朔方軍，交出兵權，回京執掌禁軍。」

「那時端王已有意奪嫡，心知凶險，為保穩妥，還留在了北疆許多心腹。若他日不幸事敗，一來，留下的人守著朔方軍，鎮著北疆邊城。」蕭朔：「二來……等一個人。」

「兩個人。」雲琅笑了笑，「醒醒，你又不真是我大侄子。」

他一開口，胡先生臉色便驟然劇變，霍然起身回頭。

「胡先生藏得隱祕。明裡仍在朔方軍中有軍職，暗裡移花接木，易容更名，在嚴太守帳下做

師爺……如此一來，他日縱然有人對付朔方軍，也還有個身分可用來假死還生。竟連我也沒看出來。」雲琅同他笑了笑，「若你今日不用這三顆飛蝗石，我與小王爺還認不出……」

胡先生牢牢盯著他，反覆上下掃視了幾次，顧不上旁的，先啞聲問：「你身子如何了？」

雲琅微頓了下，停住話頭。

「你身子如何了？」胡先生急道：「誰叫你來北疆的！你這些年的傷養好了？當初走的時候怎麼同你說的！雲州城，朔方軍，我們死活能替你守十年，叫你別急別急別往死裡逼自己……」

雲琅閉了閉眼睛，笑了下，好聲好氣認錯：「白叔叔。」

胡先生被他叫破身分，打了個顫，立在原地。

「猜到了先生與朔方軍有關，再要排查，便好查得多。」蕭朔起身，緩聲道：「父王走時，端王府的故人，大致三成留在了朔方。」

比如原本在端王府的幕僚，龍營參軍景諫。

比如動輒回來接著帶兵打仗，在這敕勒川下，槍尖指處任意往來的少將軍雲琅。

……比如。

「我反覆回想數次，龍營的副將裡只有一位書生將軍。原是父王幕僚，投筆從戎鐵腕治軍，助父王肅清朔方，一掃軍中舊日陳腐混亂。」蕭朔：「姓白，動轉輕車都尉。」

【第二章】

軍中情誼，是如何也瞞不住的

龍營副將，輕車都尉白源。

昔日樞密院為奪軍權，藉搜捕逆犯為由大肆清除異己，將朔方軍中叫得上名字的將領幾乎抓了個空。

琰王府在京周旋，盡力回護，只是人力終歸有限，到底折進去了七八個。

這些年來，所有人都以為，輕車都尉早已殞命在了大理寺的地牢裡。

「式微，胡不歸。」蕭朔垂眸，「先生問英靈，問故人，也日日詰問己身。」

胡先生立在桌前，他像是一瞬叫些極遙遠的過往所懾，視線竟有些茫然，在幾人間轉了轉。

蕭朔退開半步，一揖及地。

胡先生匆忙上前相扶，強壓胸中翻湧，低聲道：「是……世子？在下白長了一雙招子，愧對先王，竟不曾認出……」

「白叔叔。」雲琅看熱鬧不嫌事大，倚了門笑道：「你這眼睛不中用，不止沒認出小王爺。」

胡先生攙住蕭朔，不肯受他大禮，聞言微怔了下，回過頭。

房中已再無旁人，蕭朔與雲琅既然能放心道破此等大事，縱然旁聽的，也定然是信得過的朔方軍中故人。

胡先生遲疑了下，視線落在易容過的景諫身上。

景諫叫心緒激得眼底通紅，按了身側佩劍，上前一步。

雲琅抬手將他攔住，好心提醒：「十圈。」

「如今還算？」景諫微愕，站定了低聲商量：「白大哥都已招了……」

「雖說招了，可還沒認全人。」雲琅道：「我們要瞞過那位代太守龐轄、要瞞過城中的各方眼線，就要先連自家人也瞞過去。」

景諫無奈笑笑，「瞞旁人不難。戰友袍澤，肝膽相照，如何瞞得過？」

景諫萬萬不曾想到輕車都尉仍在人世，此時胸中激蕩成一片。他一心想問清這些年的事，偏偏叫雲琅攔著，只得耐心悄聲解釋：「少將軍專心打仗，卻不知這軍中的情誼，縱然隔了多年，是無論如何也瞞不住的。」

「城門守軍……」胡先生慢慢道：「的確曾來報過。」

景諫目光一亮，抬頭看過去。

他二人低聲說話，胡先生站得遠，聽不清，皺了皺眉，又細看了看景諫。

胡先生：「進門的車隊裡，有個昔日在龍營做飯的。」

景諫：「……」

「我那時與火頭軍不甚熟悉。」胡先生道：「在軍中時，大都是去蹭少將軍的小灶。」

景諫：「……」

胡先生誠懇道：「好漢不問過往，英雄不問出身……」

雲琅點點頭，虛心受教，「軍中情誼，是如何也瞞不住的。」

「……白源！」景諫切齒，甩袖子殺過去，「走！」

景諫怒從心中起，惡向膽邊生，扯著他同歸於盡，「管你跑不跑得動！今日若不拖著你繞雲州城跑十圈，我就不……」

胡先生忽然放聲笑起來，他顯然已太久不曾這樣大笑過，笑意滲進眼角的細紋，連眼底也透出久違的亮光。

白源向前一步，伸出手，用力抱住他。

景諫愣住，抬起頭。

他仍易著容，此時與原本長相沒有半分相似，卻已徹底忘了乾淨，只定定看著同樣面目全非的袍澤故人。

「你瞞得比我好。」白源闔了闔眼，低聲道：「方才在門前，我當真不曾認出你，同你搭話，是設法試探你那塊龍營鐵令的來處……」

「式微，式微。」白源輕聲：「故人如夢歸。」

景諫怔怔立了半晌，苦笑了下，不再開口，用力抱回去。

「景兄弟。」白源抱緊他，「你還活著……真好。」

景諫沒能將身分瞞到最後，死死抱著輕車都尉，儀態全無地痛哭了一場，才堪堪將拋在腦後的賭約重新想起來。

雲少將軍賞罰分明，笑吟吟送景參軍黑著臉出門，繞雲州城轉圈去了。

雲琅叫胡先生扯去靜室，凝神診了半天的脈，又從頭至尾將用藥調理細細問過一遍。回房時，客棧已重新將兔子好好送回來，又一併補了滿桌熱騰騰的飯菜。

「好香。」雲琅推門進來，看見仍在窗邊打棋譜的蕭小王爺，不由笑道：「這也等我？你先吃就是。」

蕭朔擱下手中棋子，起身過去，接了雲琅解下的披風。

方才將小白嶺帶回來上藥，雲琅看出他已有幾日不曾好好吃過東西，半哄半激，騙得少年洩憤一樣風捲殘雲，一桌飯菜大半進了白嶺的肚子。

見了故人仍在，大悲大喜下心頭釋然，餓勁竟也在此時追了上來。

「龐家人與自家人，待遇的確不同。」雲琅俐落淨了手，坐在桌前，等著小王爺開飯，「方才還是烤魚野雞、野菜團子手撕餑餑，如今就成了雲英麵、梅花包子，連冰雪冷元子和荔枝膏竟也能

做了。」

「胡先生說，你在北疆雖久，卻不慣這邊的粗獷飲食。」蕭朔道：「父王起初治軍嚴明，營中將兵上下一視同仁，不准你私開小灶。你不服氣，竟十日絕食以抗……」

「沒有。」雲琅訕訕：「十天不吃飯，豈不要餓成仙了？連大哥偷著給我送餅子來著。」

那一場絕食鬧得滿營皆知，只是景諫、連勝都給他留著面子，不曾對蕭朔說過。

輕車都尉長年守在北疆，叫琰王殿下這一身巍然沉靜唬了，沒能看出蕭小王爺錙銖必較睚眥必報的真面目，才將此事給說了出來。

「我那時候是真嫌乾餅子扎嘴，熏肉有煙苦味。」雲琅給自己撥了一小碗冰雪冷元子，心滿意足吃了一口，瞄一眼不知盤算什麼的蕭小王爺，「你若要笑話我嬌氣、勸諫我該同甘共苦、給我背誰知盤中餐粒粒皆辛苦，還請趁我現在心情好……」

蕭朔輕聲道：「不背。」

這語氣就分明透著古怪。

雲琅愈發覺得不對，捧著自己的白玉小碗，警惕盯著蕭朔。

「胡先生還說。」蕭朔見他又只揀著零嘴吃，拿過筷子，給雲琅慢慢布菜，「那件事鬧到最後，竟一營的人都替你說話。」

雲琅張了張嘴，乾咳一聲，耳後跟著紅了紅，「……也不是。」

十天不吃飯，就算有連勝帶著一群人暗地裡給他送乾糧，也不是那麼好熬的。

雲少將軍那時餓紅了眼，四處晃悠著打獵，營內動輒便在練兵時飄著烤雞烤兔的香氣，雲琅無師自通，甚至還設套逮了頭黃羊。

騎兵營將軍半夜巡營，眼睜睜看著雲琅蹲在馬廄前對戰馬的後腿出神，終於嚇瘋了。

端王的大帳被連夜叩開，騎兵營上下死諫，務必讓雲少將軍想吃什麼便吃什麼。

「端王叔一片苦心，也是為我好。」雲琅扯扯嘴角，「我那時已獨自領了一騎，飯菜事小，若叫手下將士因此離了心，才是麻煩。」

本朝太祖立國，就是軍中的下級將兵一刀砍了營校長官。端王日夜犯愁，只擔心雲少侯爺這一身嬌慣出來的脾氣難以服眾，哪日叫手下設法灌醉，剁了紅燒油炸解氣。

卻不想鬧了十來天，竟連營裡最尋常的兵士，也想方設法來悄悄給小將軍求情。

「你那時才十五歲，朔方軍那時還沒有新兵補充，軍中人人拿你當自家子侄。」蕭朔倒了盞茶，方才雲琅同景諫出門說話時，他已在胡先生處大致聽了此事始末，「竟還險些鬧出了三軍聯名請命的烏龍。」

雲琅咳了咳，訥訥：「是……」

蕭朔問：「如何請的？」

「你省一口，我省一口，小將軍日日長個頭。」雲琅其實很不想提起此事，按著胸口，心情複雜，「你幫一把，我幫一把，小將軍夜夜不想家。」

蕭朔：「……」

「好了。」雲琅咬著筷子犯愁，壯烈閉眼，「笑吧！」

他自己都回想不下去，視死如歸等了半晌，不見蕭小王爺落井下石，疑惑睜開眼睛。

蕭朔伸手，覆上他額頂，慢慢揉了兩下。

雲琅沒忍住，舒服得瞇了下眼睛，張嘴接了琰王殿下餵過來的水晶餃。

不歸樓不愧名聲在外，汴梁風味做得分毫不差。雲琅心滿意足將水晶餃嚥了，忽然回神，惱羞成怒：「幹什麼？我又不是三歲小兒，吃個飯也要人摸頭……」

「我要。」蕭朔緩聲道：「我吃一口飯，便必須摸一下少將軍的頭髮。」

雲琅隱約覺得蕭小王爺是在驢他，奈何實在喜歡，紆尊降貴叫琰王殿下揉著腦袋，胃口大開，唏哩呼嚕吃了大半份雲英麵。

蕭朔替他布菜，看著雲琅仍瘦削得分明的腕骨，又添了一盞雪醅酒。

方才得了空，胡先生趁著雲琅兩人出門，同他說起朔方軍中往事。

「少將軍……當初那般脾氣。」胡先生垂了視線，低聲苦笑，「食不潔不用，水不淨不飲，若挨了訓受了氣，那一日都要賭氣不吃飯。」

「全軍的人，沒人覺得這樣不行，人人當子侄一樣哄他。」胡先生輕聲道：「看他意氣風發呼嘯往來，就像看見我們守著的汴梁。」

朔方軍裡，太多人甚至從沒到過汴梁，也不清楚那是個什麼樣熱鬧繁盛的好地方。

他們從沒去過汴梁，看著京城來的小將軍神勇傲氣，無堅不摧，白甲銀槍，沒有攻不下的城，沒有打不贏的仗，於是好像也跟著看見了那一座帝京。

這才該是汴梁，朝朝代代傳承的古都城，司馬相如親自作賦、李杜高適結伴遊學狩獵的梁園，當今的首善之地。

凜凜風華，彌璀彌堅。

「對了。」雲琅不知他在想什麼，小口小口喝著那一盞酒，倒才想起來，「白叔叔忙著去找兒子了……他瞞得結實，白嶺這些年都還不知道他究竟是誰。」

雲琅甚至有些不敢細想這一對父子要打成什麼樣，壓了壓念頭，又道：「朔方軍的強弩營私調出來，總該有個說法。我讓景大哥拿著參軍權杖去調，說是拉出來練兵，繞著城牆跑圈去了。」

如今輕車都尉身分轉明，他們遲早要同朔方軍有交集，還需要放一個人在明處。

左右景諫這個參軍也做得順手，回朔方軍中，不似他與蕭朔這般惹眼，卻也不耽誤做該做的事。比起給龍營做飯，暫且代管幾日原職，心中也該舒暢得多。

雲琅想到哪一處便隨口說，見蕭朔神色，有些好奇，「又想什麼了？」

「想朔方軍。」蕭朔壓了念頭，慢慢道：「叫你這樣一通亂叫，竟還不曾亂了輩分。」

雲琅一僵，咳了兩聲，「此事……回頭再說。」

「此前你分明叫輕車都尉作大哥，說你二人如兄弟相處。」蕭朔不想回頭，「見了活人，你為何便改口叫白叔叔？」

雲琅頂著張大紅臉，舀了一勺冰雪冷元子，塞進蕭小王爺嘴裡。

蕭朔受他一餵，細細嚼著嚥了，抬眸看雲琅，「輕車都尉不知道你亂認他做大哥？」

雲琅訥訥：「端王叔也不知道啊！」

蕭朔：「……」

雲少將軍受江湖習氣沾染，素來有亂跟人拜把子的惡習。在朔方軍裡不由分說一通亂拜，憑一己之力，將好好一整支軍隊活生生拆成了三個輩分。

算上還不知道自己被拜了把子的、不知道自己情同手足的、不知道自己從天而降了個小叔叔的。早亂成了一攤算不清的帳。

「怪我。」雲琅生怕蕭小王爺去找胡先生告狀，能屈能伸，好聲好氣認錯：「是我不對。」

蕭朔難得見他心虛，抬了下眉，生出些興致，「如何不對？」

「軍中叔伯慣著我，寬容我胡鬧，我便得寸進尺，上房揭瓦，上帳篷拆線。」雲琅早在端王面前檢討過幾百次，不用打腹稿，誠誠懇懇張口就來：「該收好京裡帶出來的嬌慣脾氣，不該驕縱、不該肆意胡來、不該想什麼便做……」

蕭朔：「錯了。」

雲琅愣了下，「錯在何處？」

「錯在……」蕭朔靜看他一陣，看著雲少將軍茫然神色，終歸輕嘆口氣，索性伸手將人攬住。方方正正的八仙桌八仙椅，雲琅沒處落腳，一不小心便叫蕭小王爺攬在了腿上。

蕭朔單手攬著他，一手覆上來。

門窗雖關著，卻終歸天色大亮太陽當頭。

雲琅耳後不覺熱了熱，咳了一聲，「此時……不妥吧？」

蕭朔微怔，「什麼？」

「白日宣……咳。」雲琅紅通通，「萬惡之首。」

蕭朔：「……」

雲琅一時不查，方才倒是喝了小王爺倒的酒。只是這酒比起燒刀子，最多算是甜漿，壓根半分也不醉人，「你今日定然不曾亂性，少來哄我。」

「不曾亂性。」蕭朔靜了一刻，慢慢道：「只是心中煩擾，須得抱一抱少將軍。」

雲琅：「啊？」

蕭小王爺這些日子簡直突飛猛進，雲琅很是懷疑他偷藏了話本，坐在蕭朔腿上，彎腰在蕭朔袖子裡摸了半天，卻只摸出個新刻的木雕野兔。

這一次刻得已有七分相似，樸拙可愛，打磨得精細圓潤，捧在手裡都叫人忍不住想摸一摸。

雲琅控制不住，把木雕放在手裡摸了半天，「你少給我弄這些東西，端王叔當年便說了，玩物喪志……」

蕭朔一手護了他，視線靜落在雲琅身上，輕聲道：「如今府上，誰是當家？」

雲琅茫然，「你啊！」

蕭朔問：「誰與誰共衾同榻？」

「自然是你我。」雲琅遲疑：「只是端王叔……」

「父王教你是教子，要奉《教子經》為圭臬。」蕭朔道：「你若一定要我來做長輩，替父王叔伯教導你，倒也無不可。」

雲琅臉上一垮，飛快將木頭小兔子塞進袖子裡，跳下來回到榻前扯過包袱，翻翻翻找出《教子經》，壓在了自己枕頭底下。

蕭朔看他來來回回忙活，眼底滲過些和暖，輕聲道：「少將軍。」

雲琅牢牢按住枕頭，「怎麼？」

「往日家規俱是你定。」蕭朔道：「今日我補一條，要你來審。」

雲琅本也沒這般專橫，愣了愣，啞然道：「家規家規，自然兩個人定，不用我審。」

蕭小王爺素來容易叫往事牽心神，又去想當初的事。雲琅有心哄他高興，耳後熱了熱，繞回八仙桌前，扒拉開蕭朔的胳膊，磨磨蹭蹭自覺坐回去。

雲琅當初在朔方軍中過得高興，如今也過得高興。縱然中間夾了幾年不大愉快的日子，叫這兩頭一蓋，倒也不覺得有什麼。

雲琅伸出手，將蕭朔反過來攬了，在背上順了幾次，「往事已矣，別想了……」

「倒不是往事。」蕭朔抬手將他攏住，一臂墊在雲琅腰脊後，替他分了些力道，「只是細想你如今，有一樣比從前不好。」

雲琅怔了怔，抬頭迎上蕭朔視線。

他自覺和過去沒什麼變的地方，若說變了，也是比過去體貼懂事，不再大半夜舉著小王爺在房

頂上飛。

可如今兩人在一處，要互相包容照應著過日子。

小王爺補訂家規，他也是點頭了的。

「哪裡不好？」雲琅壓了壓念頭，笑道：「你說說，我也聽。」

「不該收起京裡帶出的脾氣。」蕭朔道：「該驕縱、該肆意胡來、該想做什麼便做。」

雲琅一怔。

蕭朔記得他的話，逐句還回來：「該胡鬧、該得寸進尺，上房揭瓦……」

「小王爺。」雲琅沒忍住樂，「你若縱容我上房揭瓦，琰王府還能剩下幾個房頂？」

蕭朔：「……」

蕭朔神色不變，將雲少將軍攬了攬，鎮靜改口，「該上房，不可揭瓦。」

雲琅已聽出了他話裡的意思，扯了下嘴角，壓壓胸口翻騰起的熱意，闔了眼，「……好。」

蕭朔的心意，他並非不能體會，再矯情反倒沒意思。

雲琅索性卸了身上力道，舒舒服服窩進琰王殿下懷間，闔了眼睛。

蕭朔回護住雲琅，將懷間的人細細填進眼底。

雲琅靠著他，身上彷彿時時刻刻都明亮銳利的氣息漸漸斂了，那雙眼睛閉上，眉宇始終奕奕的神采也淡下來。

在認出輕車都尉的身分時，雲琅那一瞬，便已做回了與過去幾乎一般無二的少將軍。

縱然傷痕還都在，脈象裡尚未來得及調養得當的虧空也在。

但雲琅身上，卻又分明已看不出絲毫那五年帶來的影響，像是早已徹徹底底好全了，還能隨時提槍上陣、勒馬定疆。

叫任何一個故人來看，都會寬慰至極。

雲琅此時身上再不見那般張揚鋒銳，闔著眼，眉宇間重新取而代之的，是極不易察覺的、近於慵懶倦乏的柔和舒適。

他靠在蕭朔肩頭，脊背都放鬆下來，慢慢挪了個最舒服的姿勢，貼在蕭朔頸窩。

沒有內力運轉的掩飾，他的臉色不可避免的又有些淡白。眼睫襯得更顯濃深，溫順安穩地闔落，肩背鬆緩，隨著呼吸緩緩起伏。

蕭朔抬手，握住雲琅滑落下來的手，低頭吻了吻雲琅的眉心。

「想摸腦袋。」雲少將軍很驕縱，蜷在他肩頭，嘟嘟囔囔：「摸三下。」

蕭朔依言，空著的手落在雲琅髮頂，慢慢揉了揉。

少將軍心滿意足，「想喝酒。」

蕭朔看出他有了精神折騰人，有些啞然，又去拿了酒盞，含住一口，低頭慢慢哺給雲琅。

小王爺予取予求，雲琅心滿意足喝了酒，睜開眼睛得寸進尺，「想要星星。」

蕭朔：「……」

「這是考察你的心意。」雲琅高高興興，跟著話本亂七八糟瞎學，開心道：「你給的，什麼星星都行……」

蕭朔靜了一刻，「好。」

雲琅：「啊？」

蕭朔攔住雲琅肩背，將人抱起來，箍進懷裡，低下頭。

雲琅：「唔？」

……一盞茶後，琰王殿下起身，抱著被徹底親軟了、熱乎乎眼前冒金色星星的少將軍，送回了

內室。

◈

有胡先生出面，景諫繞雲州城轉過一圈，輕易料理好局面，收了朔方軍的利箭強弩。

窗外盤踞的、從入城門起就始終繚繞的淡淡殺機，也終於在這一刻盡數消散乾淨。

蕭朔握了薄被邊沿，覆在雲琅身上，替他拭淨額間薄汗。

故人來歸，房內拾掇得遠比從前妥當。

胡先生知道兩人尚要隱去身分，盡力不在招待上特殊，以免叫人看出端倪，暖榻暖牆卻仍燒得發燙，熱烘烘熨貼胸背筋骨。

屋內燃著安神香，桌上備了汴梁的精緻糕點。

山參細細切成薄片，在紅泥藥爐裡慢慢煎出藥力。

「養血補氣、益肺寧心。」胡先生親自守著藥爐，見蕭朔出來，起身道：「的確與當初情形天差地別……只是仍不可馬虎。」

他當初從京城假死脫身，以糊塗身分回了雲州做掌櫃。

雲琅與樞密院對峙、隻身死守雲州城門，力竭昏倒後，便是被送到了不歸樓。

胡先生仍記得雲琅當時的脈象。

「替他調理的人，想來也是花了大心血、大工夫，才有今日之功。」

蕭朔並不多說，倒了盞茶讓過去，「先生看，可還有疏漏？」

「疏漏算不上，無非當初傷損太狠，要補起來格外費事罷了。」胡先生搖搖頭，朝內室望了一

眼，輕聲道：「藥補食補都是次的，當安下心多歇息，臥床妥貼靜養……」

蕭朔頷首，「此事倒可放心。」

「少將軍肯好好躺著靜養？」胡先生最犯愁的就是此事，聞言愕然，抬頭看蕭朔，「不鬧著要下來活動筋骨？」

蕭朔搖頭。

胡先生：「也不鬧著要出城跑馬，四處拆帳篷？」

蕭朔蹙了下眉，「他還拆帳篷？」

「拆。」胡先生道：「當初少將軍在榻上養傷，躺得徹底煩了，見什麼都來氣，就連先王的大帳也是拆過的。」

蕭朔：「……」

「這般看來，少將軍實在很珍惜琰王府了。」

景諫立在一旁，兩相比較，也不由笑道：「好歹府上的房蓋都還在，窗戶都好著，牆也不曾塌幾面……」

「少將軍是當真心悅殿下。」胡先生是真心替這兩人高興，眼裡添了欣慰，點點頭，讚許道：「甚好。」

方才調兵時，景諫尋了空，便已將琰王與少將軍的情形同他說過。

縱然不說，胡先生坐鎮不歸樓，日日守著京裡來的消息，心裡也有了大概。

雲州遠在北疆，京中消息雖時時有人暗中傳遞，終歸不能事無巨細。

可縱然再簡略，每每有了什麼新的要緊事，雲少將軍與琰王的名字也仍始終在一處。

同進同退，一次都不曾分開過。

……

胡先生靜靜守了一陣藥爐，放下送風的蒲扇，抬起頭，看著不怒自威的琰王。

當初端王在朔方領兵，隨軍的是雲琅。他們偶爾去端王府走動，見到世子，也只記得人很沉默穩重，書讀得很好。

王爺嘴上惱世子木頭疙瘩不開竅，卻常常拿了蕭朔的課業去軍中同眾人炫耀，說是連宮中那位譽滿天下的蔡太傅都誇讚過的文章。

這些年，京中的消息斷斷續續往北疆傳，一年一個樣。

起初隨著消息一併來的，是琰王府救下的人。

後來送來的，就變成了琰王府設法周轉、分散隱蔽著一批批輾轉送到的糧餉軍資。

再後來，就成了一條緊跟著一條叫人幾乎不敢信的鴻翎急報。

朝堂動盪，禁軍歸位。

大理寺一朝傾覆，太師府惶惶終日，樞密院失了煞費苦心收攏來的兵權。

連蓄謀已久、來勢洶洶的叛軍與西夏鐵鷂子，竟也被狠狠折碎了爪牙，灰溜溜逃回北疆邊境，再度盤踞蟄伏了下來。

不知不覺間，昔日端王留下的擔子，已被兩人穩穩當當盡數接過去了。

「殿下與少將軍……太過辛苦。」胡先生叫熱意在心胸間氳著，卻又盡是不忍，低聲道：「我等無能……」

「各執其事罷了。」蕭朔道：「先生與朔方軍共守北疆，若守不住，京城早無可轉圜。」

胡先生不知是苦是甘，扯了個笑，以茶代酒同他一敬，仰頭一飲而盡。

「大業未成，還不是說這些的時候。」景諫知道蕭朔脾氣，陪了一盞茶，引開話頭：「如今朔

方軍大體安穩，城中情形，還要白大哥先行拆解。」

「城中情形不亂。」胡先生擺擺手，「代太守龐轄不管軍事，朔方軍不涉政務，若無變故，尚能彼此相安。」

龐轄是龐家的一脈旁支，被龐家扔來做雲州代太守，無非提前布局，倒不指望他能做什麼事。這些年來，龐轄在太守任上萬事不管，對朔方軍更不聞不問。只知道死死攥著朝中調撥的那一點錢糧，挖空心思鑽營走動。一心想要入京，再不濟也調去個富庶些的地方。

此番龐家特意從京中來人，無疑也是因為這個龐轄除了占著代太守這個位置，實在派不上什麼像樣的用場。

「我先入為主，以為殿下與少將軍會隨大軍走。龐家人來得再慢，也總能趕在你們前面……」胡先生按按額角，苦笑道：「卻不想竟鬧出了這樣一個烏龍。」

提前出京、日夜兼程的還沒到，最不該在此時到的兩個人，竟都已在雲州城中妥貼安坐了。叫遠在京城的老太師龐甘知道，只怕要活生生氣歪了鬍子。

「少將軍先行一步，暗入雲州城，想來定有鋪排。」胡先生問：「可有我們能幫得上的？」

蕭朔已同雲琅商量過章程，稍一頷首，正要開口，神色忽然微動，起身走到窗前。

胡先生與景諫雖在軍中，卻都不是統兵的戰將，反應得慢了一瞬，在地面的微顫裡對視了一眼，臉色隨即微變。

鐵浮屠。

金人的鐵浮屠。

內室輕響，原本該臥床靜養的雲琅已掀開門簾，迎上了蕭朔轉回來的視線。

京城往朔州發兵，消息傳到邊境，盤踞朔州城的金人早該調兵壓境相抗。這幾日各方探聽，卻

都沒有半點軍隊調動集結的消息。

金人也在等。

等到現在，只會是在等什麼人。

「先生這一場烏龍鬧得好……」雲琅在蕭小王爺眼中找到同樣的念頭，透出些淡淡的笑來，「先入為主，只怕不止不歸樓把我們當成了龐家來使。」

「什……」胡先生一怔，隨即醒神，「龐家當真投誠了襄王？」

雲琅看向胡先生，點了下頭，走過來。

昔日端王帳下練兵謀劃的輕車都尉，白源是軍師將軍，不領兵征戰，朔方軍中的大多數調動軍令，卻都從他手下出來。

如今已離了軍中這些年，他仍能從一句話裡便能探知出龐家立場，敏銳半分不減當年。

有太多人，身分變了、處境變了，甚至連名字都已不是自己的，都還死守著自己該守的那一份職分。

雲琅接過蕭朔遞過來、晾得微溫的參湯，仰頭一口飲盡。

他不抬頭，單手將空碗朝蕭朔遞過去，自兩人隨身包袱裡揀出北疆的地形軍圖，在桌上鋪開。

「襄王蟄伏應州城，與金人裡應外合。」蕭朔拿過那一罐熱著的參湯，替雲琅續了半碗，擱回爐火上，「此前不動，是在等龐家入雲州。」

「強敵來犯，朔方軍不會坐視，註定出城迎戰。」

雲琅一點頭，將參湯晃涼了些，喝了一口，「一旦出城，雲州城又落入龐家掌控，便斷了朔方軍後路，將大軍撂在無險可守的平原上。」

「金人蟄伏不動，正是怕大兵壓境，朔方軍警惕不肯輕出。」雲琅在軍圖上敲了幾處，「朔方

軍若被封在城外，無路可退，只能原地據守。死死拖上幾日，待軍力徹底疲憊，這幾處的金兵趁機匯攏圍剿……又是當年的金沙灘。」

如此行徑，已是赤裸裸的賣國大罪，以老龐甘的老奸巨猾，定然寧死也不肯戴在頭上。

「故而……雖有龐家人過來接手雲州，但最多也只會肯做到封閉城門，斷朔方軍後路，不會與襄王和金人主動聯絡。」胡先生已徹底想透，接著分析道：「各方心照不宣，金兵見人到了雲州城，自然興兵來犯。」

「所以先生這一場烏龍，鬧得實在太是時候。」

雲琅點了下頭，幾口喝淨參湯，笑道：「朔方軍強弩營那一場陣仗擺出來，各方勢力都以為龐家人定然是到了，再等一等，說不定還有太守府的人……」

話音未落，門外已傳來蹬蹬跑動聲。

茶博士輕喘著停在門口，他仍畏懼雲琅與蕭朔兩人，視線猶疑一瞬，低聲同胡先生道：「掌櫃的，太守府來人……說有貴客宿在了我們不歸樓。」

「知道了。」胡先生靜了一刻，頷首道：「去回話，就說我即刻下去。」

茶博士連點了頭，又飛快跑下去。

胡先生合上門，有些啞然：「少將軍料事如神。」

「先生猜到得不比我晚。」雲琅笑道：「不然也不會搶了小白嶺好不容易採來的山參，特地趕來給我熬參湯了。」

胡先生叫他戳破，咳了一聲，壓下臉上隱隱尷尬，「此事……」

「此事當明算帳，這參很好，的確值十兩銀子。」雲琅道：「我既喝了，便不會賴他的帳。」

雲琅那個包袱裡裝的東西多，順手撈過蕭小王爺的包袱，熟門熟路摸出錠銀子，擱在桌上，

「還請先生替我轉交。」

「……好。」胡先生靜了一刻，衡量過雲琅此時氣色，終於鬆下口氣，「此事因我而起，我會處置妥當，少將軍放心。」

胡先生握了那錠銀子，慢慢攥緊，低聲道：「城中還有許多可暫避風頭的地方，不止我這一處不歸樓。稍後會有人送少將軍與殿下由暗道出去，時局之爭不在這一時，務必忍住……」

「天賜良機。」雲琅好奇，「為何要躲？」

胡先生一怔。

他細看了看雲琅，見雲琅不似玩笑，慢慢蹙了眉，「如何能不躲？如今各方都以為龐家人到了……只代太守這一處，少將軍要如何應對？」

雲琅不置可否，自包袱裡翻了翻，挑揀出些東西。

「龐轄雖然無用，卻畢竟執掌一城。」胡先生見他仍不以為意，心中有些焦急，低聲道：「若下令緝捕，官府出手，恐強龍難壓地頭蛇。」

「我二人自有去處。」雲琅道：「眼下要定的，還是如何解朔方軍之困。」

胡先生叫他戳中心底事，怔了一刻，無聲攥了攥手掌。

雲琅說得不錯，此時最要緊的還是如何運作，才能在這一場陰謀裡保下朔方軍。

三城之中，雲州最北，無屏可拒無險可守。

一旦朔方軍出了城，被人斷去後路，無異於自絕生機。

這般關乎生死存亡的要緊情形……

這些年，他們自然也並非不曾做過最壞的準備。

「我知先生有謀劃。」雲琅笑了笑，「揭竿而起，叛出朝廷，發兵推翻我們這位代太守之

前……先聽聽我們兩個的主意。」

胡先生闔了下眼，苦笑，「少將軍請說。」

「我帶了一封蔡太傅親手寫的勸諫書信。」雲琅自包袱裡翻了翻，「若他願意回頭是岸，與我等共戍邊城，便會保舉他還京入朝。」

「龐轄是龐家人，如何會受政敵保舉？」胡先生無奈，「勸不住的。」

「我帶了十張千兩銀票，若他肯幫忙，還有五箱重禮在路上。」雲琅道：「車馬隨從，金銀財寶，嬌妻美妾……」

胡先生苦笑，「他若幫龐家做成了此事，豈非一樣好處無數？」

雲琅問：「這些都不行？」

「主意雖好，卻不能成功。」胡先生緩聲道：「少將軍心性太過端正純善，只想著正大光明的辦法，不知該如何對付這種陰詭小人……」

蕭朔立在一旁，忽然咳了一聲。

胡先生微怔，「殿下？」

蕭朔迎上雲少將軍純善的視線，靜了一刻，搖頭，「無事。」

「……城中勢力盤根錯節，單說龐家，力量便不止一股。」胡先生並不追問，回身道：「此事並非這般容易，還需從中轉圜周旋。」

「這些東西都派不上用場。」胡先生輕嘆，無奈道：「若少將軍有一枚龐家權杖，或是太師府的什麼信物……」

胡先生話頭頓了頓，看著雲琅從那個塞得鼓鼓囊囊的包袱裡拿出來的東西，一時幾乎有些懷疑自己是在做夢，抬手揉了揉眼睛。

胡先生看著雲琅，艱難道：「少將軍……這是什麼？」
「既然都不行，只能用這個了。」雲琅不大好意思，咳了一聲，「前陣子我去……賣飛蝗石，賣到了太師府，與他們的人聊了聊，敘了些閒話。」
「沒能找到權杖信物。」雲琅：「一時順手，只帶出來了這枚太師府的大印。」
胡先生對著太師府大印，恍惚良久，雙手捧著接過來，送兩位貴客下了樓。

代太守龐轄坐在樓下，喝空了兩壺茶，焦灼起身踱了第七個來回。
今日下屬來報，說京中終於見了來人，自南門入城後，一路住進了不歸樓。
沒過半天，樓裡便亂成一團。
亂著亂著，裡面情形如何尚不清楚，外頭竟已叫朔方軍給重重圍了。
「我們掌櫃有些私事，一時耽擱了。」
茶博士替他續茶，恭敬道：「這就下來，您再等一等……」
「還要等到什麼時候？」龐轄皺緊眉，臉上已顯出濃濃不豫之色，「莫以為本府寬仁，便是當真不管你這不歸樓。誤了本府的要事，他胡掌櫃也擔待不起！」
茶博士不迭賠禮，替他重新續了壺上好的白毫銀針。
龐轄心神不寧，灌了一盞茶水，又坐回去。
先帝駕崩後，當今皇上即位，龐太師從龍有功，嫡女又入宮當了皇后，一時風頭無兩。一人得道雞犬升天，無論本家分家，也跟著搜刮了不知多少朝野的官勳缺位。

他只是龐家在淮南極不起眼的支脈，京城都不曾去過幾次，自然混不上什麼要緊缺處。好不容易熬到蔭補入仕，夢都沒來得及做一個，便被發配來了這荒蕪蕭條的邊陲舊城。

……天道好輪迴。

任誰也不曾想到，一朝風雲變幻，這小小的雲州城竟成了各方勢力死盯的要緊關竅。

龐轄攥緊了手中茶杯，神色愈沉了沉，握緊袖中那一封傳書，向四周掃了一圈。

不歸樓同朔方軍勾結，私相授受，與那居心叵測的雲家叛逆一樣，都稍不留神便能叫人狠狠吃個絆子。

龐轄只是來替龐家占著閒缺，與京中那幾家老世族動貴劃奪勢力的。這城裡有什麼謀劃、如何行事，都叫那朔方軍與前太守嚴離的舊部守得死死的，幾乎沒他能插手的地方。

如今無論如何處事，都得等京中來人安排，他無非依言照辦罷了。

京中來人……京中來人！

龐轄打了個激靈，咬緊牙關，生生飆出一背冷汗。

如今鬧成這樣，京中來的人究竟還在不在這樓裡？那一場亂局，究竟出沒出事，有沒有什麼要命的岔子？

看那掌櫃糊塗的態度，來的分明就是龐家人了。

若是京中貴客在他這雲州城出了事……

他苦守這些天，等的便是京中來人。若是今日出了亂子，叫本家的貴人折在此處，縱然有九個腦袋也不夠掉的。

龐轄原本極忌憚這不歸樓，此時卻也再無暇顧忌。他坐不住，用力撂下茶杯起身，正要豁出去叫人，忽然一怔。

胡掌櫃作陪，兩個年輕人自樓上下來，走到了堂前。

那兩個年輕人穿著打扮都不算華貴，氣度卻儼然遠勝龐轄曾見過的任何一位本家人。

一身白錦衣袍的走在前面，懷裡捧了暖爐，披了一領厚實的墨底金線流雲披風。腰間玉珮質地溫潤，雕工精巧，打眼就知絕非等閒凡品。

落後半步的看來是侍從護衛，一襲黑衣勁裝，沉默冷然，身側佩了柄無鋒重劍。

胡掌櫃閉緊了嘴，臉色很是莫測，手中捧了個東西，上頭精細著覆了塊上好的天蠶絲絹。

龐轄細看半晌，眼睛一亮。

他認得這把劍。

當初入京給本家送禮，他從角門叫人引入府時，恰巧碰上將作監兩柄新劍出爐，還送來龐府請太師賞玩過。

仿古劍巨闕的形制，韜火藏鋒，倒鉤血槽，鋒銳無匹。

殿前司與侍衛司各分了一柄，侍衛司的那一柄曾格外神勇，險些擊殺了逃逸的逆犯雲琅。

以如今龐家的滔天權勢，想來已不止能叫這不歸樓的人俯首，連侍衛司的暗衛也拿來當護衛隨身了。

龐轄挺了挺背，只覺一時也跟著風光起來，掃了一眼胡先生，快步過去，「敢問二位……」

白衣的年輕人似是才看見他，視線轉過來，蹙了下眉。

龐轄叫他一掃，竟平白矮了數寸，心頭打著忧停步，更恭敬了十成十，「在下雲州城代太守龐轄，聽聞京中來了貴客，特來……拜會的。」

白衣年輕人掃了他一眼，道：「龐轄？」

「龐家在淮南府的旁支。」他身後侍衛低聲道：「四年前補的蔭，如今雲州城內，勉強是他說

了算。」

龐轄聽見這「勉強」兩個字，面色隱隱難看了一瞬，偏想了半晌竟無從辯解，只得扯出來個有些發僵的笑，「閣下說笑了，本府雖然……」

白衣年輕人點了點頭，朝他伸手。

龐轄怔了怔，「要什麼？」

「官印。」白衣年輕人並不看他，只說了一句，便同身後侍衛吩咐：「今日起在雲州城行事，搬去太守府，做事方便些。」

他身後的黑衣侍衛周身冷冽，只聽他吩咐時神色稍稍和緩，伸手替白衣年輕人理了理披風，低頭應了一聲。

龐轄愣了半晌，到底忍不住，勉強笑道：「二位……尚急不得。」

「雖說兩位身分，本府已大略心知肚明，可為保穩妥，該有的過場還是該走的。」

「二位若有本家手令信物，還請一觀。」龐轄攥了滿手的冷汗，壯著膽子道：「下官此舉，也是穩妥為上，務求對得起京中的老太師。」

白衣年輕人臉上透出些不耐，眉峰微蹙，抬了抬下頜。

他顯得格外倨傲，偏這一身目中無人的清貴，分明就只有鐘鳴鼎食才養得出。

龐轄長年遊走在達官權貴間，雖不曾鑽營出頭，識人的眼力卻是一等一的，比誰都更清楚這架式的真假。

他此時已感到有些後悔，方才硬攢出來的幾分膽子也顫巍巍散了八九成，心驚膽戰道：「下官……」

話未落定，那黑衣侍衛已走過來，自胡先生手中拎了那被捧著的物事，扔進龐轄懷裡。

龐轄只覺入手堅硬冰涼，下意識抱緊了一看，臉色驟變，「這這這——」

「京中局勢動盪，情形危急，見此物如見老太師。」白衣年輕人皺了眉，一臉不耐煩道：「還有話說？」

龐轄牢牢閉上嘴。

他已不敢再多說半句話，恭恭敬敬將那一枚做不得假的太師府大印放穩，雙手奉過太守官印，深深拜倒在了階下。

太守府。

僕從來來回回忙碌，最好的兩間坐北朝南的正房被仔細收拾妥當，住進了京城來的要緊貴客。

師爺進了府門，叫抱了雕花玉瓶匆匆跑動的僕從一衝，險些沒能站穩。

闔府上下忙個不停，不剩半個人有工夫說話。師爺立在門口，錯愕半晌，快步過了抄手遊廊，終於在東廂房尋見了剛搬出來的代太守。

「來得正是時候。」龐轄見他，目光跟著一亮，笑著擺擺手，「快來，看看這兩尊玉擺件哪個風雅些。」

「大人。」師爺壓了壓心中錯愕不解，低聲道：「……有件正事。」

龐轄皺了眉，「什麼正事？」

「金人舉兵犯境，來勢洶洶，已在城外集結。」師爺定定心神，「岳渠將軍已領朔方軍出城迎敵，此時兩軍對峙，眼看要鳴戰鼓了。」

「這算什麼正事……這些年少打起來了？」龐轄聽得不屑，擺擺手嗤道：「朔方軍要打仗就讓他們去打，我又管不了他們。難不成兩軍對峙，還要本太守去掠陣？」

師爺叫他詰得無話，愣愣立了半晌，在桌旁坐下。

「他們打他們的仗，我們做我們的事。」龐轄擺了擺手，「眼下的第一要務，是伺候好正房那兩位，尤其白衣服那位少爺。」

「可是京城本家來人了？」師爺正想問此事，蹙了蹙眉，低聲道：「縱然本家來人，大人也不必這般興師動眾。」

「蠢。」龐轄嗤笑，「你以為來的真是龐家人？」

師爺愣住，抬頭看他。

「我今日去不歸樓，見了這位祖宗。」龐轄道：「他身旁跟著那個侍衛，身上的佩劍只在殿前司與侍衛司各有一柄，只有指揮使能隨身佩帶。那糊塗親自將人送下樓，送下來了兩個人……一枚太師府的大印。」

「大印？」師爺愕然，「此等要緊物事，怎會給帶出來了！」

「我起先也想不通。」龐轄低聲：「那糊塗向來不將我龐家放在眼裡……為何搶先衝他二人發難，後來卻不了了之，甚至親自將人送下來？」

師爺仍惑然不解，看著龐轄，等他向下說。

「說是龐家人，這兩人每次說起龐家時，卻沒有半分畏懼在意，彷彿只是隨口一提。」龐轄眼底神色深了深，「那白衣服的少爺，手裡拿著太師府的大印，身旁有禁軍將領當侍衛，一身的貴氣連龐家也未必養得出。」

師爺聽著他說，臉色變了數變，也猜到了那一個可能，開口幾乎有些吃力，驚疑道：「如、如

此說來……」

「來的既是龐家人，又不是龐家人。」龐轄低低道：「我聽風言風語，說皇上喜新厭舊，皇后在宮中地位隱隱有動搖……這段日子，皇上甚至動了將兩位皇子殿下外放的心思。」

師爺眼底駭然，牢牢閉上嘴。

如今皇上正當壯年，立儲的事尚且急不得。這等關頭，若是宮中皇子親自來了邊疆……便是奔著設法立功勞，好穩住宮中局面，穩固皇后之位來的。

若能趁此機會，設法露一露臉，甚至盡力尋著機會幫上些助益……

現成的登天梯。

龐轄已挑好了禮，仔細擱在檀木盒子裡收妥當，起身道：「你說，與此事比起來，可還有什麼算得上正事？」

師爺忙搖頭，「自然沒有。」

此事處處合理，挑不出半點錯處。師爺看著龐轄興致勃勃忙碌，過去幫忙，心底卻仍不知為何隱隱不安，「當真……不會有錯？」

「豈會有錯？」龐轄擺手，「那一身氣派……我這雙眼睛又不是白長的。」

那不是龐府能有的氣派，甚至連宗室、王侯府邸也要遜色些，是只有宮中王氣日日養著，天家貴胄才有的氣勢。

在宮裡養大的、這個年紀的年輕人，一隻手都能數得過來。

「這一代子嗣稀薄，琰王少年就出宮襲爵封王了，自然不會在此列。」龐轄逐個數道：「其餘王府沒有出色的晚輩，在宮裡養的，就只有那兩位、景王和雲家那個逆犯。」

師爺對宮中情形知道得遠不如他詳細，愣愣聽著，點了點頭。

「景王整日裡只知道雕木頭，除非被人綁架，否則寧死也不會來北疆，更不可能。」龐轄信心十足，按了按師爺肩頭，將檀木盒子抱起來，「不是那兩位小主人，難道還能是雲琅收了重劍、搶了太師府的大印，親自來了嗎？」

雲琅接過蕭朔遞過來的重劍，將搶來的太師府大印隨手扔在桌上，單手解了披風。

「少將軍不用太過擔憂。」景諫合嚴房門，將新收的禮單擱在桌上，「如今朔方軍中，主帥還是岳將軍。」

金人來犯，朔方軍出城迎敵，整個太守府卻都在忙著送禮。戰鼓金戈聲遙遙傳過來，夾在恭敬逢迎的熱絡人聲裡，殺氣攪著洋洋喜氣，幾乎已遠得聽不清。

雲琅喝了口參湯，聞言啞然：「我不擔憂。」

「這樣大大小小的仗，朔方軍這些年駐守下來，打過的已不下百場。」景諫道：「鐵浮屠雖然凶悍，有岳將軍在，不會讓他們占去便宜。」

雲琅問：「岳將軍還是秦鳳路安撫使？」

「是。」景諫道：「這些年朝中對他沒有升遷降貶，我們去樞密院查過……他曾派人送過幾次禮，走動過門路。」

雲琅點了點頭，將手拭淨，拿過塊點心咬了一口，「軍器庫使是誰？」

「章洛。」景諫道：「當初做過團練使，左護軍……」

雲琅：「轉運使？」

景諫稍一愣，停住話頭，「柴林。」

「提點刑獄司有人了……」雲琅稍一沉吟，「常平使是誰？」

景諫：「倪承。」

雲琅點了點頭，將那塊點心慢慢吃了。擦乾淨手，扯著蕭小王爺將人拉過來，在蕭朔袖子裡翻出一小摞紙，又摸出杆竹管筆。

景諫原本已準備了一箱子的詳盡資料，此時不過報了幾個名字，便一句話也沒再能派得上用場。景諫立在原地，看雲琅竟已低了頭寫寫畫畫，怔了半晌，終歸忍不住道：「少將軍，這些人您都還記得？」

「這有什麼可驚訝的。」雲琅道：「去驚訝小王爺，十年內的要緊官員升遷任免、歷代狀元，他都記得。」

「殿下自然非凡。」景諫苦笑，「只是這些人當初都是最尋常的護軍、偏將，末將以為……」

「以為什麼？」雲琅沒工夫閒聊，頭也不抬，「快來幫我磨墨。」

景諫站了一刻，被雲琅掃了一眼，終歸不再多說，快步過去拿了硯臺墨錠。

方才雲琅與蕭朔假扮京中來人，在太守府唬得龐轄團團轉。景諫也得以抽出空，藉這一方太守官印入府衙，將如今雲州府並北疆邊境的軍政盤問過了一遍。

這些糊塗官做得逍遙，整日裡挖空心思撈錢斂財，京中盤根錯節瞭若指掌，誰家新納了房姨太太都能說得頭頭是道。

偏偏說起本地的政務，一問三不知，竟連四司人名都對不上。

景諫埋頭磨墨，看著雲琅鋪開紙箋。

幾乎不用細加思索，雲琅邊同蕭朔低聲說著北疆情形，手下不停，紙面上已多了一連串連他也

叫不全的名字。

安撫使掌帥司主軍事民政，轉運使掌漕司主錢糧，提點刑獄公事掌憲司。常平使掌常平倉，這秦鳳路的常平使，還兼管著戰事儲備的糧倉。

這些都是做事的職官，看似肥缺，其實下屬任事繁雜之極。錢糧筆筆過帳，提朝廷轉運貸放而已，幾乎沒有半點油水可刮斂。

可若要將一州一地的命脈攥牢，要靠的卻恰恰是這些不起眼的地方職官。

當年端王奪嫡，在京中的實力不及六皇子，留在北疆的遺澤卻至今仍格外堅實。

秦鳳路下屬的州郡城池叫朔方一系守得密不透風，大理寺與樞密院窮追猛打了這些年，無論撕開多少個口子，哪怕刀劍相逼，都會被前赴後繼送死的人重新補上。

這些年來，也正是這張密不透風的網，才能在朝中政令已軟弱昏聵到這個地步時，仍將北疆鍛成鐵板一塊，牢牢擋著北方的凶悍鐵騎。

「下屬職官，既然少將軍有數……末將也不再多說。」景諫壓壓心緒，替雲琅研好墨汁，對蕭朔道：「岳將軍此人，殿下多留神些。」

蕭朔在雲琅筆下找出這個名字，「歸德將軍，岳渠。」

「是。」景諫點了點頭，低聲道：「此人有些難對付……殿下若要見他，務必挑少將軍在時，免得生事。」

他這話無疑顯然話裡有話。

蕭朔聞言抬了視線，將雲少將軍喝到一半的參湯擱下，靜等著下文。

景諫遲疑良久，終於道：「岳將軍……不是先王的人。」

歸德將軍，秦鳳路兵馬鈐轄岳渠。

本朝祖制重文抑武，禁軍被宮中牢牢把持，所餘的無非些鄉州募軍。世家大族大都不願涉及，武將出身低微得多。

岳渠出身貧賤，少年以武募兵入籍，編入朔方軍，又憑騎射在三軍教武中奪魁，做了伍長。岳渠武藝精湛，勇冠三軍，又奮力殺敵身先士卒。累年下來屢屢破格提拔，憑戰功接連補了武經、武德大夫，一路做到了雲州觀察使。

「當初若無意外，按照章程，本該給岳將軍補朔方軍節度使，任朔方軍主將。」景諫低聲道：「可……那時候，偏偏遼人忽然大舉來犯。」

「朔方軍久戰已疲，沿革的又是太宗時期的陳舊軍制，陡然遇上伺機已久的契丹人，接連吃了幾次敗仗，軍心已隱隱渙散。」景諫道：「邊疆動盪，軍心民心都有不穩，急需一個有身分的主將坐鎮主持。」

蕭朔緩聲道：「於是便挑中了父王。」

「是。」景諫點了點頭，「那之後，便一直是先王領朔方主將，岳渠為副將，直到今日。」

原本已十拿九穩的主將之位，忽然拱手讓人，任誰也不會舒服。

更何況端王當年一入朔方軍，便先雷霆整頓軍制，明定賞罰，將全軍打散重編，以新軍法鐵腕治軍，幾乎樁樁件件都是在打岳渠的臉。

當初在朔方軍中，輕車都尉白源奉命治軍練兵，與岳渠沒少起過衝突。最要命的一次，輕車都尉受罰脊杖八十。若非雲琅及時帶人趕到，第一次沒用軍中職位、硬擺出來身分勢力壓人，白源這一身沒叫戰場錘煉過的文人筋骨，怕是都要叫軍杖打散碎成一地。

「岳將軍是武人，打仗帶兵雖沒的說，卻多少有些剛愎自用。」景諫低聲道：「先王歿後，岳將軍名為副將，實則已主掌了朔方軍，便更難免有些……」

蕭朔問：「有些什麼？」

景諫話頭一頓，謹慎瞄了瞄雲琅，將剩下的話盡數嚥回去，搖了搖頭。

「當初不識好歹，誤會少將軍，已犯過了一次錯，換了繞雲州城十圈。」景諫埋頭道：「今日若再錯，只怕十圈不止。」

雲琅笑了一聲，將寫滿了字的紙吹了吹，晾在一旁，「景大哥吃一塹長一智，如今竟連找茬也沒機會了。」

景諫搖搖頭，「少將軍罰末將，是不想讓末將時時在意此事……罰跑十圈，一筆勾銷。」

景諫攥了攥拳，終歸忍不住，低聲道：「只是……」

雲琅眼看著這群人越來越聰明，抬頭望了一眼，擱了手中竹筆，「只是什麼？」

景諫立了一刻，沒再開口。

他將話盡數嚥下，俯身給雲琅行了個禮。雙手接過那一張由少將軍列出來的人脈，帶上龐轄才叫人送來的東西，出門走動去了。

【第三章】

究竟是什麼，能讓冷透的死灰燒起來？

景諫一走，屋內徹底清淨下來。

龐轄怕人喧鬧，吵得兩位貴客心煩，特意叫僕從不可隨意近前打攪，車輪都仔細裹了棉布。院落裡偶爾有人走動，都將步子放得極輕，低頭一溜小跑，半句話也不敢多說。

上好的蘇合香嫋嫋燃著，聽不見半點沙場的金戈鼓角爭鳴。

「歸德將軍。」雲琅推開窗子通氣，拿過桌上茶水，隨手潑滅了那一爐香，「這位岳將軍不光籍貫出身、功績履歷，這些年來，想必每一份奏摺，你都看過。」

蕭朔靜了一刻，道：「是。」

雲琅將香倒出來，細細洗過了樸拙精巧的小博山爐，拿過乾淨白布拭淨，又拉過蕭小王爺的袖子，摸出來兩枚折梅香丸。

他長在宮中，耳濡目染，做起這些事來都得心應手，更有十分唬人的風雅瀟灑。不消一刻，屋內已盡換了沁脾的折梅香氣。

雲琅將手上香灰拭淨，合上香爐。

龐轄一心討好逢迎，特意叫人精心淘換來的蘇合香，卻只知其一、不知其二，用錯了地方。蘇合香與冰片、薄荷混用，輔以甘松壓制香性，可通肺理脈，行氣止痛。只蘇合香一味，不可單用。

攝心神，困夢魘。

雲琅半分不馬虎，將袖口那一點香灰也仔細撣乾淨，回身看了看蕭朔。

歸德將軍岳渠。

當初端王蒙冤身殞，王妃自歿，端王府世子蕭朔跪在文德殿，一個頭接一個頭磕得鮮血淋漓，求查明冤案，手刃真兇。

先帝帶人來勸不動，雲琅來了，也沒能勸動。

最後是這位歸德將軍岳渠，帶了人將少年蕭朔硬扯出文德殿，扔在殿門外，任憑蕭朔在門外雪地上跪了一宿。

那之後，岳渠便彷彿終於尋到機會，擺明了車馬要與端王一派清算。凡是端王府的故人蒙難，他一律冷眼旁觀，有人彈劾端王昔日政令，他定然跟著參上一本。

反倒是樞密院無論有什麼安置，牽扯朔方軍時，竟十分俐落得用。

鎮遠侯府覆滅後，雲琅出逃，朔方軍被過了七八遍篩子，樞密院的門第一次叫北面來的人敲開。岳渠的參將親自登門，恭恭敬敬呈上禮單，賠著笑聽人呼喝，又在一片嘲諷嗤笑裡挺直腰桿，朝端王牌位遠遠啐了一口。

自此以後，朝堂便彷彿將這位歸德將軍，與朔方軍一起徹徹底底忘了個乾淨。

「你那時腦袋也真硬。」雲琅靜了半晌，他想說的話其實不少，真到了嘴邊，卻只剩了不知是苦是甘的半個笑，「我那時對你說，叫你心裡不痛快便揍我一頓……是真怕你一個頭槌上來。」

蕭朔靜坐在榻上，看他一陣，朝雲琅伸手。

雲琅立了半晌，低聲繼續道：「兩個頭槌……」

「雲琅。」蕭朔輕聲道：「來。」

雲琅輕滯，他身上蘇合香還不知道散沒散盡，仍想在原地停一刻，迎著蕭朔視線，終歸還是過去，闔眼俯身。

他抱住蕭朔，到胸肩相合仍不收力氣，手臂越收越緊。

蕭朔攬著雲琅，單手護住他肩背，落下來的吻輕緩溫存，熨上雲琅眉心。

「不是難受便要忍著，講笑話也要瞞著我嗎？」

蕭朔緩聲道：「少將軍今日這笑話講得不好。」

雲琅扯扯嘴角，閉了閉眼睛。人人心裡都有一道過不去的坎，縱然有千萬條理由、冠冕堂皇至極，做出的事也仍難以翻得過去。

景諫查到了那參將在樞密院中，為走門路對端王靈位不敬，心中不舒服是難免的。可景諫不知道，那個參將從樞密院出來，便逕自去了靈堂，在端王墓前磕了三個頭，自己咬了舌頭。

雲琅靠著蕭朔胸肩，低聲道：「馮大哥……」

「攔下了，梁太醫將人扎暈送回了北疆，仍是歸德將軍帳下參將。」蕭朔道：「你去見他時，若見他帳下有個說話不很清楚的，別戲弄人家。」

雲琅叫蕭小王爺踩了尾巴，忍不住橫眉立目，「我幾時戲弄過人？你……」

蕭朔抬眸，從容望進少將軍眼底。

雲琅：「除了你……」

蕭朔抬手，摸了摸雲少將軍的髮頂。

他力道放得太緩，這樣的動作做來又太過熟練，一時幾乎叫人分不清這一摸是「不難過了」還是「看看你都胡說了些什麼」。

雲琅叫他摸得臉上通紅，咳了一聲，不著痕跡改了口：「除了你、梁太醫、老主簿、太傅、景王、洪公公、朔方軍的幾個將軍、端王叔的幾個幕僚，我幾時戲弄過人……」

蕭朔攬著雲琅，視線在雲琅身上棲了片刻，笑了笑。

雲琅惱羞成怒，「笑什麼？」

蕭朔抬手，又好好摸了摸雲少將軍在眼前晃來晃去的腦袋，順著雲琅脖頸向下，碾過勁韌的肩脊腰背。

少將軍頗消受這樣胡擼後背的手法，沒忍住瞇了下眼睛，回過神，又灼灼瞪他。

「聽你說過往，想起件事。」蕭朔道：「你不知道，也忘了問，便未曾告訴你。」

雲琅一怔，「什麼事？」

「那日先帝實在無法，託你來勸我，讓我不再糾纏查案。」蕭朔緩聲道：「你忍了疼來勸，我聽不進，反倒求你幫我。」

雲琅原還興致勃勃聽著，聽到此處，微微一綳，扯了下嘴角，「說好了不提……」

「此事該提一提。」蕭朔道：「我為了求你，跪下來，朝你拜倒，你還記得嗎？」

雲琅自然記得，胸口甚至還因為記得開始隱隱發疼，清清喉嚨，勉強笑了下，點點頭。

蕭朔道：「你不肯受這一拜，又沒力氣躲，於是索性也跪下來，還了我這一拜。」

雲琅低聲：「是……」

「我便又同你一拜。」蕭朔道：「你不受，又還了一拜。」

雲琅：「……」

那時的情形，人人胸中一片近乎絕望的刀絞，誰也顧不上太多了，更沒什麼心思去細想所處境地。雲琅那時也沒覺出彆扭，此時聽蕭朔一說，竟也覺得不對，「然後……」

「然後我便又拜了一拜。」蕭朔道：「這次你直接伏在地上，與我頭抵著頭，不肯起來了。」

雲琅：「……」

蕭朔：「那日是父王母妃三七之日，魂靈歸鄉，探故人歸，了心事凡塵。父王母妃的魂靈，都在看著我們。」

雲琅一點也不想知道端王叔和端王妃在天上看，面紅耳赤，幾乎跳下來在地上打轉，「什麼跟什麼？我我我……」

蕭朔看他良久，闔眸斂去眼底翻湧。睜開眼，將雲琅抱回來，「而先帝，也在門外偷看著我們。」

雲琅：「啊？」

雲琅：「唔？」

端王叔與王妃也就算了，倘若那時候先帝也在門外，愕然看著他跟蕭朔不知道中了什麼邪，對著磕頭……

雲琅按著胸口，但求一死，「先帝沒看清楚。」

蕭朔道：「看清了。」

雲琅奄奄一息，「沒記住。」

蕭朔：「記住了。」

「你這人怎麼回事！」雲琅難得遇上蕭小王爺這般抬槓的時候，一時氣急敗壞，「你又沒聽先帝說過，又不曾有人證物證，怎……」

蕭朔抬手，在雲少將軍空蕩蕩的袖子裡摸了摸，拿出了雲琅唯一會時時隨身揣著的物事，展開鋪平。

雲琅張口結舌，眼前一黑。

先帝在門外，暗中查看殿中情形，看見兩個最疼愛的孫輩對著磕了整整三個頭。

叫蕭小王爺沒收的，是先帝御筆用印，准端王世子明媒正娶的、琰王府正妃的玉牒。

明媒正娶的琰小王妃熟透了，從王爺腿上紅通通飛出去，捲了披風，拔腿就往窗外走。

走到一半，折回來，搶走了琰王殿下手裡握著的玉牒。

雲州城外。

高聳城牆下，一片黑漆漆烏雲似的鐵甲壓著，綿延進看不到頭的敕勒川。

刀疤一身守城兵裝束，在城頭牢牢盯著戰局，察覺到身旁腳步聲，正要起身防備，不由一愣，「殿……大人。」

按景諫方才來帶的話，此時蕭朔與雲琅正該在太守府，難得好好安穩地多歇一刻。

朔方軍縱然軍力已疲，卻也畢竟死守雲州城這些年。只要能將城門守住，不將朔方軍關在無險可守的敕勒川下，仍不至於連這一場仗也對付不得。

刀疤還記得他二人假扮的身分，特意向四周仔細搜尋一圈，確認了沒有外人，才過來低聲問：「少將軍沒和殿下一起來嗎？」

蕭朔搖了搖頭，走到城垛旁，「戰局如何？」

「和從前差不多，都是老一套。」刀疤跟上來，「他們來犯，我們打回去。他們再換地方突破，我們跟著調動兵馬，再打回去……」

這樣的戰事在雲州絕不少見。

雲州城在疆域最邊界，已過了陰山，壓在河套平原的茫茫草場上。

秦時明月漢時關，戰國名將李牧在這裡大破過匈奴，蒙恬在這裡修過長城，衛青在這裡率大漢鐵騎復仇，七戰七捷，敲碎了北方部族南下掠奪的貪婪美夢。

茫茫陰山，攔住了凜冽的朔風，也阻著草原部落的鐵蹄。

陰山翻過去就是河套平原，黃河九曲養出的富庶之地，沃野千里、無險可阻，北方精悍的輕騎兵三日三夜就能殺到汴梁城下。

這些年來，朔方軍已打了不知多少這樣的仗。

一仗比一仗激烈，血染沙場馬革裹屍，中原的文人在慨嘆「可憐無定河邊骨，猶是春閨夢裡人」，後來連朝廷也這樣慨嘆。

於是和親、割地，歲幣與錢糧源源不斷供養進草原上的王帳。朝堂上樞密院慷慨陳詞，說是「不戰而屈人之兵」、「天下人苦戰久矣」。

「先王卻跟我們說，陰山要塞兵家必爭。少將軍說燕雲若失，如頸懸劍。」刀疤護衛在蕭朔身側，一手扶了刀柄，盯著城下，「我們有些能聽得懂，有些聽不懂……總歸知道，我們守著的地方若丟了，那些狼崽子遲早會一路殺進中原腹地，攻破汴梁。」

「不止汴梁。」刀疤接著沉聲道：「還有我們的家，所有人的……太原府、河南府、興元府、江陵府。」

「梓州嶄山有米棗，脆嫩甘甜，最是爽口。常州的麻團糖最好，又甜又酥。嚼著滿嘴都是香氣。武夷的茶葉天下第一流，晉州的老醋最酸嗆帶勁，汾州的黍米用來釀酒，窖藏三年，開罈時酒香能將人沖個跟頭……」刀疤：「那時先王歿了，少將軍回來北疆，帶我們打仗，同我們喝酒，說這些地方他都會去。」

刀疤靜了一刻，低聲道：「我們那時候還只知道高興。」

蕭朔靜聽著，走到城頭，看著城下戰局。

朔方軍至今沿用的仍是昔日端王留下的打法，軍制也不曾改動。中軍迎戰兩側翼護，強弓硬弩，前赴後繼，將金人的鐵騎死死攔在雲州城外。

中原人安土重遷，祖祖輩輩耕織嫁娶的故土，倘若有人來奪，死也會來攔。

起初是用山攔，山攔不住，歷朝歷代開始修建長城。

綿延的長城守城堅壁，關關相連，直到北面的鐵騎學會了破城，學會了將寧死不降的守將割下頭顱，高高掛在城門之上。

長城也攔不住。

長城攔不住，於是靠人的血肉。

活著用血肉來攔，死了用屍骨來攔。枯骨成灰，還剩一腔沖天的英雄氣，明月朗照鎮雄關，盤桓不散。

「殿下看出什麼了？」他身後，胡先生仍是一身尋常青衫，也登了城，「如今朔方雖殘，戰力戰心還是有的，不會墮了先王威風。」

蕭朔將視線從戰局中收回，慢慢道：「看出白將軍同岳帥的關係，並沒有傳言中那麼差。」

胡先生微怔，看了看一身輕鎧薄甲的蕭朔。

岳渠將軍是老軍舊派，最抵觸新軍法、新軍制，也因此和將朔方軍幾乎打散重建的端王素來不和，朔方軍內外幾乎人人知道。

岳將軍因為同端王不和，故而最看不順眼執掌新軍法的輕車都尉白源，險些將白源杖殺。也因此逼得白源早早心灰意冷，暗中改名糊塗，去嚴太守處另覓出路。

這些年來，胡先生的不歸樓暗地裡供養朔方軍，也涇渭分明，從不供岳渠所部的帥營兵馬。

「殿下如何……」胡先生笑了笑，「罷了。」

他本想問蕭朔如何會忽然說起這個，此時看著蕭朔，卻又覺得從來便不必問。

城下殺聲血氣瀰天，朔方軍昔日的輕車都尉走到城邊，扶上厚實青條石磚，慢慢按實，「朔方軍的人……過命的交情，關係原本便都不差。」

「岳帥……如今人人暗地裡都鄙夷，說岳帥落井下石，乘人之危，小人勾當。」胡先生道：「朔方軍中，如今連私祭端王都是重罪。有敢提及先王的，一律杖二十、罰俸一月，發配去最苦的戍邊營。」

「故而。」蕭朔道：「樞密院安插在軍中的暗探，竟連這一層錯處也尋不出了。」

胡先生頓了一刻，終於苦笑道：「……是。」

岳渠行事霸道專橫，又與端王分明不和，任誰看來，都無非只是一心想謀圖朔方軍主帥之位。就連對端王一系窮追猛打的樞密院與大理寺，在清算得最瘋狂時，也從來不曾將此人算進去過。

皇上即位不久，京中這幾年勢力動盪更迭。索性便也將朔方軍姑且交由岳渠壓制，賞了他一個秦鳳路兵馬鈐轄，等騰出手來，再徹底清算。

岳渠在，於是朔方軍就也還在。

岳渠在一日，朔方軍就還能在一日。

「岳帥原本該成一代名將。」胡先生低聲道：「他仗打得最勇猛，從來都只帶著一隊敢死壯勇當先殊死衝殺。當初攻城不下，他親自帶人以稻草填平壕溝，殺了守城敵將，將首級拋出城外，軍心大振，由此破城。」

「少將軍每次不顧安危躍馬衝陣、手刃敵酋，回來叫先王罵了，就會躲去岳帥的帳子。」胡先生道：「先王氣壞了，追著少將軍揍……岳帥邊喝少將軍抱來的好酒，邊同先王對罵，誇少將軍英

雄豪傑，不像有些人，畏首畏尾連死都不敢。」

蕭朔抬手，扶上冰冷堅硬的重劍劍柄，視線落在城下。

胡先生跟上來，看著城下戰局，看著叫親兵營層層牢牢護著的主帥軺車。

胡先生靜了良久，笑了笑，「去年岳帥大醉，對我說……他如今，竟連死都不敢。」

「末將亦然。」白源：「連死都不敢。」

該運籌帷幄的謀士，隱姓埋名做了客棧的老闆。

該血戰沙場的猛將，咬牙學起了貪生怕死，學起了逢迎的門路。

骨頭生生揉碎，心氣和血一併吞下去。熬得久了，幾乎已記不起那些痛快喝酒吃肉、笑罵不禁，並肩殺敵的酣暢日子。

蕭朔凝他良久，抱拳深深一揖，同刀疤要過酒囊，遞過去。

白源雙手接過來，仰頭痛飲了幾口，將酒淋漓灑在雲州城頭，笑道：「謝殿下……祭這一方英雄塚。」

「尚不到祭的時候。」蕭朔道：「來日將客棧賣了，朔方軍再無後顧之憂時，還需軍師、將軍謀定執掌。」

「雲州城的客棧，也會有人買？」胡先生啞然，笑了笑，輕快道：「好，到時便有勞殿下牽線搭橋了。」

蕭朔知他全不曾將這話放在心上，也並不多說，只頷了下首，接回酒囊。

「……今日見了殿下，心中感慨，說得多些，只覺壘塊盡消。」胡先生收斂心神，深吸口氣呼出來，低聲道：「城上終歸冒險，此戰與往日沒什麼不同，大抵無礙，殿下回城稍作歇息。」

蕭朔道：「此戰與往日不同。」

胡先生一怔，「何出此言？」

蕭朔搖了搖頭，扶了身側配劍，仍注目查看城下。

他這些年在京中，將能尋到的兵書都讀了。歷年北疆凡有戰事，無論記載詳盡與否，也都盡力複盤，用心揣摩，卻終歸難免紙上談兵。

眼前戰局，不止是他，連久經戰陣的輕車都尉與刀疤也看不出異樣。看城下局勢，岳渠仍按慣例親自壓陣，同樣並不覺得今日這一戰與往常有什麼不同。

可雲琅卻到現在還沒回來。

自從回了朔方，雲琅在休養傷病一事上，就再不曾有半分挑剔恣意。能躺便躺、能歇便歇，在京城徹底喝膩了、要追上半日才肯勉強喝一口的參湯，如今日日不離手。

收復朔方，在北方遊牧部落的主戰場，無疑是一場連京城平叛也遠不能比的硬仗，連雲少將軍也不得不慎重。

雲琅慎重至此，今日卻仍連同先帝談心也顧不上，甚至來不及交代一聲，便沒了去向。

「殿下是說，少將軍覺得這一仗不對勁？」刀疤心頭一懸，「少將軍若覺得不對，那便是定然是有什麼地方當真出了岔子。」

「當年有次，先王爺帶兵打金沙灘的時候，就是這麼回事……處處安排妥當，任誰也挑不出錯處，偏偏少將軍就是覺得不對，說什麼也不肯聽令出兵。」刀疤還記得清楚，「先王氣得沒辦法，只好甩下少將軍出兵，卻不想在金沙灘遇襲，本該來策應的鎮戎軍也只冷眼看著。幸好少將軍的流雲騎沒動，沒被盡數包圓……」

他尚在絮絮說著，一旁胡先生神色忽然微變，幾步趕上前，扶著城磚牢牢盯住城下。

朔方軍出城與金人的鐵浮屠廝殺，龐家人陰謀算計，卻還不及派人來關閉雲州城門，便被蕭朔

與雲琅截了胡。

如今蕭朔親自來守雲州城門，只要不是情勢危急，實力太過懸殊，開城就會被浩浩蕩蕩的金人兵馬湧進來，朔方軍戰罷就理所應當回城修整。

龐轄縱然有十二個膽子，一百封龐家的密信，也不敢動城門。

可朔方軍背靠的，卻不止一個雲州城。

不止一個雲州城！

胡先生的手臂抖了抖，眼底第一次滲出愕然緊張，臉色蒼白下來，盯住遙遙相對的應州城門。

城門緩緩拉開，槍尖林立，兵戈寒芒閃爍。

襄王老巢，應州城之內，竟還滿滿當當裝了一城的鐵浮屠。

草原部族紛爭，戰事不斷，鐵浮屠是最叫人恐怖的幽靈。

西夏的鐵鷂子遠比遼人精銳，與鐵浮屠引對戰，卻層層敗退，丟了從中原搶來的朔州城。

最精銳的鐵浮屠有拐子馬策應，無論局勢如何，一律憑死戰生生鑿穿。中原的萬人大軍，昔日措手不及，曾被區區百餘鐵浮屠一戰擊潰。

而眼前，竟又出來了第二支鐵浮屠。

胡先生立在城頭，背後襲上刺骨寒意，裹住肺腑，滲過四肢百骸。

襄王根本就不曾徹底相信過龐家。

此時雲州城門尚且開著，若立即關閉城門，這第二支鐵浮屠自然退回應州城。

按照計劃，不費一兵一卒，冷眼等著朔方軍被截斷退路拖死在城外。

若不關城，兩支鐵浮屠夾擊，足以鑿穿朔方軍軍陣，直入城門，一舉攻破雲州城。

必死之局。

大開的應州城門前，廝殺聲忽緩，原本不死不休的交戰雙方竟不約而同漸漸停手，戰場隱約靜了下來。

朔方軍守在雲州城前，孤軍殘兵，對著迎面與側翼的兩支以逸待勞的強悍鐵騎。

寒風料峭，淡淡血氣瀰散流動，刺骨森冷。

「沒長眼睛嗎？」代太守龐轄聞訊帶人趕來，臉色蒼白，上城頭時幾乎一腳踏空，「快快，還不快關城門……」

這等要命的消息耽擱不得，早有斥候飛跑入城內報信。一把泛著寒氣的尖刀扎進喜氣洋洋的太守府，扎醒了躺在白日夢上滿心歡喜的龐轄。

「快關城門！關城門……」龐轄嗓音有些嘶啞，他急著上城頭，又怕叫城下流矢射中，幾乎是狼狽地彎著腰滾上來，「若叫敵軍破了城池，滔天罪過誰來擔承？快快！」

「來人。」蕭朔：「扶龐太守站穩。」

龐轄叫人扶著站定，抬起頭正要怒聲呵斥，卻忽然睜圓了眼睛。

他聽見消息，第一反應便是去找正房那兩位貴客，卻不料房門緊閉，一個也沒能見到。

龐轄抱著一絲僥倖，猜兩位貴人大抵是有事要做，剛出了城。卻不料此時在城頭之上，竟見了那位不知是侍衛司還是殿前司的黑衣武官。

京城的禁軍高階武官，縱然只是都虞候、指揮使，出京到了下面，也絕不是他這個刺史太守能使喚呼喝的。

龐轄臉色變了數變，心驚膽戰，收斂躬身道：「大人……」

龐轄盡力在人群裡瞄了瞄，心裡愈生出不安，低聲道：「少……少公子呢？」

「不在雲州城中。」蕭朔道：「去借兵了。」

「好好。」龐韡聽見不在雲州城幾個字，便長舒一口氣，正要說話，忽然叫後面四個字當頭一棒，愣然立在原地。

蕭朔垂眸，慢慢按實腰間冷硬劍柄。

雲琅遠比眾人敏銳得多，不會到此時才想到這一手布置，直到此時還不現身，無疑是去找破局之法。

戰場在敕勒川下的茫茫草場，天時地利盡在金人一方。沒有亂石嶙峋、沒有九曲關隘、沒有狹窄山道，騎兵一場浩蕩衝殺，輕易收割人命。

只靠打殘了的朔方軍，縱然人人拚命、魚死網破，也不可能贏得過兩支夾擊的鐵浮屠。

到了眼前境地，唯一能破局的辦法……只有去調援兵。

龐韡肝膽俱裂，臉色徹底慘白，「少公子豈可親自去借兵！」

他是雲州城代太守，雲州城若丟了，他固然要跟著遭殃，可若那位貴人沒在了雲州城，只怕連掉腦袋也不夠。

龐韡抖得站也站不住，冷汗淌下來，哆哆嗦嗦道：「少公子乃天家貴胄，何等金貴，豈可冒然涉險……」

「天家貴胄，鐘鳴鼎食，受生民供養。」蕭朔平靜道：「戰火起時，就該護住生靈百姓。」

龐韡怔住，愣愣看著他，囁嚅了下，沒能出聲。

城下，金兵已緩緩擺開陣勢。

長途劫掠的重甲騎兵在體力上並不占優勢，朔方軍迎面阻擊的鐵浮屠只拿著尋常兵器，刀槍劍斧劈殺，步兵結三才陣尚足以應對。

應州城內以逸待勞的這一支，人人手中配了沉重的騎槍與狼牙棒，只要一撥衝殺，就能將朔方

軍鑿穿，殺到雲州城門前。

「關城！關城！」龐轄徹底嚇破了膽，「雲州城若失，你等擔待得起？糊塗，我知你是嚴離舊部，素來與朔方軍過從甚密。往日本官對你睜一眼閉一眼，今日卻容不得你肆意妄為……」

「龐太守。」胡先生寒聲道：「你以為今日關了城門，雲州城便能不失嗎？」

龐轄打了個哆嗦，愣在原地。

「朔州在金人手裡，如今應州城分明也已徹底倒戈，雲州已徹底成了孤城。你以為這兩支鐵浮屠只是為了朔方軍來的？」

「襄王如今行徑，已將雲州城當祭品，送到了金人嘴邊！」胡先生牢牢盯著他，「再沒了朔方軍，你用什麼守城？用你搜刮來的綾羅綢緞、金銀財寶嗎？」

龐轄叫他質問得說不出話，茫然半晌，腿一軟，脫力跌在地上。

城頭一片死寂，風聲嗚咽，城下奪命的危機步步緊逼，鐵浮屠一步步向前，踏入上一場激戰留下的紅褐色血土。

龐轄身後，跟來的師爺低聲道：「那位……少公子，去借的哪一家兵？」

蕭朔：「如今情形，只有寰州能救。」

「寰州不行。」師爺苦笑，「寰州節度使韓忠，昔日受黨爭牽連貶謫，明哲保身閉門謝客，發誓此生口不言兵。」

胡先生皺緊眉，牢牢盯著城下箭在弦上的戰局。

「如今情形……斷尾求生尚可。」師爺道：「此時兩軍尚未交戰，是金人在衡量我軍戰力。一旦開戰，雲州城門最多只能晚關一刻。倘若……倘若朔方軍能分出一部分，誓死阻擊，剩下的便還有機會回城。」

師爺低聲道：「如此一來，雖然留下拒敵阻擊的必死無疑，卻能保下大半……」

胡先生眼底幾乎逼出分明血色，正要開口，城下忽然擊起隆隆戰鼓。

胡先生臉色驟變，撲到城邊。

原本被密不透風護著的主帥輜車，在迎戰的激烈鼓聲裡徐徐向前。

戰戰旁觀的親兵營，以最前面馬上的主帥為錐尖，兩翼雁形回攏，沉默著排開陣勢，將身後傷痕累累的力竭同袍死死護住。

胡先生發著抖，死死扣住冰冷堅硬的青條石城磚，指尖礪出一層淋漓血痕。

「前隊作後，後軍入城！」城下，岳渠勒馬提韁，並不回頭，「白源！」

除了有數的幾個人，幾乎沒人知道朔方軍當年那位輕車都尉的下落。此時聽見這一個名字，人人錯愕，盯住城上人影。

城門之內，少年白嶺揣著匕首要出城殺敵，被守城軍死死攔下。

他叫無數雙手臂攔著，遙遙聽見這一聲喊，忽然狠狠一顫，難以置信抬起頭。

胡先生站在城頭，用力閉了閉眼，低聲：「岳帥……」

「老子知道你這個書呆子向來優柔寡斷，到了今日，別讓我看不起你！」岳渠抄起長槊，大笑道：「關城門！」

金兵主帥的五官隱在重鐵兜鍪的長簷下，朝著天邊白日舉起長刀，向前緩緩劃落。

「先生！」白嶺不禁失聲痛哭，死命掙扎著嘶聲大喊：「不能關城門！那是朔方軍！求求你——父親……」

朔方軍依然鴉雀無聲，無論是留下的，還是退入城池的，都一言不發，動作沉默而俐落。

少年的哭喊聲尖銳：「放開我，讓我去殺敵！我不怕死！讓我也去，我不要這樣活著！」

城門守軍死死咬著牙關，將他用力扣住。

白嶺咬住面前的手臂，趁著對方吃痛收手，掙身脫出去，攥了匕首就要衝出城。

一隻手按住他的肩膀。

白嶺雙目赤紅，啞聲道：「滾開！膽小鬼——」

蕭朔掃了他一眼，並不說話，翻身上馬，為魚貫入城的朔方軍讓出通路。

刀疤已換回了輕騎兵的裝束，將少年拎起來晃了晃，扔回給城門守軍，咧嘴笑了下，往手心呸了一口攥牢腰刀。

「沒人是膽小鬼。」景諫摸了摸他的髮頂，「只是還不該你們死。」

不能所有人都死，還要留下人再打仗，打到徹底收復燕雲、奪回陰山，將關隘重新連成銅牆鐵壁的屏障。

可戰友同袍，不可輕拋。

浩浩蕩蕩的鐵浮屠與朔方軍攪成一團，喊殺聲混著戰鼓聲烈烈震天。

朔方軍隨著主將岳渠，竟悍不畏死，徑直衝進了壓城的鐵浮屠大軍。

應州城的鐵浮屠隨之而動，這支駭人的鐵甲騎兵凶悍到不可思議，前陣縱然落馬，後陣一樣轟隆隆壓過，挾著風雷衝勢，碾向死戰的朔方步兵。

岳渠徹底放開前後防備，手中長槊全無顧忌地狠狠劈殺，招招飲血。朔方軍人人死戰，倒下去一個，立刻又有兩三個豁出命填上。

「岳渠。」金兵主帥勒住馬韁，盯著殺神一樣的將軍，鷹眸裡透出寒光，冷聲道：「他有許多年不曾上陣了。」

「是許多年了。」他身邊的漢人軍師道：「不想悍勇更勝往昔。」

「悍勇？」金兵主帥搖了搖頭，「用你們中原的說法，這是一腔悲憤死志，冰心玉壺。」

「你們漢人在內鬥，這麼多年了，還在內鬥。勇士死在陰謀，懦夫自毀長城。」

軍師沉默。

「是勇士，卻不可叫他活著。」金兵主帥遠遠望了一陣，對身旁強弩手道：「殺了他，用最好的虎皮裹著，帶回祁連山天葬。」

強弩手應聲，遠遠瞄中殺神一般的岳渠。

岳渠橫槊擊殺一名鐵浮屠，正要再殺下一個，忽然聽見親兵焦灼喊聲。回頭看時目光驟凝，奮力回槊將狼毒箭擊偏，卻仍晚了一分。

穿石破金的狼毒箭扎透了鎧甲，岳渠身形一顫，肩胛蔓開鑽心痛楚，跌在馬下。

「岳帥！」親兵目眥欲裂，拚死衝殺，想要過去救援，卻被面前金兵牢牢擋住。

發烏的血汩汩淌出來。

金兵主帥瞇了瞇眼，抬手道：「再一箭，送他……」

話未說完，再度掀起的激烈喊殺聲叫他眉峰蹙起，轉頭看過去。

輕騎兵。

中原人的輕騎兵。

朔方軍一直寶貝著這些輕騎兵，寧死不肯輕動。

在草原的鐵騎眼中，這些裝備破舊、戰馬瘦癟的騎兵幾乎不值得一看，可此時出城的輕騎兵，卻不閃不避，徑直攻向了尚未合攏的應州城城門。

趁著這個機會，岳渠的親兵已豁出命撲上來，牢牢護著將軍，閃進了刀劍兵戈之後。

「他們要奪應州城？」金兵主帥身旁，一名偏將愕然，「如何奪得下來，中原人瘋了？」

金兵主帥瞇了下眼，緩聲道：「不是。」

數百輕騎兵罷了，看人數甚至不足千人，不要說釘不進應州城，縱然真釘進去，也會被回兵來救的鐵浮屠直接淹沒。

可只要他們攻城，鐵浮屠就註定要回兵來救。

回兵去救，就不能兩方合兵一處，絞殺朔方軍。

「可這樣又能撐多久？」偏將皺緊眉，「勉強拖延而已，最後還不是解不了這邊的圍，那邊也要搭進去……」

金兵主帥顯然也不曾想透此事，一雙眼微微瞇起，看著帶兵直衝應州城的中原武將。

生面孔。

中原人有援兵？

哪裡會有援兵。

「飲鴆止渴罷了。」金兵主帥看著回援的鐵浮屠，緩緩道：「這一支是護國鐵騎，我們最精銳的核心力量，這一隊輕騎兵撐不了多久，就會被徹底剿滅。」

「只是不能立即取勝而已，我們早占絕對勝算，不必心急。」金兵主帥道：「既然要垂死掙扎，我們便叫他們死得明白一些，來世不要投在中原，與我等為敵。」

喊殺聲愈烈，血光迸飛，日頭已漸西垂。

寒風凜冽嗚咽，與號角聲應和，在逐漸暗淡下來的天色裡捲著簪纓，捲起叫戰火燒得殘破的大旗。時隔多年，北方的鐵騎終於重新見了拚命的朔方軍。

血染得看不出戰袍顏色，仍悍不畏死地向前衝殺。

這樣一股血氣不同於遊牧部落的凶悍、不同於掠奪鐵蹄的貪婪，是在一步不可退的故國之前，

逼出的最鋒利的寒鐵刀鋒。

沒有人願意打仗，可憐無定河邊骨，將軍白髮征夫淚……沒有人願意打仗。

三千里故國，八千里山河。

北疆年年募兵，流民從軍，殘兵殉國。

無一人求饒，無一人偷生。

沒有人願意打仗！

岳渠在親兵的懷裡醒過來，聽著耳邊廝殺聲，眼底仍是滔天戰意，伸手道：「馬槊。」

「岳帥！」親兵死死抱著他染透了血的長槊，低聲哀求：「歇一刻，等一等再……」

岳渠問：「等什麼？」

親兵打了個激靈，沉默下來。

朔方軍再勇猛，在源源不斷的鐵浮屠面前，也終歸只是抵死頑抗。

他們只能盡力，替進了城的弟兄多殺一些敵人，再多殺一些敵人，等到下一場仗時，能讓弟兄們多一分活下去的希望。

活下去，看到有援兵的那一天，或者死在自己守衛的疆界上。

岳渠拿過長槊，撐著地，深吸口氣慢慢站直。

金人已失了耐性，下一次衝鋒，就會徹底收割盡他們的性命。

「隨我衝鋒，隨我赴死。」岳渠慢慢道：「傳令——」

他話音未落，那個率領鐵浮屠絞殺朔方軍的偏將忽然一頓，自馬上無聲無息跌落。

一支白羽長箭穿透鑌鐵鎧甲，牢牢釘在偏將頸間。

岳渠眸底狠狠一顫，撐著向前一步。

第二箭、第三箭。

射箭的人是在高速馭馬同時出的手，每一箭都尋不回原本的軌跡，只能看見天光下流星似的燦白尾羽。

一箭奪一將。

三箭過後，鐵浮屠失了將領引導的方向，錯愕停在叫鮮血染透的寬闊草場上。

「不好！」金兵主帥身旁，偏將失聲道：「對面有射雕手！」

「漢人哪裡來的射雕手？」金兵主帥看向一旁的軍師，沉聲道：「你不曾說過，中原人還有這種猛將。」

軍師皺了皺眉，也有些困惑，「本不該有……」

「罷了。」金兵主帥並不願與他多說，「將帥再勇猛，這等情形，一人也無用。」

三箭可以奪他三名將領，可他還有三十名、還有三百名。

鐵浮屠人人皆可自由拚殺，只要沒有來馳援的、足夠對等實力的大軍，縱然是再神勇的將領，也要死在這樣無窮無盡的絞殺之中。

只要沒有馳援的大軍……

金兵主帥心念電轉，忽然想起方才中原軍隊毫無道理的拖延。

為何要拖延？

拖延時間是在等誰，有誰會來？

內鬥的中原，懦弱的中原人，昏聵的中原朝廷……那個野心勃勃又叫人噁心的襄王，同他們說的究竟是不是真的？

倘若全是真的，是什麼將這些人遠遠趕到了苦寒的北疆？

想起不久前西夏的舊事，金兵主帥眉峰狠狠一挑，忽然翻身上馬，催馬前行數丈。

滾滾煙塵裡，地皮微微顫動。

數不清的中原兵！

竇州方向來的，浩浩蕩蕩的鎮戎軍，跟在一騎薄盔輕甲的將軍身後，壓向這一片已疲憊不堪的戰局。

日色白亮，映在那將軍身後，看不清長相，只能看見那一柄颯白流雲紋的桑梓木雪弓。

看不清究竟何等規模的援軍，軍容齊整、大旗獵獵的援軍。

數不到頭的人、數不到頭的箭。一刻不停百里馳援，終於來得及，終於趕到，又一刻不停地俐落列陣，護住雲州城，護住朔方軍的後路。

戰鼓轟鳴，號角響遏行雲，蕩徹在敕勒川下。

軍士手中鐵劍重重敲著盾牌，每走一步，喊聲便沖天穹霄漢。

將軍勒馬，弓成滿月。

雪亮箭尖穿透戰局、穿透瀰天血氣，遙遙釘住了金兵主帥的眉心。

金兵主帥在馬上，慢慢握住手中韁繩，瞳仁縮了縮。

馭馬中的三箭連珠，箭箭力貫千鈞，的確是草原射雕手才有的絕技。

即使是最強悍、最健壯的射雕手，在連發出這樣近於絕技的三箭之後，體力心力也會一併耗盡，不可能立刻有力氣再發第四箭。

可遠處身映天光的中原將軍，長弓之上，冰冷的箭尖卻仍恒定一般將他穩穩釘牢。

遠隔兩軍，依然精純凜冽的殺氣。

朔方軍是峻拔峰仞，一片浩蕩悲涼、傷痕累累的孤山，眼前陌生的將軍卻是凜寒冰川。

冰冷的箭，冰冷的人。

雪窖冰天下，是灼人的滾燙烈焰。

「中原當年有將，銀槍雪弓，指流雲為旗。」金兵主帥抬起手，阻住大驚失色的副將，「與此人比如何？」

「我們不曾遇上過……契丹與黨項人說，那是天賜給中原的白虎神，勝不過的天兵。」副將依稀能看見遠處箭尖，冷汗自額頭淌下來，低聲喚：「大將軍。」

金兵主帥抬手，扣上狼頭金刀，盯住遠處拈弓搭箭的人影。

不會有人射得出第四箭。

離這裡最近的是寰州，駐紮在那裡的鎮戎軍離這裡近百里路程。從雲州去請救兵，再領軍來援，一來一回只用半日，幾乎能活活跑死一匹尋常良馬。

長途奔襲，奪命馳援，不及喘一口氣，三箭連珠取去三將性命。

……不會有人射得出第四箭。

金兵主將額間滲出隱隱冷汗，握緊金刀，盯住兩軍陣前動也不曾動過一下的箭尖。

他若能賭得贏，這一箭根本就是虛張聲勢。中原的將軍殺不死他，有主將居中調度，衝鋒夾擊，縱然中原有援兵，鐵浮屠也未必沒有取勝之機。

若賭不贏。

賭不贏，今日死戰。

戰到一方徹底耗乾淨、一方的血徹底流乾，盡數倒在這片草場上。

金兵主將眨了下眼，冷汗順額角滑落，墜在刀柄之上。

風動馬嘶，兩軍沉默對峙，白亮天光凝在箭尖。

金兵主將凝神提防，不敢分毫錯開視線，沉聲道：「戰局如何？」

「正面……朔方軍的死傷，與我們相差不多。」偏將低聲：「應州城那一邊……」

金兵主將心頭倏然沉下來，「應州城如何了？」

「領兵的主將我們不曾見過，像是中原新來的。」偏將道：「他帶的親兵也勇猛，交戰時不像是這些年的打法，倒像是……當年。」

金兵主將眸光狠狠一跳。

當年。

中原王朝的那位端王爺親領朔方軍，橫征朔北，將契丹人打得半殘零落，叫他們這一支女真部落有了喘息之機。

「主將年紀很輕，對不上……但實在太像。」偏將低聲：「我軍撤走，只憑應州城那邊留下的鐵浮屠，怕是抵擋不住朔方軍與鎮戎軍合圍。」

金兵主將寒聲道：「退入城中也不行？」

「退入城中也不行。」偏將道：「他們的輕騎兵盯著，我們的人一旦退入城中，便可緊隨追擊破門。」

金兵主將鬆開刀柄，餘光掃過浩浩蕩蕩的鎮戎軍，心胸徹底冷透。

萬無一失的良策，在劫難逃的死局。

……不過拖延半日、一支援兵。

不知不覺，攻守之勢竟已徹徹底底倒轉了過來。

他們不在乎應州城。漢人自己同自己內鬥，襄王與他們合作，卻也一樣心狠手辣，應州城暫時被誰拿去都沒有太大區別。

可那一支鐵浮屠，卻是王帳最精銳的尖兵。

「前隊作後、後隊作前，兩伍匯成一伍，退入朔州城。」金兵主將低聲吩咐了一句，提轠向前，高聲道：「鎮戎軍主將何在？」

為首的銀甲將軍緩緩收箭，卻不上前，不疾不徐收好雪弓，將白羽箭矢斂入箭筒。

他身後，一名中年將領策馬上前，在兩軍陣中站定，「完顏將軍。」

「韓忠？」金兵主將認出他，一雙鷹目銳光一閃，「你當初曾發誓，此生再不言兵。」

韓忠一笑，「我當初說，世間已無韓某抒懷之時、立身之地，何必再談兵事。」

金兵主將問：「你如今有抒懷之時、立身之地了？」

韓忠頷首，「有。」

金兵主將：「何時？」

韓忠：「來日。」

這個回答未免太離奇，金兵主將皺了皺眉，又問：「何地？」

「浩蕩寰宇。」韓忠：「朗朗乾坤。」

金兵主將微愕，看著眼前相爭多年的敵將。

對方昔日心灰意冷，親手將長劍入鞘封存，此時不知為何，眼裡竟已重新復甦起戰意，甚至比此前更熾烈浩蕩。

金兵主將蹙緊了眉，心頭莫名隱隱發沉，又看向那個不知身分的銀甲將軍。

「你這一支金兵戰力已疲，若要鑽進應州城避風頭，痛快說話！」韓忠長劍橫攔，劍光寒泉似的一閃，朗聲笑道：「我中原將士向來正大光明，做不出偷襲的事。你要進城，我不追擊！」

金兵主將終於動怒，「韓忠！」

兩軍激戰至此，都已疲憊不堪。鎮戎軍一系的戰力本不及朔方鐵騎，此時追擊，縱然會叫金軍的鐵浮屠狠狠吃一個苦頭，自己卻也勢必損失慘重。

雙方心中都無比清楚這一點，所以才會僵持下來，一直對峙到現在。

金兵主帥出陣，原本是想來定下各退一步，來日再戰。此時被他這樣一說，竟像是被中原人高抬貴手放過了一馬。

「若是你鎮戎軍不來橫插一槓，我今日已滅了朔方軍！」金兵主帥寒聲：「你以為你帶了鎮戎軍來，我便心生畏懼？鎮戎軍騎兵戰力，你我心知肚明，若不是你身旁那個人的箭，我已命鐵浮屠衝殺了你的鎮戎軍！」

金兵主帥盯著他，死死勒住馬韁，憤然道：「今日縱然你以逸待勞，鐵浮屠拉開陣勢公平一戰，未必沒有半分勝算……」

韓忠竟半分也不否認，大笑道：「誰要與你公平一戰？」

金兵主帥怔住。

「鎮戎騎兵。」韓忠高聲：「下馬！」

一片沉默的鎧甲磕碰交鳴，數千騎兵齊齊下馬，將腰側佩刀一併繫在馬鞍上。

數千騎兵，數千匹駿馬。

數千柄雪亮的長刀。

金兵主帥瞳孔驟然收縮。

朔方軍三人一匹馬，兩人一柄刀，早成了草原上的笑話。沒有戰馬、沒有兵器，再精銳的猛虎也沒了獠牙與利爪。

韓忠持鞭抱拳，「寰州鎮戎，奉令來送戰馬兵器，朔方輕騎兵何在？」

傷痕累累的步戰甲兵裡，三三兩兩有人站起來，向前一步。

韓忠：「金槍班可在？」

蕭蕭朔風裡，有人沙啞應聲：「在！」

「好！」韓忠笑道：「神騎營可在？」

有更多的人抹去鮮血，用布條死死繫住傷口，站起來，「在！」

「神射軍，鞭箭軍。」韓忠：「龍騎直可在？」

「龍騎直死戰陰山，打空了！」有人上前，「御龍弩直在！御龍弩直還在！」

朔風獵獵，捲折白草，嗚咽的雄渾號角聲裡，越來越多的人站起來。

「廣捷軍在！茶酒新班在！」

「歸明神武打空了，歸明渤海還在！」

「清澗騎射還餘一人，尚有半條胳膊、兩條好腿，能綁長矛，策應馬步戰！」

……昔日端王歿後，朔方軍勉強攏成一團，這些曾經在草原上威風赫赫的名字已太久不曾有人提起過。

還剩下的身分，就只有一個搖搖欲墜的朔方軍。

韓忠眼底一顫，深深吸了口氣，「交兵。」

鎮戎軍的動作俐落無聲，戰馬、佩刀、弓弩鐵槍，交進一雙雙沾滿烽煙的手裡，沁著血，被死死攥牢。

韓忠牽轠攔在朔方軍前，頂替了岳渠的位置，「若退去，放下兵器，允你們活著入應州城。」

金兵主帥愕然，「你瘋了？」

「早該瘋了。」韓忠笑了笑，「若死戰，便死戰。」

「岳將軍有傷。」韓忠平靜道：「韓某替他戰、韓某替他死。」

金兵主帥握緊腰刀，看著眼前連成一片的鎮戎軍與朔方軍，第一次真正察覺到了無邊的寒意。

雖然不知道是什麼激起了這些人的戰心戰意……可眼前的中原人，從將帥到士兵，卻分明都徹底不同了。

他們固然能殺一群中原人，可殺光了這群中原人，還會有更多的中原人源源不斷地撲上來。

殺了一個寰州城的守將，還會有蔚州，還會有新城，還會有汾水關。

燕雲十三城殺完，還有中原的二十四路。

這些人的血在燒，燒起凜冽戰意，燒成一片燎原之火。

究竟是什麼……能讓這些冷透了的死灰燒起來？

金兵主帥咬緊牙關，瞳仁裡的殺意一點點叫眼前這場火燒盡，視線向回一掃，「應州城所部，不歸我轄制，能應允的，只有我這一支鐵浮屠。」

「不歸你轄制？」韓忠挑了下眉，笑了笑，並不追究，「好。」

金兵主帥道：「我部退入城中，貴軍不可追擊、不可襲擾。」

韓忠像是不經意回了下頭，頷首，「好。」

金兵主帥極其敏銳，視線緊追著牢牢釘過去，越過數人，扎在那個銀甲雪弓的將軍身上。

韓忠催了幾步馬，「我軍不是時時有耐性。」

金兵主帥盯著那銀甲將軍，緩緩道：「是你？」

「箭在弦上！」韓忠沉聲：「兩軍陣前，你若再不退……」

「百里奔襲，三箭連珠……我被你唬住了。」金兵主帥道：「方才那一箭，你已是強弩之末，發不出來。」

雲琅垂著頭，隨手撥了撥弓弦，朝他一笑，「完顏將軍可以試試。」

金兵主帥牢牢盯著他，試圖從他身上找到一絲虛弱的痕跡，卻終歸一無所獲，眉峰越蹙越緊。

隔了一刻，金兵主帥持韁回馬，示意本部交兵，又看向雲琅。

他已猜出了真正的主帥是誰，根本不再看韓忠，盯住雲琅，「不追擊、不突襲。」

雲琅點了點頭，「可。」

「直至入城，不調強弩。」金兵主帥：「各自修整，互不相擾。」

雲琅頷首，「可。」

金兵主帥拿不準他葫蘆裡賣的什麼藥，擰眉思慮一圈，終歸不再多說，回韁引所部加緊入城。

天色徹底黑透，日頭落盡，城邊已換成一輪極淡的彎月。

鐵浮屠魚貫入了應州城，城門牢牢閉緊，朔方軍與鎮戎軍卻仍留在城外，仍不曾回雲州城。

金兵主帥登上城頭，見城下情形正要詢問，忽然察覺，心底徹徹底底攔不住地沉下去。

草原部族最善破堅攻城，卻罕少真在城內停留過。鐵浮屠縱然勇猛，一旦入了城池，擠在城高牆深的應州城內，竟像是裝入甕中，忽然一籌莫展起來。

朔方軍仍在城下，按照約定，沒有追擊、沒有突襲，直至入城不曾調過強弩。

不擾修整，各安其事。

在將軍的陣旗指引下，將稻草扔進丈許寬的護城壕溝填實。

將應州城截斷糧道、截斷援路，反過來牢牢圍了個水洩不通。

【第四章】

只一夜，這赦勒川下所有兔子便都禿頭了

風沙瀰漫，融開淡白月色。

黑夜色裡，應州城門牢牢闗嚴。被圍死在城內的鐵浮屠已有所察覺，弓弩手與警哨層層疊疊壓上城頭。

支離破碎的林木、支離破碎的戰場。

鎮戎軍沉默著收斂殘兵，敷藥裹傷，埋灶紮營，篝火熊熊燃起來，燒淨殘損的敵旗，火星隨風飄散，落在染血的草葉上。

軍醫腳不沾地，各個軍帳間穿梭，來來回回緊趕忙碌。

烈酒的氣息散開，細長的鋒銳刀尖映著清寒月色，屏息凝神一剜一挑，嵌在筋骨間的箭頭同鮮血一道飛出來。

岳渠悶哼一聲，身體在短暫的昏厥裡歪倒下去。

帳子裡圍滿了將領親兵，見他栽倒，匆忙伸手去扶，「岳帥！」

「老子沒死。」岳渠叫一群人扶著，緩過口氣，不耐煩道：「咋呼什麼？」

眾人挨了訓，反倒重新稍見了些喜色，低下頭去，各自忙碌著止血敷藥。

「岳帥。」廣捷的將軍伸手去扶，遲疑了下，低聲勸：「狼毒箭造成的傷勢不可輕忽，您還是先回雲州城靜養……」

「荒唐。」岳渠沉聲：「大軍紮營，主帥回城睡大覺？」

廣捷的將軍叫他一叱，不敢多說，閉上嘴低了頭。

岳渠叫箭傷擾得心煩，抄過軍醫用來洗刀的烈酒灌了兩口，沒傷的手抹了把臉，低聲問：「城中來人了嗎？」

「來了。」親兵道：「白源都尉在外面。」

「陰魂不散。」岳渠皺了皺眉，「叫他進來。」

親兵應聲出了帳，帳簾挑開，胡先生快步走進帳篷，將手裡的幾樣傷藥與補藥交給軍醫。

「打扮成這樣幹什麼？」岳渠抬眼，掃過他身上鎧甲，「你這點三腳貓功夫，大半還是當年雲小子教的，也想跟著上戰場湊熱鬧？」

白源聽他提起雲琅，不著痕跡蹙了下眉，走過去，「岳帥。」

岳渠反倒像只是無心一提，叫人七手八腳扶著，向後靠了靠，「城中情形如何？」

「城中無事。」白源道：「龐轄看見鎮戎軍前來馳援，喜不自勝，方才還想出城勞軍，叫師爺勸住了。」

「勞什麼軍？」岳渠嗤道：「他早看上鎮戎軍油水，叫師爺送了幾次禮，城門都沒進去。這回又不死心，巴巴湊上來罷了。」

鎮戎軍本不是戍邊軍，設在西北，用來通暢貿易往來、護持糧運樞紐，最數不盡油水的差事。燕雲之地陷落，北疆淪為戰場後，這條貿易線路就已斷去大半。鎮戎軍只剩下了個統掌民政的空名，連鎮戎軍也被樞密院以徒耗財力為由裁撤。

後來雲琅帶人將寰州城打回來，才將鎮戎軍勉強收歸其中。

如今眼看燕雲已要盡數收復，鎮戎軍早晚又要護送往來貿易，重回核樞衝要。

若能趁此時插上一手，只要稍使手段，不知能卡出多少油水。

「人人心知肚明，沒人理他。」白源要說的不是這個，苦笑了下，稍一猶豫又道：「岳帥，你的傷……」

岳渠不接他話，擺了下手，「應州城那邊，輕騎兵是哪個膽大包天的兔崽子拉出來的？」

白源一頓。

岳渠當時來不及反應，現在還後怕得脊骨疼，磨牙道：「老子就這麼些家底！想著若今日殉國，留給你們的棺材本，竟也真敢帶出來？」

「若不是輕騎兵及時出城，在應州城牽制住那一支鐵浮屠，如今才是真要大家一起殉國。」白源低聲道：「岳帥用兵穩妥，未免……太保守了些。」

岳渠萬萬想不到他竟還頂嘴，濃眉一跳，撐坐起來，「你……」

「帶輕騎兵出城牽制的，是京城來的那兩個年輕人之一。」白源趕緊道：「岳帥看，他領兵征戰的本事如何？」

岳渠不知白源為何忽然問起這個，皺緊了眉想了想，半晌才含糊道：「打得不錯……比那群廢物強得多。」

白源：「只是不錯？」

「……」岳渠一陣惱火，「你有完沒完？便不愛與你這咬文嚼字的書呆子說話！」

那等局面之下，要帶著一群半殘不殘的輕騎兵直面最精銳的鐵浮屠，牢牢牽制得對面分身乏術，拖延到援兵來救，又豈止是「打得不錯」。

岳渠自然明白，只是到底拉不下臉，偏偏這不識趣的書生今日又犯了軸，竟還要一再追問。

岳渠壓了壓火氣，瞪了不知在想什麼的白源，「打得好！若不是他，如今便一起死透在這雲州城下了，我難道不知？你也說了那是個年輕人，叫我如何好去跟他道謝？查一查是哪家有出息的後生，來日去拜會他府上父母長輩，送個禮還個人情。」

白源低聲道：「他府上，已沒有可拜會的父母長輩了。」

岳渠一愣，看他半晌，慢慢皺緊了眉頭。

兩人都半晌不再開口，邊上終於有將軍忍不住，低聲求道：「岳帥，問問搬救兵那……」

岳渠一眼睛瞪過去。

他平日裡便積威頗深，那將軍本能閉上嘴，卻只忍了一瞬，便咬牙跪倒，「岳帥……求您了！問一問，問問搬救兵的那位將軍……」

風捲帳簾，帳內隨著這一句話，竟格外反常地寂靜下來。

主帥傷重軍心不穩，自然該來探傷。可朔方軍這些年的仗打下來，人人身上等閒十來處刀傷箭疤，狼毒箭雖然凶猛，好在沒射中要害，救治及時，也不會傷及性命。

各營各直的將軍不約而同擠過來，急著要弄清楚的，不止有主帥的傷勢。

岳渠皺緊了眉，反常的沒有斥責喝罵，視線深了深，落在帳口透進來的月色上。

搬救兵來的將軍。

三支白羽箭、一席亮銀甲，單人獨騎就能力挽狂瀾的將軍。

「非是我不問。」岳渠靜了良久，視線落回白源身上，「我若問了，要他怎麼答？若他說不是，你們認錯了，你們可受得住？」

那將軍打了個顫，怔忡良久，深埋下頭。

「無論是不是那臭小子回來了……」岳渠低語半句，忽然笑了一聲，「既然沒人來找你們，說明現在還不是雲麾將軍該出面的時候。」

此前白源送來的消息，說來的那兩人一個是宮中皇子、一個是禁軍將軍，來雲州城是同龐家人見面，共謀大事的。

如今朔方軍幾乎盡數紮在城外，只要這兩個身分還在，雲州城門就不敢關。

只要這兩個身分在，龐轄那裡就掀不起風浪，應州城裡封著的襄王所部與金兵就會始終驚疑猜測，惶惶不可終日。

將軍們如何不明白這個道理，只是實在忍不住，此時個個低了頭，不再出聲。

岳渠掃了一圈，不耐煩擺手，「好了，一個個沒出息的樣子……等著！」

「寰州城與朔州，一來一回近二百里。」岳渠看著白源，語氣緩了緩：「你說的那位龐家人的貴客、京裡來的皇子，他身子好不好，這些年又添沒添過什麼傷，禁不禁得住這麼折騰？」

白源靜了片刻，慢慢道：「已比過去好得多了。」

「什麼叫比過去好得多？」岳渠皺了眉，「若是有那種過去當胸挨過一劍、雪地裡凍過三宿，回來又不要命的藏著傷打仗，打下三座城墜馬一頭昏死過去險些沒了性命的人，如今豈不是怎麼休養都比過去好很多？」

「……」白源苦笑，「岳帥——」

「不過打個比方，又沒問你那人是誰。」岳渠催促：「快說。」

白源叫一個帳子的人屏息凝神牢牢盯著，險些叫這些灼灼視線盯出個洞，半晌只得無奈道：「我出城便來見岳帥，只穿過營盤時見了一眼……馭馬巡營倒還無礙。」

雲琅這些天不輟調養，參湯日日補著。雖然根基傷損得重，仗著當年底子，渾厚內勁，已與常人大致無異。

只是換了常人，數百里的鴻翎急報，連人帶馬跑到地方便力竭昏死過去的，也原本再正常不過。更遑論還在這種時候，三箭連環先聲奪人，徹底震碎了鐵浮屠的銳氣。

若沒有那三箭，縱然能憑赫赫軍威鎮住金人，不拚那註定兩敗俱傷的一仗，也絕不可能將兩支鐵浮屠生生逼進應州城裡包了圓。

「……他還巡營？」岳渠瞪圓了眼睛，「自己什麼情形了還巡營？你還把補藥往我這送！還不快給那沒輕沒重的臭小子……」

「岳帥。」白源尚要幫雲琅遮掩，訥聲道：「當真不是……」

「行行，不是不是。」岳渠擺手，「是宮裡頭的皇子，是不是？老子利慾薰心，見風使舵，就想賄賂宮裡的皇子，快把補藥送過去。」

白源：「……」

有他開頭，一旁神騎營將軍也再忍不住，乾咳一聲，「我們……也想賄賂皇子殿下。」

白源一陣頭疼，「方將軍……」

「弟兄們沒什麼好東西，當年答應少……呸呸。」神騎營將軍飛快改口，掌了下嘴，「當年誰也沒答應，就是大家一拍腦袋，想找一副最好的馬鞍，疾馳千里追襲也不硌屁股的。」

神騎營將軍眼疾手快，趁著親兵給白源遞藥，將那馬鞍一併掏出來塞過去，「賄賂、賄賂，勞煩輕車都尉。」

「你怎麼還帶過來了？」白源險些沒能抱住，「你不是來看岳帥的傷的嗎？」

神騎營將軍搓了搓手，嘿嘿一笑，腳底抹油飛快出了軍帳。

岳渠反倒不以為意，放聲大笑，朝眾人擺手，「快快，趁著跑腿的還沒走……別以為老子不知道！茶酒新班，你們那個陶塤自己偷著做了幾年了？廣捷營別藏了，你那破風箏一會兒叫你藏爛了。清塞軍，你們那個鞭炮不能送，求老子也沒用，如今送了也不能放……」

白源不及反應，錯愕怔在原地，眼睜睜被眾人明目張膽爭先恐後的「賄賂皇子」，懷裡轉眼塞滿了少年人最喜歡的小玩意兒。

遊騎將軍自己做的磨喝樂落在了雲州城，沒能趕上，只好搓著手訕訕道：「我想去給皇子捏捏腿……」

「不行！」白源崩潰：「捏你自己的！」

遊騎將軍分外失落，怏怏嘆了口氣，磨磨蹭蹭出了帳子。

雖說這一圍城便暫且打不起來，可好歹分明還在戰場上。

白源抱了一堆東西，哭笑不得立在原地。

「他要瞞著，有他的考量。」岳渠吊著傷了的胳膊，大馬金刀倚著，灌了口酒，「這些東西不是給雲麾將軍的，是給我們大夥養大的小兔崽子的……你只管送去。」

白源立了半晌，無奈苦笑，「是。」

「若還不是時候，不必急著回來見面。」岳渠道：「老子好不容易熬出頭了幾年，這朔方軍主帥還沒做夠呢，少讓他來搶風頭。」

白源啞然：「岳帥……」

岳渠：「去吧。」

白源靜靜站了一刻，俯身一禮，將懷中物事盡數仔細收好，快步出了軍帳。

另一側，應州城最北的合圍輕騎兵營地，人聲已漸消停下來。

激戰一日，人人耗盡了心血力氣。

滿身沙土血跡不及洗清，滾進帳篷，便不管不顧沉沉昏睡過去。

蕭朔坐在營帳前，將兜鍪摘下來，遞給隨身親兵。

騎兵激戰刀刀見血，他身上也落了幾處傷。幸而得了雲少將軍的提點，鎧甲重新修整合身，牢牢護住了各處要害，不曾受致命重傷。

「殿下。」景諫將熱湯遞給他，低聲道：「進帳子歇歇，先裹傷，我們來等少將軍。」

蕭朔單手接過熱湯，一口飲盡，將碗遞回去。

景諫立在一旁，還要再勸，目光忽然一亮，快步上前，「少……」

兩匹馬並行過來，韓忠一併牽了雲琅的馬韁，朝他輕輕一擺手。

景諫一怔，停住話頭。

雲琅仍在馬上，身形不見頹唐，朝他一笑，清清嗓子：「那邊坐著的是何人？」

他聲音極低，散在夜風裡，卻仍沁滿了暢快輕鬆的笑意。

蕭朔起身，走過來，「雲麾將軍帳下先鋒。」

雲琅一本正經，「我找的不是這個。」

「殿前司都指揮使。」蕭朔道：「禁軍統領，輕騎兵代統制。」

雲琅挑剔，「也不是。」

「此時顧不得許多了，琰王殿下再對不上巡營暗語，也總不會有假。」韓忠不明就裡，低聲勸：「少將軍……」

蕭朔輕嘆了口氣。

韓忠愣了愣，看著蕭朔走到雲琅那一匹白馬前，有些遲疑：「琰王殿下？」

「鬆手。」蕭朔抬頭，視線落在雲琅分明僵硬的肩脊腰背上，「抱你回去。」

「今夜尚早。」蕭朔輕聲：「特來……侍寢。」

雲琅靜了一刻，扯開暖和笑意，徹底將那一口氣鬆了，慢慢放開手。

蕭朔上前一步，伸出手，穩穩接住了自馬上一頭栽下來的琰小王妃。

夜風安靜流轉。

連綿軍帳一片寂靜，篝火仍熊熊燃著，偶爾在風裡劈啪爆開火星。

雲州城裡送出來一批軍資，叫雲琅直接吩咐散進各營，此時剩得不多，卻也勉強足夠應急。

景諫帶人在主帳裡外穿梭，攏火盆、找傷醫，片刻不停地燒水取藥，在簡陋的行軍床上鋪滿了厚實的絨裘。

帳內暖融，雲琅被烈酒與傷藥的氣息牽醒，在蕭朔臂間睜開眼睛。

「兩軍已安置妥當，岳渠將軍傷勢無礙。」蕭朔迎上雲琅目光，在他背後撫了撫，「只管睡，沒有要緊事。」

雲琅靠在他肩頭，看向燭火光暈的邊界，蕭朔褪去的半邊甲冑。

調鎮戎軍是緊急起意，雲琅察覺到不對時，算時間已到了最不容耽擱的危急關口，甚至來不及同蕭朔捎一句話，便急打馬去了寰州。

小王爺親手養出來的白馬，神駿無匹，近百里顛簸崎嶇的山路，揚開四蹄只管風馳電掣，箭一樣射到了寰州城。

寰州守將韓忠見了他遞進去的承雷令，半句話不曾問，扔了閒散避世的寬袍廣袖，重整甲冑，點將發兵，隨他奔襲馳援雲州城。只管過園剿賊寇、護送商旅的鎮戎軍，帶上了所有能帶的馬匹兵器，一路沉默馬不停蹄。

終於來得及。

若沒有蕭朔領輕騎兵穩住戰局，朔方軍撐不到援軍來。

若不為穩住戰局，必須死戰不退，蕭朔不必受這些傷。

「是我身手不濟，不能全身而退。」蕭朔抬手，在雲琅眼前淺淺一覆，「本就不光彩，看它做什麼。」

雲琅啞然：「誰說的？」

刀劍無眼，騎兵激戰最凶，縱然是身經百戰的將軍，要全身而退也難。

蕭朔頭次與草原騎兵正面交手，未受重傷，身上零零碎碎的傷口都只在淺表，不曾傷及筋骨肌理，已經算是極為難得。

雲琅此時回想，尚覺凶險非常，「幸好你已今非昔比……」

「是你教得好。」蕭朔道：「少年時，我想隨父親上戰場，求你教我習武。你卻說要習武先要練挨打，掣柳條樹枝逼我練了整整三個月，直至我本能便可躲開。」

「我那時以為你有意捉弄我，還生了你的氣，往府上多挖了許多陷坑。」蕭朔將手移開，撫了撫雲琅泛涼的額頭，「時至今日，我才知你苦心。」

雲琅不大好意思，臉上紅了紅，乾咳了下，「其實……」

雲琅頓了下，忽然反應過來，「那時候我三步一小坑、五步一大坑，原來不是你家地基塌陷，是因為這個嗎？」

蕭朔點了點頭，「原本還做了個彈弓，想用來射你。」

雲琅一時想不出當年持重端肅、不苟言笑的蕭小王爺拉彈弓是什麼樣子，心情有些複雜，緩了緩，「後來呢，為何沒做成？」

「做成了。」蕭朔道：「只是……」

雲琅問：「只是什麼？」

「……沒什麼。」蕭朔靜了一刻，「不說此事了，你覺得如何，氣血可有不穩？」

這話題未免轉得太生硬。

雲琅頗好奇地望他一眼，也不追問，咳了兩聲，「你沒診錯，穩得很。」

蕭朔替他調理沉傷舊疾，已慣了步步謹慎，不敢有半分疏忽大意，生怕錯漏了什麼細微處的隱患。縱然診出來脈象穩定，也仍難以放心。

當初在京城平叛時，情形凶險，只靠碧水丹未必支撐得住。蕭朔給了他一劑沉光，能將四肢百骸心神體力盡數凝在一處，只是藥力散去後患難測，故而格外凶險。

雲琅此次出征前，又從小王爺手裡磨來三劑備用。今日用了一劑，除了身上乏得透骨，竟已全不像當初那般藥力過後血氣翻湧、嘔血昏厥了。

蕭朔凝他半晌，見雲琅雖然容色淡白倦怠，卻眸色清朗，神光不散，終於稍稍安心，眼底也露出些鬆緩笑意。

「這就高興了？」雲琅端詳他神色，忍不住笑道：「原來這般好哄，日後我若惹了你不高興，就蹲你面前吨吨吨喝參湯。」

「你如今根基虧空已補全八、九成，不需再特意進補。」蕭朔也忍不住笑道：「日日灌參湯，留神補過了頭。」

雲琅奇道：「進補還能補過頭？」

蕭朔攬著他，衡量了下若給雲少將軍講解草藥醫理，其中的繁瑣枯燥能叫少將軍煩到什麼地步，將話嚥回去，摸了摸雲琅髮頂，「往後你入口的東西，記得來問我一聲。」

雲琅向來樂得如此，當即點頭，痛痛快快應承下來，又忍不住打了個哈欠。

蕭朔知他疲乏，護在雲琅頸後，慢慢替他鬆解，「歇一歇。」

雲琅叫頸後暖融護得舒服，朝他笑笑，搖搖頭，視線落回忙碌的傷醫手上。

傷口細緻拭淨血跡，布巾沾了清水，碾去戰場沾染的塵土。

傷醫敷好了藥，拿著繃布，對著蕭朔一身零零碎碎的輕傷，竟有些無從下手，「將軍……」

「不用包紮了，晾一晾。」雲琅道：「有我看著，不會有事。」

傷醫忙行了個禮，「是。」

雲琅動了動手臂，想要替蕭朔將剩下半邊鎧甲也卸下來，歇了這一刻攢出的力氣卻只夠抬到一半，便只剩骨子裡不從心的分明乏力。

雲琅橫橫心，將錯就錯，順勢往下一摸。

蕭朔：「……」

傷醫低了頭，閉上耳朵鼻觀口口觀心，沒看見被輕薄了的黑衣將軍將那隻手握穩，從衣襟裡捉出來。

雲琅回了故土，很是放得開，理直氣壯咳了咳，「該上藥就上藥，攥著我不放幹什麼？」

「頭次侍寢，有些生疏。」

蕭朔握著雲琅的手，將冰涼手指攏在掌心，「臨時抱佛腳，現學一學。」

雲琅叫他反將一軍，愕然抬頭，耳後熱意壓不住地騰上來。

「這一式很好。」蕭朔道：「學會了。」

雲琅這些天苦讀正版話本，有膽子撩人，卻還受不住這般反過來調戲，紅通通張口結舌，「學它幹什麼……」

「學以致用。」蕭朔心平氣和，「少將軍還可再教幾招。」

雲琅：「……」

蕭朔抬手，穩穩當當攬住熱乎乎化了的雲將軍，妥貼放在榻上，覆好暖和薄衾。

雲琅陷在厚實的絨裘裡，疲乏倦意再壓不住，睏意沒頂地湧上來，努力掀起眼皮。

「外面有韓將軍值守，今夜安穩。」蕭朔俯身，單臂攏了他，安撫地一揉雲琅髮頂，「我處理好傷口，便與你一同歇息。若不放心，便等一等我。」

雲琅聚攏起視線，在蕭朔臂間仰起臉，朝他一笑。雲琅眉眼通透朗徹，這樣褪去了將軍英武凌厲，乖乖躺在榻上休養，便又與少年模樣一般無二。

蕭朔瞳底一暖，掌心再度慢慢揉了幾下，等雲琅舒舒服服嘆了口氣閉上眼睛，才將人仔細裹嚴實，回去由傷醫處理了剩下的幾處傷勢。

外傷雖不嚴重，細碎牽扯，加之戰場耗竭，卻難免有發熱之虞。

傷醫替蕭朔熬了藥，等蕭朔喝下去，又猶豫著看向雲琅，「這位將軍也……」

蕭朔接過藥碗，「我稍後讓他喝。」

「好好。」傷醫鬆了口氣，看向雲琅，又多囑咐道：「將軍服的是虎狼之藥，臥床靜養時，還需活泛經脈血氣……不然醒了難免四肢厥冷、乏力痠麻，雖不要緊，卻終歸不好受。」

蕭朔其實清楚，迎上傷醫關切神色，仍點了下頭，「有勞。」

傷醫連道不敢，又深深一揖及地。

他們都是雲州城內的醫館大夫，並不在朔方軍籍。城內緊急應召，哪怕知道來了這戰場營盤便多一分凶險，也仍壯著膽子來了。

是哪些人在守著故土、鎮著邊疆，雲州人遠比旁人看得更清楚。

「凡我等能幫上的，定然盡力。」傷醫略一遲疑，還是低聲道：「邊疆苦寒，藥材雖然比不上京城，卻也有能用的……將軍若有所需，也只管張口，我等幾家醫館湊一湊，好歹能湊出來。」

蕭朔頷首，道了聲謝：「自京城來時已帶了些，尚不曾用完，有勞諸位費心。」

「京城的藥自然好。」傷醫道：「只是……有些邊境才有的藥材，也有邊境的好處。」

蕭朔見他欲言又止，有些莫名，蹙了下眉。

「天道倫常，醫者之道。」傷醫埋首，「將軍若有需要，萬萬不必為難避諱，只管開口。」

蕭朔蹙眉，「要什麼？」

傷醫抬眼示意雲琅，見蕭朔仍不解，只得豁出去，「肝膽相照，知交以命，本就是人間至情至性，最不該受倫常束縛。只是……」

傷醫橫了橫心，悄聲苦心勸道：「……此事本不該外人置喙。只是將軍來侍寢，只會那一招，豈不是太過敷衍榻上那位將軍？」

蕭朔：「……」

「少年時貼心熱肺，況且如今情形不容縱情，倒也不覺得什麼。」傷醫本不該勸這些，只是見這兩人太難得，實在想幫一幫，醫者仁心，「天長日久，難免一方覺得委屈悵然……」

蕭朔：「……」

雲琅躺在榻上半睡不睡，早聽出端倪，死死繃著不笑，到底壓不住，顫著咳了幾聲。

蕭朔聽雲少將軍那幾聲咳嗽，已分明聽出了他不嫌事大的幸災樂禍，一陣頭疼，深吸口氣，「我……」

雲琅眼看他要解釋，十足悵然委屈地一嘆。

傷醫駭然，「這豈不是夢裡都覺得委屈了？」

蕭朔：「……」

拿小彈弓彈雲少將軍報仇這種事，終歸不能在外人眼前做。

蕭朔闔了下眼，壓下頭疼，「雲州城醫館，兼賣話本畫冊？」

傷醫愣了愣，忙搖頭，「這個倒沒有。」

蕭朔：「兼賣風月雜曲？」

傷醫搖頭，「也沒有……」

「既然都不曾有。」蕭朔蹙眉，「有些什麼？」

傷醫深吸口氣，壯了壯膽子，低聲道：「雖不曾有這些，但有一樣是京城沒有的。是樣藥材，只長在這戈壁草場，極為珍貴難得……」

蕭朔：「去買一斤，按市價雙倍付帳，回來熬製。」

「不敢！」傷醫嚇了一跳，「將軍捨命救我們，我們來要錢？此事萬萬不可，還請……」

「一樁歸一樁。」蕭朔道：「昔日朔方軍有軍令，民不必勞軍、不必犒戰，若有交易買賣，該走市價公帳。」

傷醫絕非為了賣藥，急將銀子推回去，「不要！這銀子拿了，如何還睡得著覺？不要不要！」

「本就該按規矩。」景諫在一旁緩聲勸道：「今日我們不花銀子得了藥，明日就有人不花銀子看上別的東西，後頭就有人因為打仗辛苦，看上好人家的閨女，到時該怎麼辦？」

傷醫從不曾想過這個，愣了愣，立在原地。

「縱然一開始為的不是這個，只是一片好心，可長此以往，說不定慢慢就會變了味道。」景諫道：「索性不如一開始就定準了規矩，反倒清楚利索，您說是不是？」

傷醫遲疑道：「可縱然要買，也不必買這麼多……」

「無妨，既是邊疆才有的藥材，定然是好的，我們買一斤回來慢慢用。」景諫在旁笑道：「您不必覺得為難。」

傷醫爭不過他，猶豫著點了下頭，束手立在原地。
蕭朔不願再在此事上掰扯，吩咐了親兵將銀兩直接送去醫館，隨口問：「什麼藥？」
傷醫：「……」
「您不說藥名，我們如何買？」景諫無奈笑道：「藥鋪也要條子，您報一聲，我們好去拿。」
傷醫終歸無法，只得閉了閉眼，低聲道：「京城二位貴客，十貫錢，認買一斤……」
景諫拿過張紙，跟著逐字記，「什麼？」
傷醫：「……淫羊藿。」
蕭朔：「……」
躺在榻上、一心裝睡的雲琅：「……」
景諫人在桌前，筆下一哆嗦，留了團墨點。
北疆的草藥，的確聽著生僻，京城藥鋪不曾見過。
只是……這名字起得，未免太過虎狼了些。
整個琰王府上下，都曾圍觀過雲琅與蕭朔長久的不行之爭，深受其苦。此時聽見藥名便人人自危，打著激靈，一個個當即非禮勿聽凜然闊步往外走。
玄鐵衛出門前就已被老主簿反覆拎著囑咐過，趁少將軍與王爺還不曾在北疆驃悍民風的震懾中回神，架著茫然的傷醫，腳下生風出了軍帳。
有桌案攔著，景諫晚了一步，被蕭朔叫住：「慢著……」
景諫腳下一絆，毫不猶豫，「您定然用不上。」
蕭朔：「……」
景諫定了定神，悄悄回去，摸過那張字條，藏進衣袖。

固然用不上……只是治軍方略，當一言九鼎。

說要淫羊藿，就是淫羊藿。

說買一斤，便不能九兩。

等景王殿下來了，一倒手賣出去，於琰王府也是筆不大不小的進益。

這些年琰王府散出去太多銀子，家底再厚、收的賞賜拜禮再多，終歸免不了有些流轉不暢處。

景諫在別莊算慣了帳，此時已盤算起該如何與景王殿下推銷這淫羊藿的妙處，給蕭朔行了個禮，一扭頭飛快鑽出了軍帳。

原本擠了不少人的營帳，此時驟然清靜下來，只剩湯藥煎得微微沸騰的咕嘟聲。

蕭朔立了一刻，用力按按額頭，熄了煎藥的爐火，定神將那一碗藥端回榻前。

雲少將軍軟在絨裘堆裡，自取其咎，心神恍惚奄奄一息。

「放心，我不……」蕭朔說到一半，看著一小團熱乎乎的少將軍，話頭微頓了頓，「雲琅？」

「……不行！」雲琅面紅耳赤，「沒門，窗子也沒有。」

蕭朔伸手，將雲琅自絨裘中剝出來，攬著腰背叫他坐穩。

雲琅當年在北疆，自覺還不曾見識過這個風氣，身心複雜，「世風日下，人心不古。」

「淫羊藿，又名千兩金，也叫三枝九葉草。」蕭朔道：「論及藥性，並不只是……你想的那些用處。」

雲琅愁死了，「我想的什麼用處，你如何知道的？」

「……」蕭朔斂去旁雜心神，讓雲琅靠在身上，慢慢吹著那一碗藥，「《日華子本草》中說，這一味藥可治冷風勞氣，補腰膝，強心力。」

雲琅格外警惕，「這什麼書，華子又是誰？」

蕭朔擱下藥碗，看著雲琅。

淫者見淫，少將軍此時無疑已叫淫羊藿亂了心神，不宜再掰扯性味主治、藥理藥性。

蕭朔試了試藥汁溫度，將藥碗送到雲琅唇邊，「不妨事……你不喜歡，就讓他們編個名目，翻百倍賣給景王。」

「強心補氣、驅寒散勞的藥還有不少。」蕭朔攏著他的後頸，揉了揉，熟能生巧哄少將軍，「不差這一味。」

雲琅叫他攬著，自耳根後熱透了，在藥碗裡紅通通冒泡，「我……」

……倒也並非不喜歡。

今日飛馬馳援，雲琅敢不作交代，一來是信得過朔方軍戰心戰力，二來更是信得過蕭朔。

蕭朔長在布局謀朝，戰場上的事，未必能稱之為有天分。

可雲琅曾親眼見過琰王府那一整個書庫，兵書戰陣、歷代名將的心得，本朝與前朝在北疆戍邊攻伐，能找到的所有戰事筆錄。

蕭朔曾對他說的「若舉兵，則共赴」，絕非一句心血來潮的空話。

「我今日回來，心裡很急。」雲琅靜了一刻，一口一口喝了半碗藥湯，低聲道：「不怕你不明白該如何做，只怕你太明白該如何做……」

蕭朔緩聲道：「你怕我死戰殉國。」

雲琅叫湯藥嗆了一口，黑白分明的眼刀鋒利殺過去，扎在口無遮攔的琰王殿下身上。

「今日的確凶險。」蕭朔受了雲將軍滿腔譴責，賠罪地抬手，覆上雲琅髮頂揉了揉，一點點順著頸後撫過脊背，「可我心有罣礙，若就這麼糊裡糊塗丟了性命，只怕難以瞑目。」

雲琅叫他揉軟了，低頭將藥喝淨，含混道：「罣礙什麼？」

「少將軍衣來伸手、藥來張口。」蕭朔：「我若這麼丟了命，來日只怕雲少將軍想喝口藥，不會吹涼，都要燙嘴。」

雲琅：「啊？」

蕭朔將碗擱在一旁，從袖子裡取了顆糖脆梅，塞進他嘴裡，「故而……這麼一想，便操心得連傷也不敢隨便受了。」

雲琅怔了一刻，含著糖，口中苦澀藥氣叫甜意與脆梅清香散淨，迎上蕭朔靜澈黑眸。

蕭小王爺眼底靜深，有山高水闊，也有暖融燭火。

雲琅靜坐著，視線棲落進蕭朔的目光裡，提起的一口氣在胸中盤桓半晌，慢慢暖順，隨著藥力散入四肢百骸。

雲琅又坐了一刻，肩背一鬆，閉上眼笑了笑，「……是。」

蕭朔俯身，在他泛白眉睫間輕輕親吻。

「好吧，藿便藿吧。」雲琅偎在蕭朔肩臂，低聲含混嘟囔：「九兩九錢賣景王，剩下一錢，咱們帶回家。」

中原所強，不在騎兵。與草原上的重甲騎兵正面迎戰，前朝陣亡的將軍便有三十餘人，本朝已有九人，還是多年避戰的結果。

更何況是鐵浮屠。

幽靈一樣的鐵浮屠，險些將西夏滅了國的鐵浮屠。

雲琅帶兵回來時，看見蕭朔那一面戰旗仍在，一顆心跳得險些一頭栽在馬下。若非情形不允，他那時候便會衝過去擁抱蕭朔。

擁抱，或者更熱切激烈的碰觸。熱意自心底澎湃，衝破一切，比以往更渴望最無間的接近，甚

至無關情慾，只為攬在命運與天道湍流中的某種證明。

活著，以及某種堅實有力更甚活著、不容更改的事實。

他們定下的，天命也改不得。

雲琅心神徹底鬆下來，他體力心力都已到了界限，此時陡一放鬆，只覺頭暈得厲害，卻又安寧得不想動彈，「蕭朔。」

蕭朔攬穩手臂，應了一聲。

「等過了這一段……你我拿原本身分，光明正大的回去。」雲琅低聲：「你陪我上城頭。」

蕭朔不問他要做什麼，點了點頭，「好。」

雲琅將臉埋進暖韌頸間，乏意徹骨的身體軟了軟，還要說話，卻已徹底沒了力氣，向下滑下去。蕭朔將他抱實，一併翻上榻躺下，把人裹進懷間。

雲琅努力朝他亮出笑來，笑意在微眩眼底聚了一瞬，眼睫墜沉下來。

雲琅乏透了，叫蕭朔暖韌的肩臂胸膛裹著，放縱自己沉下去，沉進分明在死生之地、卻仍至安至穩的歸路裡。

蕭朔伸手，將安心睡實的雲少將軍護牢，扯嚴薄衾厚裘，熄了那一盞油燈。

❖

應州城內，遠不如城外軍帳安穩。

太守府中堂，襄王坐在正位，應州城守將連斟恭敬侍立在一旁。

堂前跪著面如土色瑟瑟發抖的暗探。

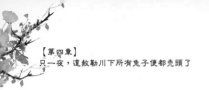

雲州城來了兩位京城貴客，成了龐轄的座上賓，他們自然知道。

探子親眼所見，繪聲繪色說了龐轄如何盛情款待、盡奉承之能事，更信誓旦旦保證，來的若不是龐家人，便是比龐家人更要緊的、宮中出來的正經皇家血脈。

這一仗打下來，金將金兵不熟悉識不得，來的兩個人是誰，襄王一派的人卻無疑連燒成灰也能認得出。

「還真是皇家血脈……」連斟氣極，反倒冷笑出來，「挑不出錯處！打探得好風聲！叫那兩個人一路光明正大進了雲州城，沿路竟能一條信也沒有？」

「大人恕罪！」探子篩糠似的抖，「那雲琅本就是逃亡熟了的，天羅地網也網不住，極難探查走了哪條路……」

今日害得戰局失利，已是掉腦袋的罪。探子伏在地上，垂死掙扎，低聲道：「況且……我們的精兵從襄陽奔朔州來，已抄了最近的路，不也尚且不曾到？他們晚出幾日從京城走，竟先到了，難不成是插了翅膀……」

探子只為自辯，盡力找著說法，卻不曾見堂上幾名黃道使交換視線，臉色竟都微微變了。

這些天都忙著籌謀戰局，今日扭轉得太措手不及，功虧一簣，又要馬不停蹄善後安撫好被封在城中的鐵浮屠。

滿腔懊惱與氣急敗壞的怒火下，他們竟都不約而同忽略了件事。

襄陽府來的私兵，本該赴飛狐口待命，合圍敲開關隘，成尖刀一路直插京城腹心。

可數日前，私兵入了崤山以後，竟一條消息也再沒送來過。

「會不會……他們早就去了，事先在崤山設了埋伏？」探子顫巍巍道：「我們的人不熟地理，難保不會中了圈套。那兩人素來古怪，只怕……」

「荒唐！」連斟寒聲道：「此事機密，他如何知道的？掐指一算？你真當那雲琅是神仙？」

探子一句「怕真沾了些神鬼莫測之力」噎在喉嚨裡，欲哭無淚，重重磕頭。

「大抵是有什麼事耽擱了。」連斟不再同他廢話，轉向襄王，躬身道：「屬下派人去查，定然弄清是怎麼回事。」

襄王忽然開口道：「不必。」

連斟一愣。

「只是耽擱，遲早會來。」襄王道：「若已被人殲滅，查也無用。」

連斟頓了下，竟半句也回不出，隔了一刻才垂首道：「是。」

襄王眼底冷了冷，泛起沉沉殺機。

……雲琅。

當初便該不計代價、痛下殺手，絕了這個要命的後患。

「龐家人怎麼回事？」襄王漠然道：「龐轄接了兩位假貴客，真的在何處？也落進埋伏，死在路上了？」

「龐家雖然答應合作，卻仍在提防我們。」連斟有些畏懼，低聲道：「只知道來的是龐謝與龐家另一個旁支子弟，出了河北西路，他們便甩脫了我們的眼線。」

「蝦兵蟹將，龐家好氣魄。」襄王冷嘲：「去找，三日內活要見人。」

連斟不敢多說，低頭應是。

「假的真不了……便讓那雲琅再逍遙三日。」襄王眼底透出寒色，「龐轄如今不會聽我們的話。等龐謝來了，立即叫他去龐轄面前驗明正身，關閉雲州城門。」

連斟領命，「是。」

「叫你們在朔方軍中散布消息，戳穿雲琅身分，再說他在京中是如何享樂的。」襄王轉向地上的探子，「做得如何了？」

探子喉嚨一滯，僵了僵，埋頭道：「散布下去了。」

襄王擺弄著手中玉印，眼底陰冷。

朔方軍這些年過得寒酸困苦，憋屈至極。若聽了雲琅在京城舒坦享樂，自然生出逆反心思，人心若散，兵遲早帶不成。

先亂朔方軍心，再關雲州城門。

縱然今日一時屈居下風，自會有可乘之機，讓那些鐵浮屠頂著先殺出去，與朔方軍狠狠拚個兩敗俱傷。

驅虎吞狼固然凶險，但鷸蚌相爭，只要拿準機會，便仍能從中得利。哪怕沒了襄陽府的私兵，還有藏在應州城裡的兵馬可用，待來日敲破飛狐口，長驅直下，江山仍是他的。

襄王斂去念頭，「如何說的？」

「我們四處說，雲琅在京裡過得極好，鼎鐺玉石、象箸玉杯，日日錦衣肉食，什麼也不用做。」探子低聲：「還說他穿的披風都是兔裘的，奢侈至極，只用兔子頭頂到頸後最潔淨柔軟的那一片細絨，集絨成裘……」

「不錯。」襄王淡聲道：「那些人聽了，是何反應？」

探子不敢說話，一頭磕在地上。

「叫你說就說！」連斟沉聲：「支支吾吾做什麼？」

探子無法，咬了咬牙，只得如實道：「那些人聽了，沒說話，三三兩兩散去……」

「只一夜。」探子跪在地上，絕望閉了閉眼，「這敕勒川下所有的兔子，便都禿了。」

一夜間，敕勒川的野兔拉家帶口，連窩逃進了莽莽陰山。

⁂

夜盡天明，燭火方歇。

雲琅在溫暖的裘皮裡醒過來，帳內清靜，厚厚的棉布簾嚴嚴實實掩著，半點寒風也透不進。

蕭朔已起了身，靠坐在榻邊，慢慢翻著一摞本冊，手邊搭了條軟乎乎的純白兔絨。

雲琅不記得行李裡有這東西，摸過來看了看，好奇道：「這是哪兒來的？」

「輕車都尉今早來探你，一併送來的，說是替人轉交。」

蕭朔道：「還有不少。」

雲琅愣了下，探頭望了望。

桌上的確有不少東西，一樣挨一樣，被格外仔細地穩穩羅列擱著。

上好牛皮鞣製的馬鞍，赤紅陶泥、親手燒製的陶塤，將軍打馬的彩人風箏。

不知打磨過了多少次的狼牙。按草原的風俗，穿了條細細的紅線，鑲了足赤金，找高山上佛宮裡的大和尚開過光。

能保少年人消災解難、無病無恙，好好的長大成人。

雲琅靜了一刻，胸口微微疼了下，扯扯嘴角，「怎麼……」

他想說話，那陣疼卻隨著暖燙酸楚沒頂地湧上來，叫他不得不先閉上嘴，也一併闔了眼睛。

蕭朔擱下冊子，伸手攬住雲琅腰背，幫他坐穩，「原本只將軍們猜測……襄王派暗探混進軍中，散布了你的身分。」

雲琅隱瞞身分，一是為了不驚動剩下的金人鐵浮屠，二是兩人都在城外，城中無人鎮著，尚得拿這個身分鎮得住龐轄，叫他不敢關閉雲州城門。

要瞞著身分的，本就都是敵方對手。襄王一派太熟他作風，固然瞞不住，叫朔方軍知道了，卻也沒什麼緊要。

將軍們巡營時捉了那幾個探子，一頭霧水，全弄不清對面何必費了大力氣處心積慮散播這種事，特地來替朔方軍強心打氣。將那幾個探子捉起來打了一頓，便扔出營盤放走了。

「輕車都尉說，將士們聽了你喜歡兔裘，便連夜設法搜羅。」蕭朔道：「可惜不夠，只攢出來這些。」

雲琅挨過那一陣胸口翻覆，剛緩過來些，叫蕭朔攬著，聽得茫然，「我為何喜歡兔裘？」

「不知。」蕭朔道：「大抵是密探虛虛實實，有所編造。」

雲琅扯了下嘴角，將那條雪色兔裘拿在手裡，摸了摸。

軟乎乎的兔絨貼在掌心，溫順輕滑，蘊著掌心溫度，返出融融暖熱。

「找不到更多兔子了。」蕭朔護住雲琅後心，受輕車都尉託付，替朔方軍將士傳話：「做披風差得太多，量了尺寸，給你做個毛毛領。」

雲琅捏著軟絨，沒忍住一樂，「行。」

小王爺自幼長在京城，有名師教導，嚴謹端肅一本正經。這幾個字一板一眼咬出來，話是原話，語氣只怕差得不是一星半點。

偏偏越是正經，這時候認認真真咬字，便越顯出昔日那一點少年的不會回彎的迂勁。

雲琅簡直懷念至極，索性放開了往後一躺，抬手挑蕭朔下頜，「行是行，我這領子的尺寸，卻不是等閒人便可上手量。」

蕭朔抬眸掃他一眼，攏了少將軍那隻手，空著的手按上雲琅衣襟。

雲琅夢了一宿的淫羊藿，眼見夢裡的手，嚇了一跳，「幹什麼？」

「上手量。」蕭朔道：「你手臂不覺痠疼？」

雲琅叫他一拃接一拃圍著衣襟量，耳後發熱，呼了口氣，「……還好。」

一覺睡醒，骨子裡的乏意雖說仍頑固盤踞著不散，痠痛疲累卻已緩得差不多了。

他少時也常這樣長途奔襲，領所部輕騎不眠不休疾馳一天兩夜，一槍捅碎了敵酋的護心鏡。倒頭痛痛快快大睡一場，也就全歇過來了。

如今比過去雖然不濟，卻也不至於才跑了這麼一趟、射了幾支箭，就連胳膊也抬不起來。

雲琅輕呼口氣，閉了閉眼睛。

丈量領口的那隻手溫暖輕緩，指腹力道沉穩，循規蹈矩慢慢按過他肩胛，自頸後繞回來，便將他整個攬進臂間。

雲琅向後，仰在蕭朔臂彎裡，扯扯嘴角，「若當年答應了帶你來，叫你站在城頭看著，本將軍遠比現在……」

他話頭忽然頓了頓，心念電閃，忽然猛一抬手，擰身將蕭朔重重撲下了床榻。

蕭朔的反應只比他慢上一瞬，臂間力道瞬間凝實，抱著他掀過身，避在床下。

一排泛著烏寒的簇亮鴽箭，狠狠刺破了帳子，扎在地上。

帳外響起焦灼厲喝，雲琅緩過一陣力竭的頭暈，呼了口氣，「扯到傷口沒有？」

「無事。」蕭朔低聲：「你怎麼樣？」

「不要緊，估計是襄王的刺客。」雲琅握了握手腕，「朔方軍最不會對付這種陰詭手段……你等著，我帶刀疤去。」

蕭朔按住他肩膀，「我……」

「你什麼你？」雲琅失笑，「如今在軍中，聽軍令。」

蕭朔蹙緊眉，沒有再開口，手臂上力道慢慢緩下來。

雲琅躺在地上，朝他抬了下嘴角，雖然帳子裡光線昏暗，一雙眼睛卻極亮，「本將軍就算現在，也一樣厲害。」

蕭朔鬆開手，看著雲琅輕快起身。

看不出半分體力耗竭後的虛弱，雲琅動作極俐落迅速，不用人搭手，束衣被甲，摸過護腕戴牢，抄劍旋身出了營帳。

襄王一派被圍在城內，情形遠不如朔方軍從容。

應州城本就不算大，平日裡糧草雖然齊備，卻只按著本城所需平倉，如今大批驃悍金人擠在城裡，人數已過了應州城原本人口的三倍，城外糧路盡數斷絕，未必支撐得過幾日。

刺客行刺，死士放火，本就是這等情形下被用濫了的手段。

雲琅當初與戎狄各部族交戰，自己也不少帶人鑽帳子放過火，最清楚這些人的排兵布陣。帶親兵風馳電掣掃過一遍，已將猛火油並火絨草剿淨。

刀疤等人在京城跟著雲琅捉刺客，早捉熟了手，一個個挑了手筋腳筋，卸開下巴免得咬舌頭吞毒囊，攢著手腳捆了整整齊齊的一排。

岳渠肩上有傷，吊著胳膊帶人匆匆趕了過來。

他傷勢雖然凶險，仗著底子好，處理解毒也及時，此時已能行動自如，臉色也比昨夜好出來了太多。

岳渠走到營中，看見雲琅，目光倏而一凝，大步過去，「你如何了？」

如今才過正午，岳渠隱約知道雲琅情形，看著他蒼白眉宇，蹙緊了眉，「是我疏忽，不曾想到今日竟就……」

「無事。」雲琅笑了笑，「我也疏忽了……沒想到這麼快。」

禁軍要到，少說還有三五日，這仗本就打得快不得。

雲琅只打算圍而不攻，等大軍到了再談合圍，並沒想逼得襄王一派情急跳牆。

可縱然只是這般鬆鬆圍著，才過一夜，就急慌慌派出了刺客死士……反倒意味著，如今應州城之內已徹底亂了。

「襄王派刺客，只怕是已經開始制衡不住城中金兵。」

雲琅心中盤算一圈，已有了定計，「若應州城內自亂，金兵很可能開城硬衝。不是壞事，我們得先做準備，請各營將軍來我帳子，岳伯伯……」

雲琅話頭頓了頓，迎上岳渠眼底被這一句掀起來的巨浪。

他這一番話說得順暢至極，傳令兵竟也來不及回神，便已本能應了，飛跑去各營傳令。

雲琅自己都不曾回神，靜了下，笑了笑，慢慢說完：「有勞……坐鎮中軍，這些刺客死士便交給您，順手替我處置了。」

岳渠將胸口起伏壓下去，他叫肩頭傷勢牽扯著，痛得臉色隱約泛白，卻仍看著雲琅，「好。」

雲琅朝他一禮，正要回帳議事，卻被岳渠攔住，「慢著。」

雲琅站定，回身看他。

「你……」岳渠牢牢盯著他，盯了半晌，眉峰越蹙越緊，低聲道：「叫白源給你的補藥，用了沒有？」

雲琅一怔，想起桌上的小玉瓶，笑了笑，「回去就吃。」

「我看你如今這臉色便不好。」岳渠沉聲：「你回雲州城去，這裡有我，縱然金人真打出來又怕什麼？無非死戰……」

「我這些年不在。」雲琅抬頭，輕聲道：「如今我回來了，我在一日，便不容朔方軍死戰。」

岳渠一愣，看著他，沒能說得下去。

雲琅笑了笑，「岳伯伯，我回來了。」

岳渠怔忡半晌，狠狠打了個顫，抬手用力抹一把臉，擰身便往中軍帳走。

雲琅立了一刻，接過親兵手中披風。細細將全營巡查過一圈，確認過沒有疏漏的死士火油，回了北側軍帳。

各營將軍已得了軍令，齊聚在了帳內。

看見雲琅進帳，一群人齊刷刷盯過來，牢牢閉著嘴，個個眼睛裡卻都壓著灼人的亮芒。

「玉露丹呢？給我吃一顆。」雲琅解了薄甲，迎上蕭朔，笑了笑，「如何，威不威風？」

蕭朔接過雲琅披風，將玉瓶遞給他，「你若從今起處處聽話，再養兩年，還能疾馳一天兩夜，比如今更威風。」

「再過兩年，仗都打完了，還馳什麼？」雲琅啞然，摸過茶水囫圇將藥嚥了，「你方才看的什麼，帳冊？正好一併說了。」

蕭朔靜看他一陣，點了點頭，將那一摞本冊挪回來。

朔方軍這些年應得的軍械馬匹、銀錢糧草，被剋扣去了大半，又被層層盤剝狠狠刮去油水，真

到手的幾乎已能忽略不計。

這些年有各方暗中貼補，有胡先生守著不歸樓，費盡心思斂財周旋，才總算勉強支撐至今。可要與金人金兵全面開戰，卻仍然遠遠不夠。

「大軍開到雲州，估計還要三五日。」雲琅收斂心神，接過蕭朔挑出的幾本翻了翻，「我們的情形如何？」

「朔方軍已無積蓄，如今用了鎮戎軍餉。」參將叫旁人碰了幾次，倏而回了神，忙拱手應聲：「兵器尚且足夠，糧草近有雲州，遠有各方轉運使調撥……兩三月無虞，只是馬不夠。」

雲琅：「差多少？」

「多多益善，精打細算還差三成。」神騎營將軍道：「七百匹。」

雲琅蹙了蹙眉，「西域胡人馬商，也被襄王的人截胡了？」

輕車都尉立在一旁，點了點頭，「不止馬匹，鹽鐵兵器，雲州還能留住的只剩幾家本城商戶，都不開張許久了。」

雲琅撚著袖口，一點點喝淨了那一杯茶，將茶碗擱在一旁。

馬匹、鹽鐵、兵器，平時都不算起眼，到了戰時，卻是各方最要緊的命脈。

襄王既然早在應州城布局，這一步棋定然不是心血來潮。多年運作，只怕早已將商路牢牢攥在手裡，這時縱然拿著再多金銀，也買不來合格的戰馬。

騎兵作戰，馬匹是重中之重。

沒有馬槍馬槊，哪怕將木頭削尖了，仗著力大勢沉，藉馬速一舉衝殺，也一樣能要人的命。可若是馬都不夠用，自然只能轉步戰，斬馬腿的彎刀只能對付鐵鷂子，要生攔更為凶悍勇猛的鐵浮屠，便只能拿人命堆，一層疊一層硬往上填。

「龐轄見要立功，喜出望外，將太守府的銀子一口氣盡數捐了。」輕車都尉道：「不歸樓私下聯絡過幾個小型馬隊，今日趕去看過，雖說有馬，卻駑馬居多，健壯的少。」

「龐轄這麼大方？」雲琅正拿著地圖細看，聞言奇了一句，又擺手道：「駑馬弱馬不行，重甲連人帶甲兩三百斤，上馬背就一塊兒坐地上了。」

「若這三成馬配不齊，如今我軍騎兵，尚不能與金人硬碰硬。」

攬勝營將軍皺緊眉，「騎兵能用的陣法不多，說穿了還是正面衝殺。兵器可以沒有……實在不夠，甲冑也可以沒有，戰馬卻不能少。」

「騎兵衝殺，豈能沒有甲冑？」步戰一系，清塞軍聽不下去，皺緊了眉，「我們的盔甲讓給你們，步兵好歹靈活些，到時負責策應就是。」

「負責策應也要衝殺，步兵不穿鎧甲，不是叫人一槍穿糖葫蘆了？」攬勝營擺手，「不可不可，此事不必再提。」

軍情緊急在先，縱然眾人再急著同少將軍好好說幾句話，此時卻畢竟難為無米之炊，心中一時也都焦灼起來。

馬匹不夠就是不夠，縱然輕車都尉的不歸樓再神通廣大，也不可能憑空變出馬來。

可眼前的機會也實在太難得。鐵浮屠最適合平原衝鋒，從城裡往外衝，戰力天然削弱大半，若是馬匹足夠，只這一次就能將這兩支鐵浮屠狠狠打殘。

神騎營的將軍終於再忍不住，看著雲琅，低聲道：「少將軍……」

「找少將軍有什麼用？」廣捷營皺緊眉，「我們在北疆蹲了這些年，都束手無策。少將軍才回來，你叫少將軍畫七百匹馬給你？」

神騎營叫他一噎，半句也反駁不出，悻悻低頭，嘆了口氣。

「實在不行，這時機便不要了。」茶酒新班的主將低聲道：「如今有少將軍鎮著龐轄，沒他搗亂，設法轉圜些時日，還能再湊幾百匹馬……」

「不妥。」有人皺緊眉，「若是叫他們走了，豈不是放虎歸山？」

「天賜良機，少說能一換三。」騎兵營將軍道：「縱然拚上的人多些，這一仗打了也是我們淨賺，狠狠咬下他一塊肉。」

「可畢竟馬匹仍不夠，一換三，我軍輕騎也要折損大半了。」又有人低聲：「如今兵力原本就不夠，若再受此一損，再奪朔州只怕艱難……」

「……少將軍。」一片爭論聲裡，輕車都尉看雲琅神色，低聲道：「可是有辦法了？」

他聲音壓得低，前面幾個將軍卻仍聽清了，眼睛倏地亮了亮，跟著抬起頭。

「雖說有，」雲琅按按額頭，呼了口氣，「算是……有些不講仁義。」

「到了今日，還講什麼仁義？」勇武營將軍用力一拍胸口，「可是要去給應州城水裡下巴豆？馬槽子裡混番瀉葉也行！」

「我們的馬不夠，就叫他們連人帶馬都站不起來。」勇武營將軍熟背兵書，深知此消彼長，主動請纓，「少將軍宅心仁厚，下不去手，我們去……」

「應州城不吃井水，水脈是活水，下方是雲州城，你藥的是誰？」輕車都尉瞪他，「馬幾時吃番瀉葉了，你去餵那匹馬，看牠踹不踹你？」

勇武營將軍張口結舌，縮了縮脖子，閉上嘴蔫下來。

輕車都尉雖久不在軍中，昔日餘威仍在，將這群不動腦子的夯貨一個個瞪回去，轉回雲琅，「少將軍若有計策，還請明示。」

「……罷了。」雲琅鋪開張薄絹，接過蕭朔手裡的筆，「左右我在北疆也沒什麼好名聲，不差

這一次。」

輕車都尉愣了下，「什麼？」

「當初……宮中說要給我議親。」雲琅嘆息，「嚇得我跑來北疆，找戎狄老單于打架，打翻了他三個部落，將他追進了陰山。」

輕車都尉：「……」

「那支……戎狄的馬商。」輕車都尉：「原本是個部落嗎？」

「三個……那時候你隨王爺回京了，不知道。」神騎營解釋：「他那三個兒子為了爭奪地盤，燒殺搶掠，犯我邊境，沒做什麼好事。」

「成家這等好事，盼著還來不及，哪有怕議親的？」神騎營低聲道：「少將軍無非找個藉口，將他……」

「不巧的是，」雲琅：「如今，我怕是又要議一回親了，十分忐忑，夜不能寐。」

神騎營將軍：「……」

「叫他看著辦。」雲琅起身，去帳角避風處，打開竹籠，「想來昨夜他也見了，大批野兔離奇進山，形貌奇特……」

「我缺一千匹馬，七百副甲，若肯交易，我軍教他部族耕織播種，授他犁鋤織機。」

「若不肯，」雲少將軍殺伐果斷，冷酷起身，抱著懷裡的禿頭小兔子舉起來，「有如此兔，好自為之。」

【第五章】

你如今訓我，都訓得不如當年那般理直氣壯了

輕車都尉這些年隨軍征戰無數，執筆的軍帖沒有一百也有八十。寫到「有如此兔」一句，筆下還是打了個頓。

傳令兵接了封好的軍帖，頭一次在將軍口中得了「先捉三隻禿頭兔，再尋戎狄遞軍書」的軍令。天機不可洩露，或許是什麼不可說的祭祀儀典。獻祭三兔，換兩家盡釋前嫌、重歸於好。能讓戎狄忘了當年被攆著滿山跑的舊恨，願意賣他們些最要緊的戰馬盔甲。

傳令兵深知此事要緊，不敢多問，行了個禮，步履匆匆領命去了。

回帳再議，便只剩了處置那幾個捉來的刺客。

「這一批身板不錯，嘴卻不如京城的硬，撬開了幾張。」刀疤灌了口茶水，「按少將軍的吩咐，沒殺，扔回應州城門前去了。」

朔方軍的手段都只是尋常刑罰，對襄王的那些死士不管用，岳渠打斷了幾根軍杖，也沒能審出來半句有用的話。

刀疤帶人去審，不過三炷香，已自岳渠處回來，將該問的盡數問了個底掉。

「倒不是多大的事。」刀疤道：「無非金兵昨夜去要糧草，同襄王的軍需官起了些摩擦，兩方說不通，打了一架。」

「好像是那軍需官糊弄，說給金兵那邊五十擔軍糧，卻只有面上一層是糧食，下頭藏得全是牲口吃的麩糠。」

刀疤細想了想，「偏去領糧那個金兵多了個心眼，向下一翻便發現了，就在糧倉外打了起來……不嚴重，只傷了幾個人，各自都叫帶回去狠狠罰了。」

攬勝營將軍皺眉，「便沒了？」

「沒了啊，各回各家，各吃各飯。」刀疤揉揉脖頸，「對，歇腳的地方也不夠。襄王那邊原本想將兩軍混編在一處，金人沒答應，碰了一鼻子灰。」

金兵睡不慣漢人的屋子，扛著搶來的糧草，自顧自去紮了營。

襄王的人聚回太守府，燈燭亮了一宿，今日散出了帳下的刺客死士。

刀疤比劃了下，咧嘴一樂，嘲笑道：「有房子不住，挨著紮帳篷。襄王那老狗看見，怕是鼻子都要氣歪了。」

他說得半點不留情面，眾人聽得暢快，臉上也不由露了笑意。

「……聽著都稀奇。」勇武營將軍笑夠了襄老狗，撇了撇嘴，低聲嘟囔：「跟金人打架，受了氣不打回去，倒轉頭來燒我們的帳子。」

「這些年不都如此嗎？」他身旁，茶酒新班的主將淡聲道：「打贏了仗、打敗了仗，一概不管。議和、割地、納貢，就只差向北面稱臣，掉頭來自毀長城……」

神騎營主將斂了笑，低聲提醒：「子明。」

輕車都尉道：「讓他說吧。」

神騎營主將有些猶豫，「可是……」

「這是少將軍的軍帳。」白源：「不會有信不過的人。」

神騎營主將一怔，靜坐半晌，沒再開口，坐回去重重嘆了口氣。

這口氣無疑在朔方軍中憋了太久。

軍中處處可能有京中的探子，但凡叫人抓住半點把柄，便是輕而易舉一頂「妄議朝政、誹謗上司」的罪名。

岳帥盯得死緊，鐵面無情地壓著，半句話不准他們亂說。也只有半夜對著熄了的篝火，將一腔

心血埋進灰裡去，狠狠碾上一碾，沾一沾還未冷透的餘溫。

平日裡人人憋了一腔的悲憤屈辱，此時允了百無禁忌，竟個個成了啞巴。

帳子裡靜成了幾乎凝寂的一片，只聽見帳外隱約傳來風聲呼嘯，混著火爐上煎著的藥，微微滾沸的聲響。

「平日裡去我那酒館，個個說一肚子憋屈牢騷，恨不得挖個洞倒出來。」白源掃了一圈，「這就沒話說了？」

「……沒了。」神騎營將軍嘆了那一口氣，此時琢磨半晌，竟什麼也沒能琢磨出來，「天靈蓋到腳底板都是通的。」

「話沒了，憋屈牢騷也沒了。」遊騎將軍咧了咧嘴，大聲道：「看著少將軍就高興，想請少將軍喝酒。」

「是是。」勇武營將軍點頭，「就是如此，就是如此。」

勇武營將軍大字不識，募兵入伍，跟著端王殺敵，憑一身慘烈傷痕與赫赫軍功升了執營將軍。他不如旁人會說話，摸了摸腦袋，嘿嘿一樂，「往常還要灌兩杯酒，去山裡吼一吼我們是為了什麼打仗……如今連這個也不想問了，只想同少將軍喝酒。」

「如今這情形，酒怕是喝不成了，跟著少將軍打仗也好。」神騎營將軍笑道：「都記下來，等仗打完了，一樣一樣做。」

他開了個頭，一群人便也索性徹底放開了心神，極熱絡地湊在了一塊兒，「不喝酒，烤羊總行吧？幾年沒心思烤過羊了，那滋味想起來當真要人命……」

「想同少將軍喝葡萄釀。」茶酒新班主將低聲道：「清潤營尋來的夜光杯，都在末將這裡。」

廣捷營以茶當酒，狠狠灌了一口，「還想同少將軍暢暢快快跑一回馬。」

「是是，還有演武。」攬勝營笑道：「還想見少將軍議親的那人是誰。」

遊騎將軍：「還想見少將軍的大侄子……」

旁邊的雲琅端了大侄子親自吹得不燙了的藥碗，正低頭慢慢喝著藥，聞言手一抖，嗆得一迭聲咳嗽，「……」

「好了，收收心。」輕車都尉無奈，「眼下情形，是能想這些的？先議正事。」

他昔日在端王帳內，素來能鎮得住這幫憨直猛將，三兩句鎮住了眾人：「如今我們當想的，還是如何將這幾日過得穩妥些。」

雖說戰馬兵器大抵有了著落，可動作再俐落，要將馬匹盔甲運來，也總要三兩日。

再過三兩日，禁軍大軍便差不多能到，襄王手裡也會有新的底牌，大戰血戰是避不掉的。

可也正是因為這個，這三天的時間裡，任何一處生變，都可能導致天翻地覆的格局變動。

襄王如今在弱勢，絕不可能不利用最後的這點時機，再垂死掙扎一番。

「昨夜那一場衝突，並非看起來這般簡單。」輕車都尉道：「金兵的鐵浮屠，如今尚且是他的倚仗，豈會有軍需官私自以麩糠充軍糧的道理？」

神騎營主將皺緊眉，照著他說的細想了半晌，點了下頭，「有理。他大抵是當真拿不出來十五擔的軍糧，又怕叫金兵知道人心浮動，便想暫且糊弄過去，卻不想竟被當場拆穿了。」

「可如今顯然已糊弄不過去了。」廣捷營思忖道：「金人不蠢，定然已猜到了城中缺糧。這一場衝突今日勉強壓下去了，再過幾日，還會再爆出來……」

廣捷營忽而想通了，抬頭問：「襄王是為這個派的探子？為這個來燒我們的營？」

「無論我軍是否會被這些伎倆擾亂，只要城周邊兵亂起來，金人便還能穩得住。」輕車都尉頷首，「若我們軍容整肅沉穩，巍然不動，襄王便更無法壓住那些鐵浮屠了。」

「只盼襄王這老狗爭爭氣，幫我們穩住鐵浮屠三天。」神騎營將軍呼了口氣，搓搓手，「穩住三天，老子便有馬了。到時金人想出城便出城，想打仗就打仗，叫他們見識見識咱們真正的輕騎兵……」

「難。」茶酒新班道：「襄王一派，最擅暗中挑撥、分化內鬥，並不長於此。」

神騎營將軍如何不明白這個，不由苦笑，長嘆口氣，「又有什麼辦法？若不是我們幫不上，我真恨不得幫他一把……」

將軍們低聲議論在一處，只盼襄王能多撐一兩日，替他們將轉運戰馬盔甲的時間撐出來。世事難料，風水倒轉。平日裡恨不得將襄王老賊食肉寢皮，今日卻人人忍不住跌足嘆息，若非兩軍對壘，有心無力，實在幫不上。

「也未必幫不上，佯攻應州城如何？」廣捷營坐直了，興沖沖道：「還有心思內鬥，便是城外的壓力還不夠。我們佯攻，他們一害怕，說不定便會抱團……」

「我們若佯攻，金兵一害怕，就會直接將襄王所部吞了，獨占兵馬糧草。」茶酒新班的主將搖頭，「如此一來，應州城無異於落入敵手。」

廣捷營愣了愣，快快嘆氣，「也是……」

「我等格局難破，實在想不透。」茶酒新班看向雲琅，「若少將軍已有定計，還請明示，我等定然照做。」

將軍們一怔，也齊齊看向雲琅。

方才討論戰策，雲琅始終一言不發。眾人都以為他是身子不舒服，又不敢明說，生怕再叫少將軍心裡難過，心照不宣地無一人多問。

可此時看雲琅的神色，倒更像是胸有成竹，早有定計了。

「少將軍若有定計，給咱們說說，別叫咱們猜了。」神騎營將軍眼睛一亮，忙轉過來，又笑道：「除非有那與少將軍同心同德、天造地化般配的，不然只怕都猜不中。」

「正是正是。」勇武營將軍連連點頭，又轉向雲琅身旁的黑衣將軍，「你可是少將軍的先鋒官？你可能猜得中？」

「好了。」雲琅啞然，將藥喝淨了，放下空碗，開口替生性緘默的琰王殿下解圍：「他……」

蕭朔：「能。」

雲琅：「……」

這要命的勝負欲。

雲琅也聽見了那一句「同心同德、天造地化般配」，咳了一聲，回身低聲：「你知道？」

蕭朔單手扶了雲琅手臂，按了按。

掌心的力道穩妥，同暖意一道透過衣料，無聲落定。

雲琅一怔，迎上蕭朔視線，笑了笑，舒舒服服向後靠上椅背。

「其一，應州城城下設流水席，飲酒慶功，烤肉烹羊。」蕭朔道：「其二，城外樹叢草稞，盡數布置精兵，要盡數露出刀尖槍身。」

廣捷營不解，「露出刀尖槍身，豈不是給襄王與金人的探子看？」

「就是要給襄王與金人的探子看。」輕車都尉已明白了他的意思，笑道：「虛虛實實……設流水席故意大吃大喝，會叫人以為故作從容，其實只為掩蓋兵力空虛。布置精兵卻故意暴露，又會被當成故作疏忽，其實只為引城內兵馬出城，一舉殲滅。」

「這樣一來，越是熟讀兵法、心思縝密的，越會陷進兩難境地，不知哪一樣是真。」輕車都尉同蕭朔拱手，又笑著看向雲琅，「少將軍評判，先鋒官可猜對了？」

雲琅笑笑點頭，「今夜擺流水席，請太守龐轄出城犒軍，慶功同樂。」

「是。」輕車都尉應了聲，看了看蕭朔，壓了下笑意，又道：「既然猜對了，少將軍不賞先鋒官嗎？」

「該賞！該賞！」勇武營將軍一句沒能聽懂，只是見負責動腦的幾個都已成竹在胸，就知道此事已八九不離十，興沖沖幫腔：「叫先鋒官自己挑！」

雲琅叫這群人胡鬧著起哄，鬧得失笑，索性也大大方方道：「挑就挑……先鋒官挑什麼？」

蕭朔被他像模像樣地叫了軍職，抬頭迎上雲琅含笑注視，靜了一刻，「隨少將軍赴宴。」

雲琅揚了下眉，看向帳下禮儀官。

「既是天地席流水宴，一為慶功，二為少將軍接風洗塵。」禮儀官怔了下，忙道：「少將軍帳下先鋒隨行，自然合情合理，只是……」

雲琅：「只是什麼？」

「客位主位，人當配齊，才合《禮》。龐太守若來，師爺定然隨行，占兩位，岳帥占一位，寰州城韓太守不遠百里前來馳援，自然也該占一位。」

禮官道：「總共四位，少將軍這一邊人不夠。」

「少將軍……既然要議親。」禮官瞄了瞄沉靜英武的先鋒官，暗嘆一聲可惜，試探道：「議親的那一位，可來了嗎？」

雲琅只隨口一說，按了下額頭，「來了，只是……」

「那就好。」禮官鬆了口氣，連連點頭。

「少將軍、先鋒官、議親的那一位大人，這便是三位了。」

禮官摸出隨身管筆，飛快記錄妥當，再度遲疑了下，懸筆停在最後一位，「少將軍當年……」

「……」雲琅就知道事要不妙，咳了一聲，不敢看蕭朔，飛快撐身坐直，「往事已矣，禮官不必再提當年。」

「《鳳歌》云，往者不可諫，來者猶可追。」禮官神色認真，「要提的。」

雲琅：「……」

禮官坐正，細翻了翻手中記錄。

此事朔方軍便沒幾個人不知道，禮官正名典級，掌軍中禮儀制度，兼管軍中筆錄。諸事都要詳盡記清，以供史官來日入籍，記得很全。

「當年在北疆，少將軍三日便要提起一次。」禮官：「遠在京城，既聰明又迂闊，既善良又狠辣，既溫柔又暴戾，既玉樹臨風、俊朗儒雅，又青面獠牙、身長八丈的那位大侄子。」

禮官：「此番，他也來了嗎？」

少將軍說大侄子也來了。

禮官數過三遍，確信湊夠了四個人，放心同雲琅行了個禮，匆匆回營下帖去了。

將軍們湊在帳子裡，也早看出少將軍藥不離手。雲琅昨日去寰州調兵，還不曾安穩睡一覺緩過來，就又勞心勞力，此時正該好好歇息，尚不是問候敘舊的時候。

眾將低聲議了幾句，不敢多擾。

三三兩兩拜過少將軍，每人偷偷摸了一把那小禿兔，出了軍帳。

帳簾回落，斂了帳子裡的藥氣與折梅香。

雲琅立在帳門口，心情複雜。

來北疆前，雖說就已同蕭小王爺打過招呼……可畢竟那時還沒到瞞不住的地步，心懷僥倖，說得難免有些許保留。

保留得……有些許多。

他那時人在北疆，心卻也不知扔在了什麼地方。

有仗打時尚不難熬，一座城接一座城的奪，帶人衝開一處又一處的陣眼城門，劍傷迸裂了昏過去更好，人事都不省，免了胡思亂想。

昏不過去，又要被岳渠陰沉著臉捆在榻上，三令五申不准他動。

雲琅無聊極了，就會開始說自己遠在京城的大侄子。

高興了，便講一講大侄子的天資斐然、聰明能幹。

不高興了，便講一講大侄子那顆榆木腦袋，好不開竅，撞了南牆也不知道回頭。

傷口疼了，便講一講大侄子為人良善溫柔，一向親自替他裹傷換藥，忙前跑後，盡心盡力從來不假人手。

等傷好了忘了疼，自己講過的也全忘了。又繪聲繪色講起那大侄子瞪起眼來六親不認的凶狠架式，專嚇唬城內隨軍親眷、來聽故事的半大娃娃。

……萬萬想不到，這東西竟還有人記。

還能記得這般全。

雲琅一著不慎，叫大侄子聽了個明明白白。他自知理虧，咬著腮幫子犯愁，心事重重轉身，悄悄瞄了瞄琰王殿下的臉色。

蕭朔坐在案前，看不出喜怒，正給那野兔餵豆餅。

雲琅瞄了半晌，挪回來，「小王爺。」

蕭朔摸了摸野兔的耳朵，將豆餅掰碎了，散在掌心餵過去。

雲琅：「小王爺？」

蕭朔被野兔叼住袖口，扯了兩扯，循聲抬眸。

雲琅訕訕的，沒話找話：「想什麼呢？這般深沉……」

「在想，」蕭朔：「我此時該溫潤暴戾，還是該青面獠牙。」

雲琅：「……」該少斤斤計較記點仇。

雲琅就知這人面上看著溫潤沉靜、其實內裡最是錙銖必較。他默念著自己是來賠禮，念了三遍，深吸口氣耐著性子，「都是胡說的。」

「說者無心，聽者有意。這話你知道吧？」雲琅挪到他身旁，擠擠挨挨坐了，「我無心一說，叫他們當真了……我自己有些話都沒當真的。」

蕭朔問：「哪些不曾當真？」

雲琅把野兔挪開，自己換上去，往蕭小王爺掌心拱了拱，好聲好氣：「自然是『狠辣』、『暴戾』、『青面獠牙』當不得真。」

蕭朔手掌按著雲少將軍髮頂，靜了一刻，垂下視線。

雲琅：「……」

雲琅平日裡哪來這般耐性，此番理虧讓著蕭朔，自覺該哄的也全哄了，已徹底仁至義盡。這塊又迂又記仇的榆木疙瘩若還犯軸個沒完，就將蕭小王爺改名蕭睚眥，找十個傳令官，滿軍營去嚷嚷。

蕭朔凝他半晌，掌心力道落實，慢慢揉了揉。

雲琅正準備哇呀呀擼袖子出營，叫這力道牽得怔了怔，在小王爺手心抬頭。

「我只是在想。」蕭朔輕聲道：「該如何同你賠禮。」

「同我賠什麼禮？」雲琅茫然，「你掰不成三瓣，流水席湊不夠四個人，我少了個水靈靈的大

侄子……」

蕭朔將碎豆餅拂在桌上，攏成一小堆叫野兔吃得方便，拭淨了手，將雲少將軍抱起來。

雲琅話頭頓了頓，叫腰後堅實穩定的暖意攏著，遲疑了下，沒出聲。

要布疑兵之計，花費的心力還要遠勝尋常征伐。

少將軍只管出主意，岳帥又只管打仗。輕車都尉尚未復職，已自覺接過了差事，忙得提溜轉，一路去安排應州城外唱空城計的流水席，一路去安排林中草叢布疑陣的伏兵，城中還要再安插得力人手，免得腹心空虛。

能拽走幫忙的盡數被扯走了，帳子裡除了他們，就只剩下不知愁埋頭吃豆餅的野兔子。

雲琅坐在蕭小王爺腿上，細想了一遍，確認了不會有人忽然撩開帳簾進門，慢慢卸了力道。

攬著他的手臂無疑也已察覺到這一點微乎其微的示弱，並不算強橫的護持意味跟上來，在雲琅臂間帶了帶，似是商榷。

居中調度、凜凜持重的雲少將軍靜坐了半晌，最後扯扯嘴角，低呼口氣，四仰八叉放鬆了向後一躺。

蕭朔的力道穩穩續上來，將人徹底攏實，護回胸肩。

雲琅帶人搜捕死士，身上穿的是輕便的薄甲，只護各處要害，並不算沉，卻仍已叫料峭春風剝去大半溫度，冰涼硌人。

蕭朔解了他的束甲絲絛，將各處護甲逐次卸下來，擱在一旁。

「小王爺。」沒了薄甲的阻隔，雲琅叫沛然暖意融融裹著，舒服得忍不住嘆了口氣，懶懶說道：「約法三章。」

蕭朔輕聲道：「什麼？」

「世事磋磨的事不准提，身不由己的事不准提，各有苦衷的事不准提。」雲琅一口氣說完：「誰提了，誰就去繞著雲州城跑三十圈。」

蕭朔怔了下，啞然道：「你以為我要提這個？」

「你少提了？」雲琅怏怏，「原本兩個人都沒錯的事，非要自己往背上扛……你如今訓我，都訓得不如當年那般理直氣壯了。」

「……」蕭朔：「什麼？」

「說你不理直氣壯！」雲琅豁出去了，抬頭嚷嚷：「你如今處處好，穩妥冷靜，臨危不亂，人人見了說俊朗儒雅玉樹臨風。我的小王爺呢？我那麼大一個揪著我衣領嗚……」

雲少將軍嚷到一半，被小王爺揪著衣領，扯過來親了個結實。

雲琅眼睫一顫，被困在驟然強橫力道間的身體微微打了個激靈。

蕭朔箍著他，吻下來的熱意像是在燒，炙著他的心口。

「撐不住。」蕭朔的嗓音低沉，柔和下一片暗流洶湧，「便和我說。」

雲琅抬手，用力抱住蕭朔。

他肺脈暗傷仍在，氣息不夠，卻仍半點不肯留餘地後手，全不示弱地仰頭親吻回來。

蕭朔攬緊手臂。

帳子裡的火盆不能時時攏著，煙氣太重，隔些時候便要通一通風。此時新一撥火盆才燃起不久，還不及將帳內重新烘得乾燥溫暖。

涼潤的氣流裡，灼人的急促氣息拂過皮膚，微微發燙，像是在燃燒。

近似搏鬥的吻不能持續太久，雲琅低低咳了兩聲，胸肩顫了顫，摸索著牽住蕭朔衣袖。

蕭朔回攏住他的手，回應似的用力一握，叫雲琅躺在自己胸肩，低頭看他。

雲琅這些天自覺進補，卻畢竟抵不過勞心勞力，叫帳簾縫隙透進來的光影描過，琰王府精細養出的幾兩分量已又還了回去。

可雲少將軍穿回鎧甲，重新提槍上陣，那雙眼睛卻比任何時候都亮、都更灼人。

「我不知道。」蕭朔靜了一刻，放開雲琅腕脈，替他慢慢理順胸口氣息，「原來少將軍更喜歡青面獠牙的我。」

「……」雲琅後悔方才沒咬他一口，「這事怎麼還沒過去？」

蕭朔有心同他說任誰聽了這般豐富的評價，三年五載怕也難過去，過個三、五十年，怕也要拉出來好好聊聊。

他與雲琅自小在一處，深知雲琅脾氣。看了看臂間氣鼓鼓的雲少將軍，從善如流將話岔開：「我想同你賠的禮，並不在那些事之內。」

雲琅頗懷疑，「你還能說出別的？」

蕭朔橫受他平白指責，並不動氣，點了點頭，「我想賠的禮，是你當初叫提親嚇得跑來北疆，去找三個戎狄部落打架。」

雲琅怔了下，轉回來，「這有什麼禮好賠？」

蕭朔靜了一刻，緩緩道：「聘禮。」

「……」雲琅：「啊？」

蕭小王爺學問雖好，許多詞的用法，卻多少有失偏頗。

當初那個文采斐然的「一屍兩命」，叫他任選兩個人命還是一個人屍，就已夠讓蔡太傅掄圓了胳膊拍十下戒尺。

端王叔、王妃英靈在上。

小王爺學得太雜，連說要與人賠禮，賠的都是聘禮了。

「我那時候又半點沒想明白。」雲琅噤了下，訥訥道：「你若真冒冒失失，拿著聘禮來北疆追我，我……」

蕭朔輕聲問：「如何？」

雲琅一怔。

「我知那時候，你的確半點也不曾開竅，只知道不願意同人議親。」蕭朔道：「故而先皇后與母妃一提，你嚇得沒忍住，抬腿便從京城跑了。」

蕭朔：「從那以後，先帝便改了規矩，凡尚未及冠、養在宮中、腿比腦子快的三品朔方軍將軍，出京城必須要路引文牒。」

「……」雲琅訥訥：「先帝是嫌只寫『雲麾將軍』四個字，這聖旨不夠長嗎？」

蕭朔那時人在旁邊磨墨，清楚始末，「先帝原本寫的是『小兔崽子』。」

雲琅：「……」

「我那日急著入宮，原本也是為了求先帝暫緩替你議親之事。」蕭朔摸了摸雲少將軍髮頂，「你既跑了，自然也用不著求……先帝便問我，還有沒有什麼別的想要的，允我一樁。」

雲琅忍不住好奇，「你說什麼？」

「無所求。」蕭朔道：「你自由自在、瀟灑一生足矣。」

雲琅一時不慎，險險叫他感動了一瞬，越想越不對，回神看他，「我一輩子沒有小姑娘議親，你就高興了。」

蕭朔抬眸，視線落進雲少將軍眼底。

雲琅當初還陪王妃給世子相看過，看了一圈這個不滿意那個不合適，這才作罷。他萬萬想不到

蕭小王爺這般不夠意思，坐直了還想譴責，迎上蕭朔視線，念頭卻忽然頓了頓。

蕭朔知道了宮中有人替他議親，費盡心思親手替他做了北疆的沙盤木雕。又怕留不住雲琅，不眠不休，跨過陰山河套，蒙古草原，一路做到了崑崙山。

倘若……那時候，蕭小王爺冒冒失失，拿著聘禮，來北疆追他。

雲琅低頭想了半晌，胸口一熱，沒忍住樂了，又長長嘆了一口氣。

蕭朔餵飽了野兔，將親兵從雲州城裡新送的點心匣子拿過來，正替雲少將軍倒茶，循聲低頭，「嘆什麼氣？」

「嘆你我錯失良機。」雲琅道：「你若那時候便去找我提親，我一緊張，三五年不敢回京。到時你舉著聘禮在後面追，我帶著兵在前面跑，你接著追，我接著跑……」

「你追三年，我跑三年。」雲琅長嘆口氣，從小王爺手裡叼走了那一塊點心，「如今不要說北疆，你那沙盤所指之處，說不定崑崙山都是我們的了。」

雲少將軍沒打下崑崙山，滿心遺憾，從小王爺手裡叼走三塊點心，倒頭睡了大半個時辰。

天還未黑透，應州城下已擺開了慶功彰勝、接風洗塵的流水席。

朔方軍寒酸慣了，幾時也不曾有過這般陣仗。火堆上架著烤到焦酥金黃的野羊，熱騰騰的白麵餅，酸甜涼潤的葡萄釀，野藿菜混著鮮美的肉糜粥，滾沸的蔓菁燉羊肉溢開濃濃香氣。

雲州府吝嗇久了，此次出手難得大方，上好烈酒的醇香從泥封裡沖出來，沖進涼曠的淡白月色。濃郁的肉香與酒香混進夜風，在寬闊的曠野裡蕩開，也悄無聲息地飄進了應州城。

城頭上，應州城守將連斟的臉色已黑得如同鍋底。

「朔方軍搞的什麼名堂？」他身旁的襄王幕僚皺緊了眉，「這是當真狂妄到了這個地步，還是兵力馬匹不足，示敵以弱弄出來的空城計？」

幕僚看著城下彷彿全無防備的朔方軍，低聲道：「不論是哪個，我軍若趁此機會，一鼓作氣衝出去，說不定……」

「我們是被圍的城，外面的圍兵用空城計。」金人將領掃他一眼，寒聲諷道：「你們漢人讀書讀傻了？沒看見林子裡的人影刀尖？」

幕僚一滯，忽然回過神來，忙閉上嘴。

「朔方軍打了這些年埋伏，風吹草動不見人，從不會出這種錯。」又一個幕僚道：「只怕……這才是本意。」

那幕僚揣測著低聲道：「故作疏忽，藏實示虛。假若我軍當了真，一舉齊出，只怕要被狠狠打個措手不及。」

「難說。」又有人道：「打了這些年仗，早打殘打疲了，他們哪裡來的這般軍心戰力？縱然軍心有，戰力還是能一下子補上來的？」

方才那幕僚愣了愣，有些遲疑：「不是來了鎮戎軍？那般浩浩蕩蕩……」

「鎮戎軍，空架子。」一位守城將領冷嘲：「整日裡只管護送商旅、剿除匪患，北疆陷落前，打過最大的仗是跟山大王，有幾分軍力可言？」

那將領才因為搶糧之事被狠狠罰過，憋了一肚子氣，掃了一眼身旁，涼聲道：「竟還真有叫人唬住、乖乖退進了這應州城的，如今還在這裡大言不慚，譏諷旁人……」

腰刀與鐵鞘擦出極刺耳的一聲響。

那金人殺意吞吐不定，刀刃抵在方才說風涼話的將領頸間，再進一步就能割破皮肉。

「夠了！」連斟沉聲呵斥：「什麼時候了，竟還在這裡內訌？」

城上將領幕僚人人變色，齊齊閉牢了嘴。

金人入了應州城，本就牽扯出無數麻煩。偏偏鐵浮屠又是受襄王所請才來的，竟連指責也不能，不止金人，應州城守軍也憋了一肚子的窩囊氣。

漢人與金人涇渭分明，水火不能容。

先前打過一次，尚能克制，動的只是拳頭。

這一次……竟已直接動起了刀子了。

金人凶悍，又素來不講道理，說不定如何遷怒。應州城守軍幕僚圍在四周，眼睜睜看著那金將對同僚以刀相挾，竟無一人敢上前攔阻，個個心驚肉跳深埋了頭，生怕招惹到自己頭上。

「既為同盟，本就該守望相助，卻還在這裡攻訐挑刺！」連斟看向那被挾持的守城將領，壓了壓眼底怒氣，厲聲道：「挑撥軍心，回去領五十脊杖！」

金人神色冰冷，鋒銳腰刀仍紋絲不動，緊緊貼著守城將領頸間的皮肉，雪亮鋒刃已割出一絲蜿蜒血色。

「……降三階，所部兵馬將糧草撥出一半，交予鐵浮屠處置。」連斟咬緊牙關，掃了那金將一眼，沉聲道：「是本官……治軍無方。替他賠罪，還請將軍海涵。」

那金將神色倨傲，掃了眾人一眼，回刀入鞘。

守城將領一言不發，跪下磕了個頭，下城領罰去了。

連斟死死壓著胸口怒意，閉上眼站了半晌，重新看向城下熱熱鬧鬧的天地宴流水席。

兵無常勢，虛虛實實。可再奉行詭道，也總有表裡之分，或是虛而示虛，或是示虛以實，總能

讓人尋出個章法，從中周旋破解。

偏偏如今這朔方軍的主心骨，無疑已徹底換成了京中那兩個災星。不講章法、不按兵書，虛實亂成一套，半分也摸不出其中真正端倪。

出城，倘若中了誘敵之計，勢必死無葬身之地，多年苦心謀劃一朝傾覆。

不出城，就讓這些金人金兵在城中盤踞。互相看不順眼不說，只看城中所餘不多的糧草，難保何時便會激變……

連斟心頭一震，緊走幾步，盯住城下肉香四溢的流水席。

食不厭精膾不厭細，中原人其實吃不慣這般粗獷的純肉烈酒、野菜湯羹。故而城下的慶功宴再熱鬧，城頭上的漢人將領也無非只是揣摩用意，並沒如何受到牽動。

可城中……還有金人。

朔方軍長年駐紮北疆，飲食起居已同北疆部落近似，最清楚草原部落的喜好。

「快！」連斟緊走幾步，扯住幕僚急聲道：「快，去城中……」

幕僚叫他嚇了一跳，忙拱手受命，「去城中做什麼？」

連斟立在階前，看著城中情形，冷汗涔涔滲透衣物。

城高池深攔得住刀兵箭矢、攔得住攻城大軍，卻攔不住風。

無孔不入的風，挾著鮮嫩肥美的肉香，裹著醇厚凜冽的酒氣，鑽進牢牢封住的應州城裡。

朔方軍痛快暢飲，撕扯著肥美羊肉，蘸了鮮韭芥辣同米醋蒜泥，香嗆濃郁得能將舌頭一併吞下去。已不必特意派人探查，只從這裡往下看，就連守城的金兵也早已沒了旁的心思，狼似的盯著城外。主將幾次厲聲呵斥，竟都收效甚微。

糧草之亂，亂及軍心。

金人的主帥並非莽夫，一樣清楚此時貿然出城危險重重。可軍心若渙散，又拿不出應對辦法，最好的辦法便是以戰止亂。

這一仗不能出城打……便要打在城內。

他們蟄伏在襄陽府，為了奪江山，才會引來金人做外援助力……

可那時縱然思慮得再周全，也無非各取所需、割地而治，任誰也想不到，這一把刀有一天竟會變成雙刃的。

若握不住，甚至能割破他們自己的喉嚨！

「去……城中。」連斟深吸口氣，低聲道：「將牛羊攏在一處……殺幾頭，給金軍送去。」

「被圍的時候太倉促，羊群都在城外草場，收不回來。」幕僚有些為難，遲疑了下，「我朝有法令，嚴禁屠宰耕牛……」

「到幾時了，還管什麼法令！」連斟厲聲：「難道要等到城中軍心浮動嘩變，一刀將你我砍了，腦袋滾在地上，同金人解釋我們不能殺牛嗎？」

幕僚打了個激靈，嚇得臉色慘白，緊閉上嘴。

「府庫出資，按市價三倍徵收。」連斟壓住火氣，「去城中宣太守令，如今艱危，事急從權……解圍之後，定然還有犒賞。」

幕僚再不敢多說半句，扭頭飛跑去宣令了。

「大人。」連斟身旁的謀士有些憂慮，低聲勸道：「尋常人家，耕牛是命。縱然三倍徵收，只怕也……」

「拆東牆補西牆。」連斟合眼，「不然呢？還能如何？」

那謀士一怔，低了頭，不再開口。

今日征的是牛，來日還要徵收柴火稻草。若糧食不夠了，還要再征糧，若敵軍攻城，城內青壯都要被召集起來，負責禦敵。

這些年來，應州城百姓都被官府死死壓著，壓得沒了反抗的念頭，只埋頭一味設法活下去。可再不知反抗……也總歸是有個極限的。

若過了那一條線，城中內亂的，只怕不只是金兵。

此事人人心裡都清楚，可縱然清楚，卻仍沒有半點辦法，只能被城外那兩人一步步牽著走上這一條路。

「不過是兩個年輕人。」那謀士皺緊了眉，「如何能這般步步為營，搶占先機。」

「尋常辦法罷了。」連斟嘆息，「只是我們先行不義，才會被處處尋著缺處。」

謀士嚇了一跳，忙道：「大人……」

「有什麼可避諱的，誰心中不是明鏡一樣？看看自己做的事，難道當真不清楚自己在做什麼？」連斟道：「無非告訴自己，有捨有得，縱然一時捨了這些，來日也能討回來罷了。」

捨了疆土，來日打回來。

捨了道義，來日補回來。

捨了忠臣良將、捨了熱血鐵骨，江山代有才人出，來日還會有。

死死攥著眼前的事，攥著眼前的野心。只要有朝一日能登極聖之位、有從龍之功，來日能補成什麼樣，那是來日的事。

「名不正則言不順，無非時至今日，已不能回頭。」連斟輕聲道：「成王敗寇，走到頭，看個結果而已。」

謀士不再多說，低頭退在一旁。

「只不過……能將我們逼到這一步，那兩個只怕也殫精竭慮了吧。」連斟立了半晌，嘆了口氣，終歸苦笑，「過慧易夭，他二人這般耗竭心力，誰知來日如何呢？」

城外，中軍帳內。

雲州太守龐轄親自出城勞軍，一片熱鬧喧嘩，喜氣洋洋，軍帳裡卻仍冷清安靜。

該被接風洗塵的兩位貴客尚未出席，仍坐在安安靜靜的帳子裡。桌案上散落著幾張紙，潦草著寫了數行字跡，又被重重劃去。

雲琅心力徹底耗竭，坐在案上，「不行……沒辦法了。」

「少將軍。」蕭朔抬手，覆在他髮頂，「尚不到最絕望處。」

少將軍沒了力氣，順著頭頂掌心溫度，有氣無力化成一小團，「當真不行……」

蕭朔覆著他的髮頂，慢慢揉了兩下。

「這招也沒用。」雲琅咬著牙根犯愁，「事已至此，再無解法。」

蕭朔問：「當真沒有？」

雲琅怏怏：「當真沒有。」

他咳了兩聲，摸過藥碗喝了幾口，按了按胸前舊傷。

「嘔心瀝血，費盡心機，千方百計，殫精竭慮。」雲少將軍自作孽，按著胸口，重重長嘆了口氣，「我和我的先鋒官、議親對象、大侄子一起，也是當真湊不夠四個人了。」

人湊不夠，雲少將軍與先鋒官頭碰頭，坐在營帳裡頭商討，將主意從兔子打到龍鳳胎，又議了

整整一刻。

熱騰騰的美酒肥羊前，禮官望穿了夜色，仍沒等來少將軍與他的人。

雲州太守龐轄受邀出城，頭一次進了軍中的流水宴。他被韓忠敬了一杯酒，飄飄然得幾乎站也站不住，志得意滿與人碰杯暢飲，早沒了聽說要出城赴宴時的惶恐忐忑。

軍中派系的流水宴！奉他為座上賓！

龐轄與人舉杯，喜滋滋飲下一盞酒，呼出一口氣。

本朝文武相爭，既是彼此看不順眼，說穿了卻更是互相忌憚。文官忌憚武官，宮中忌憚武官，朝堂不惜自斷臂膀，一再閹割軍權，其中也不無忌憚武將擁兵自重的緣由。

京中一個蘿蔔一個坑，又積怨已久，早修補不得，難免彼此爭得頭破血流。地方的官員守將，卻並沒這般不死不休。

要壓制排擠，自然是拉攏不成之後的事。若當真能與軍中勢力交好，誰願平白樹敵添麻煩？

不說別的，若是雲州城當真丟了，破城之罪，文官武將哪個能逃得過？

如今硬扛威名赫赫的鐵浮屠，保住了雲州城。他守城有功，難道便不能來分一杯羹？

便不說搭上那油水叫人眼熱的鎮戎軍，還不知有多少好處可撈。此番千鈞一髮轉危為安，餘悸後怕都還未散，龐轄端著手裡的葡萄釀，連看著只知道打仗的朔方軍也順眼了許多。

「如今看來，那兩位……」師爺跟在他身後，趁無人來敬酒，對龐轄悄聲道：「竟當真是來掙功勞的。」

「想來是宮中當真有些艱難，皇上已動了別的心思……年前開後宮選秀女，怕就是奔著這個。」師爺低聲道：「要重贏聖心，自然就要做事。帶一個禁軍首領出來，軍功自然沒得說，加上去寰州調兵解危救困，這份功勞絕不小了。」

「我那時說什麼了？」龐轄得意道：「等閒人能從韓忠那鐵公雞手裡借得動兵？本官一見鎮戎軍來幫忙，心中便盡數有數了。」

師爺原本還有些懷疑，此時親眼看了戰局，卻也不得不信，「大人說得是。」

「這群殺胚還盼著那兩位來坐主位。」龐轄方才聽見禮官等人議論，嗤了一聲，吞下杯酒，「那般人物，天家貴胄，什麼樣的宴飲沒見過？豈會自降身價，來赴這等……」

他話還未說完，聽見不遠處歡喜喧鬧聲，有些茫然，跟著探了脖子望過去。

師爺也跟著回頭，看清情形，不由一怔。

熊熊燃著的篝火旁，人群極熱鬧地圍著，中央站著的那兩個人，面前已擠了再多出十隻手也接不盡的酒杯。

岳渠排開眾人，走到雲琅面前。

他仍吊著半邊傷臂，完好的手攥了酒，掃了一眼雲琅，「原來還記得有頓飯吃？」

雲琅老老實實挨他訓，「記得。」

「若不是這葡萄釀軟綿綿的沒勁，定然罰你三杯。」

岳渠瞪他一眼，細看了看雲琅臉色，又皺了眉，「不是又不舒服了吧？別總是只帶個先鋒官，你那議親的對象呢？」

雲琅沒繃住，咳嗽了一聲。

「當初鬧著不要同小姑娘議親，也隨你了。」岳渠：「我等也並非古板到冥頑不化，只要你願

意定定心找個歸處，這一項也不非要卡死……可好歹要找個貼心的。」

岳渠蹙緊眉，「如今這是怎麼回事？」

「貼心。」雲琅忙保證：「他待我很好。」

「待你很好？」岳渠半信半疑，「你也不看看你那些親兵……」

岳渠話頭一頓，錯開雲琅視線。

岳渠用力按按眉心，有些心煩，「你那些親兵……四處搜查，非要揪出是誰薅禿了你的兔子，你有時間便管一管。」

雲琅啞然：「是。」

岳渠看了雲琅半晌，沒再問出那一句話。

他原本想說那些親兵的審訊手段，已不止慘絕人寰，絕非常人能調教得出來。

刀疤帶了雲騎潛出朔北，回京去救雲琅，是岳渠暗地裡命人放出去的。岳渠執掌朔方軍這些年，只做了這一件忍不住的事，自然極清楚那群夯貨的脾性。

雲騎是雲琅一手挑出的親兵營，除了回京救主帥性命，剩下的任何事都絕不會擅動，只聽雲琅親自吩咐交代。

以惡制惡、以殺止殺，死士的嘴撬不開，懸著的是全軍人的命。仗打到現在，沒人還會天真仁慈到覺得這些手段不該用。

可這些手段，雲琅又是從哪裡學會的？

雲琅這一身到今日也沒養好的傷，除了當初那一處，又有多少是逃亡這些年落下的，多少是落在了那群奸佞的手裡？

既然議了親，議親的那人定然是在京城，難道就眼睜睜看著……

「岳伯伯。」雲琅笑了下，「他燒了大理寺。」
岳渠一愣，視線釘在雲琅身上。
朔方軍養大的小兔崽子，看著沒心沒肺上房揭瓦，其實心思剔透得瞞不住，岳渠自然也早就清楚。雲琅猜得到他在想什麼，倒不稀奇。
「燒了大理寺……」岳渠眉峰擰得死緊，「那些人沒找他算帳？」
「找了。」雲琅點點頭，「於是我們便一鼓作氣，將禁軍搶回來，樞密院也快了。」
岳渠越聽越愕然，慢慢瞪圓了眼睛。
朔方軍雖然遠在北疆，卻也不是閉目塞聽，什麼都不知道。
這些事他聽白源隱隱約約提過，只是覺得京中再風雲變幻，無非奪權傾軋而已，誰得了勢，朝局都一樣叫人心灰意冷，故而半點也不曾往心裡去過。
這些事……竟是兩個半大的娃娃做出來的？
抑或是這小兔崽子豁了出去，為了朔方軍，不惜委身哪家的糟老頭子……
「他與我年紀相仿，很英俊。」雲琅及時道：「又從小就認識。」
岳渠鬆了口氣，「那便好。」
「既是從小認識，又年紀相仿，該算是兩小無猜了。」一旁禮官笑道：「這位議親的大人，少將軍何不叫我們見見？」
雲琅最愧對的就是禮官，誠懇一拱手，繼續道：「這位議親的大人……還是我的大侄子。」
禮官：「啊？」
「你究竟哪兒來的大侄子？」岳渠早就覺得奇怪，追問道：「你還跟誰的靈位拜把子了？早跟你說過，縱然我同端王互相看不順眼，可我畢竟也和他同輩論交，這般沒大沒小的事，我也要替他

教訓你……」

岳渠話說到一半，忽然想起白源的話，心頭陡然劈開道念頭。

這念頭其實早就有。

當年端王還在，雲琅動輒跑到端王府去住，起初是為了進朔方軍，後來進了朔方軍，跑得卻反而更勤。

端王家的孩子，書讀得好，只是不善兵事，一窩子武將裡頭生出了個書生娃娃。

武人大大咧咧慣了，有時難免拿此事打趣，端王還不及動怒，先惹惱的永遠都是雲琅。

當初朔方軍回京修整，幾個欠揍的夯貨去戲弄端王家的孩子，說要教他軍中拳術，送了一套捉弄人的所謂「祕笈」過去，裡面寫的卻全是民間小兒嬉鬧遊戲、竹馬彈弓之類云云。

端王那個孩子脾氣很好，翻看過後發現上了當，便放在一旁不管了。

雲琅那時還不曾執掌雲騎，手下沒有親兵。知道了這事，赤手空拳一個人殺去軍營，一拳一拳狠狠揍到了這幾個混球肯認錯，鼻青臉腫寫了封告罪書。

……那以後，再沒人敢拿那孩子取笑調侃。

他們幾個將軍還曾打趣，整個朔方軍，只怕只有雲少將軍自己不知道自己對端王家的孩子有意。還有人攛掇，既然兩個孩子這般投契，那小雲將軍又不喜歡同小姑娘議親，倘若世子也有意，不如去請一道旨，就將人徹底領回家，當兩個親兒子養。

誰知後來天意世事弄人。

逃不開的奪嫡之爭，血淋淋撕開家恨死仇。

端王一系折了大半，雲琅一個人自京城回來，命丟了半條，蒼白安靜得像是條遊魂，要將命賠出去一樣，一場接一場地打仗。

打下第三座城，雲琅昏死在馬下，醒來後叫岳渠劈頭蓋臉痛罵了整整一個時辰。

那一宿雲琅不知去了什麼地方，再回來時，便又好像與過去那個少將軍沒什麼不同了。

只是那天起，雲琅開口閉口，就常常要提起個遠在京城的大侄子。

今日說人家溫潤謙和，來日又矢口否認，說分明是死強欠揍。

高興時說人家最明事理，不高興了便一口咬定，就是個講不通的木頭疙瘩。

叫軍醫治傷時疼得不行，自己胡亂摸自己的腦袋，還要跟旁人顯擺，說京裡的大侄子就是這麼摸的，一摸就不疼，百試百靈……

世事磋磨，世事磋磨。

沒人敢再多想，沒人敢再做夢。

縱然有心將那一團死結解開，可那兩個孩子身邊，卻都已沒有了能將人拎過來肆意教訓的長輩。岳渠胸口起伏，抬起視線。

白源說，那是「京城來的兩個年輕人」。

那個領著輕甲騎兵，牽制住了數倍的鐵浮屠，將戰局撐到雲琅力挽狂瀾的先鋒官，「府上已沒有可拜會的父母長輩了」。

兩個年輕人。

來的……是兩個。

守城軍曾報，京中來客，接故人歸家。

岳渠當初幾乎刻意忽略了這幾句話，如今卻再避不開，眼底幾乎透出隱隱血色，牢牢盯著雲琅身後的黑衣人。

蕭朔退開半步，深深一揖及地。

「……大人？」禮官尚不及反應過來是怎麼一回事，頻頻回頭，低聲道：「龐太守與韓大人過來了，少將軍這邊人不夠，我們……」

岳渠搖了搖頭，「夠……」

禮官一愣，「還有誰是少將軍這邊的？」

「我。」岳渠深吸口氣，用力搓了搓額頭，「這兩個……都是我的大侄子。」

禮官：「啊？」

「讓龐轄等著，攔住了，少過來礙事。」岳渠團團轉了一圈，想起件要緊事，轉頭問道：「合巹酒喝了嗎？」

雲琅一向跟不上這些長輩的接受速度，下意識踢了踢蕭朔，回頭看了一眼，「我們……」

「沒有。」蕭朔低聲道：「雲琅踢我。」

雲琅：「……」

「你踢他做什麼？」岳渠扯了雲琅一把，低聲道：「如今這是你的人，欺負起來留著些情面，別欺負壞了。」

雲琅眼睜睜看著蕭小王爺飛速學會了同長輩告狀，尚且不曾回神，按著胸口心情複雜，悶悶應聲：「哦。」

「快，你們喝過合巹酒，我便是長輩了。」岳渠催促：「倒來兩杯女兒紅。」

雲琅愣然，「現在……」

「現在！」岳渠瞪眼睛，「不行？」

「……」雲琅重溫了端王叔在時的舊夢，訕訕摸了下鼻尖，閉上嘴。

朔方軍做事極俐落，聽了岳帥吩咐，立刻有人飛跑去拿，做合巹的、找紅線的，片刻工夫，醇

厚酒香已透出來。

今日之宴，一為慶功洗塵，二為以虛實混雜示敵，人人杯中酒都是不醉人的葡萄釀。那上好的烈酒，都叫人偷偷潑在了應州城門前，化作酒氣，叫風送進了應州城。

雲琅被人往手中塞了繫著紅線的酒杯，壓了壓耳後滾熱，抬頭迎上蕭朔視線。

四周都是朔方軍，龐轄被攔住了進不來。

韓忠笑吟吟立在一旁，抱了罈寰州城送的上好女兒紅。

清亮的酒漿映著月影，天上一輪明月，杯裡一片冰雪。

「流水宴，天地是賓客，請八方神鬼魂。」岳渠低聲念：「甘酒入苦卺，外內和順，悲歡不離，生死同命。」

雲琅握了酒杯，慢慢攥牢。

夜色涼涼地沁下來，篝火在身旁熊熊燃著，將寒意徹底驅得乾乾淨淨，映在杯中眼底。

他抬起頭，迎上蕭朔眼中的光。

風過曠野，捲起點點火星。

滾燙的火星散進漆黑天穹裡，將月色也烤熱了，混著醇厚的酒香，一併順著喉嚨滾下去，淌過心口，熱透肺腑。

蕭朔飲盡那一巹酒，抬起頭要開口，忽然被雲琅用力握住手臂。

將軍灼人的燦白銀甲迎上來。

戰甲冰涼，硬硬硌在胸口，滾熱的摯色全在清俊眉目裡。

雲琅喝了酒，伸出手臂，牢牢擁住蕭朔。

人群外，龐轄與師爺被牢牢攔住，叫忽然震開的歡呼聲嚇了一跳，「怎麼回事？裡面究竟在做

什麼？」

透出來的酒香他聞見了，紹興府甘露堂的女兒紅，窖藏二十年才開一次罈，在京城裡也是可遇不可求的上品。

莫說雲州城沒有，整個北疆翻過來犁一遍，也只能點出有數的幾罈。

「貴客愛喝女兒紅？」龐轄看不見裡面情形，急得團團轉，「那韓忠豈不是搶了先？若早知道，當初就該捨得將那罈酒買下來！」

「邊疆沒有好酒，不是太烈便是太苦，剩下的全是甜湯。」師爺盡力揣測：「或許……是難得遇到能入口的，便高興些。」

「是是。」龐轄忙點頭，「回去便設法搜羅，看能不能買來好酒，有京城的最好。」

師爺低聲：「是。」

「絕不可買醉仙樓的。」龐轄忽然想起來，「他們家奸商透頂，一樣的酒，換了個酒罈子，就能翻著番往死裡坑錢……」

他正交代著，聽見人聲，忙跟著抬頭，正看見岳渠與那兩位一併走了過來。

禮官方才還滿面憂慮，此時竟也笑盈盈俯身，客客氣氣道：「請太守大人入客席。」

「好說、好說。」龐轄不無羨慕地瞄了韓忠一眼，朝雲琅愧疚見禮，「是下官疏忽了，招待不及韓大人周全……」

「什麼招待？」韓忠送雲琅入席，有些莫名，「兩位將軍是來打仗的，又不是來北疆遊賞散心。有用得著你我處，少問多做，為家國一心做事就是了。」

龐轄被他一噎，說不出話，只暗恨這韓忠竟既有眼力又會說話，連連賠著笑稱是，跟著一併入了席。

師爺跟在龐轄身後，眼看岳渠竟也坐到了主位一側，有些錯愕，「岳將軍既非那兩位的親友，又非長輩師從，如何竟也坐過去了？」

「少問，多做。」龐轄沉了語氣：「人家是來打仗的，和朔方軍的主帥套套近乎怎麼了？若是當真得了朔方軍，就算是上面那位，不也要高看一眼？」

師爺不曾想到這層，聞言一愣，忙低聲稱是。

龐轄訓過了扈從，抬起頭，臉上就又換了一副熱絡的笑，舉起手中酒杯。

主客相敬，這一場宴席才算真正開席，敞開了盡情吃喝。

【第六章】

把不爭氣的眼淚擦了，
跟著小將軍把家搶回來

加了老醋與胡椒的羊肉湯在鼎裡滾沸，酸嗆香辣，肉香濃郁撲鼻。無論朔方軍與鎮戎軍，就連雲州城裡眼巴巴探頭的守城兵士，也拿陶罐特意擔過去。人人都能分得一碗，熱騰騰喝下肚，抖擻了多少天鏖戰的疲憊精神。

朔方軍長年緊繃，一根弓弦繃了整整五年，已太久不曾這般放鬆過。縱然杯子裡的酒只是不醉人的葡萄釀，竟也像是終於能痛痛快快大醉了一場。

「岳帥。」韓忠始終留心查看，看著眼前宴飲，悄悄來到岳渠身旁，「朔方軍疲憊已久，能這樣鬆快一場自然是好事，只是……」

岳渠手中拿了酒杯，倚著虎皮座椅，一雙眼睛仍精明雪亮，「只是什麼？」

韓忠一愣，細看岳渠神色，不由失笑，「看來是末將多慮了。」

他原本擔心朔方軍長久不得放鬆，忽然鬆緩下來，若是有敵軍今夜試圖突圍破城，是否能及時應對？

……可看岳渠反應，朔方軍無疑早已想到了此事。

「少將軍有安排了？」韓忠懸著的心放下來，也不由笑了，尋了塊石頭席地而坐，「怪不得你們朔方軍都說，有雲字旗在，凡事都用不著擔憂。」

「也該擔一擔憂，當初若不是端王按著，這小子能一路放風箏放到崑崙山。」岳渠笑道：「你只看見眼前宴飲，卻看不見朔方軍還分了十幾撥輪換，各處都有人盯著。巡邏警哨、強弓硬弩，那些死士扛過來燒咱們的猛火油都在城門前面，只等不歸樓的火光令。」

「戍邊久了，人人都知道怎麼讓自己緩一股勁。」岳渠將杯中冰水飲盡，打了個激靈，長呼口氣，「這股勁緩過來，也人人都知道……仗還得打，還不到倒頭睡透的時候。」

韓忠聽懂了他的意思，心下跟著澀了澀，「這些宴飲的，過會兒也要去輪換？」

「輪換過七次了！」岳渠大笑，「這些人裡，朔方軍已換過七撥，看不出來嗎？」

韓忠愕然，回頭又仔細看了看。

「你再細看。」岳渠饒有興致，撐坐起來，「還能不能找見那兩個小兔崽子？」

「少將軍與……也去輪換了？」韓忠瞪圓了眼睛，「這怎麼行？他們好不容易才有空歇一歇，我帶鎮戎所部人馬過去，將他們換下來，叫他們回帳子……」

岳渠抬手，將他按住。

韓忠愣了下。

「他們去的地方，別說馬不行，人也難上得去。」岳渠道：「你縱然帶人去找，也找不到。」

「在陰山裡？」韓忠隱約猜到了方向，卻仍不解，「上山做什麼？」

岳渠沉默不語，拿過案上羊腿咬了一口，以水代酒灌了大半杯。

「山上有一處懸崖，風景極好，向下看時有林木蔥鬱、有明月山泉。」他身後，白源低聲道：「崖後有條隱蔽小路，最方便布兵，一旦衝下，可直搗應州城。」

韓忠皺了皺眉，來回看了看這兩人神色，將原本要問的話盡數吞了回去。

「應州城關竅，絕不可失，失則雲州再無犄角之勢，成孤軍孤城……故而須得有條妥善退路，可奪應州城腹心，以除後患，除非奪朔州城日，退路可毀。」

白源靜了一刻才道：「少將軍那封信裡，當初是這麼說的。」

韓忠忍不住問：「什麼信？」

白源搖搖頭。

那封信不止題頭，連署名落款也沒有，只是放在了朔方軍的帥案上。

信上半句閒話也不曾說，寫的除了戰事時局，就只有那之後五年的安排。

五年後，朝局不可測，時局不可推，故而要靠後人再來定奪。

再後十年，便託後人之後人。

岳渠看見了那封信，連夜砸開不歸樓，將白源扯起來，才發覺躺在不歸樓密室裡養傷的雲琅竟不見了。

岳渠問他要了最擅爬山探路的藥農與戎狄的行腳商人，瘋了一樣找了一宿，照著描述的地方走遍，終於找到了信上所說的那處懸崖。

懸崖高聳，飛虎爪也望塵莫及，最膽大的藥農也不敢上。

除了花幾天時間開鑿小路，搭石階土坡，能上去的只有江湖裡盛名已久的流雲身法。

那時候，京中有人往琰王府送御米的事剛傳出來。琰王叫人陷害中了罌粟毒，頭風發作重病垂危的消息出了京城，隨著北上的商人，當酒後閒話傳進了不歸樓。

岳渠拿刀逼著他手下那些跑堂的茶博士，遙遙對著懸崖，一遍接一遍地喊，嗓子喊破了就再換一個。

喊了整整一夜。

坐在崖邊的少年將軍重重嘆了口氣，拍拍手上的土，掉頭回了鬱鬱蔥蔥的林子。

韓忠心頭緊得喘不上氣，「那天晚上……雲將軍是去做什麼的？」

「不知道。」白源道：「那之後，也沒有人問過。」

雲琅從崖邊下來，賣了馬，同幾個南疆來的商人說過幾句話，隻身去了嶺南。

京城裡來了個古怪的馬商，只重金買下了這一匹馬，暗中護送著雲琅出了北疆。

後來又來了個更古怪的養馬人，在雲州城裡住了九個月，將那匹馬好生將養著送終埋骨，竟還立了一方小小的墓。

那匹馬老當益壯，好草好水舒舒服服養著，生了匹小白馬，俊得很，一看便是能神行千里的料子。白源看著眼熱，一度想買下來送去朔方軍，那人卻不肯賣，將馬帶回了京城。

沒人再問過，雲琅那一夜去懸崖邊上，究竟是去做什麼的。

韓忠聽得默然良久，長嘆一聲，將帶來的一罈酒慢慢灑在地上，對著陰山深深一揖，回了鎮戎軍營。

◆

星子閃爍，探望著莽莽陰山。

雲琅只喝了那一壺女兒紅，攤開了手臂放鬆仰著，抬手遙遙虛攥了顆星星，像模像樣拍進蕭小王爺手裡，「給。」

蕭朔連他的手一併握住，掌心貼合，慢慢交攏握牢。

雲琅很是得意，「如何？風景是不是很好？」

蕭朔握著他的手，將雲琅攬在自己膝上，垂眸望著山下。

景色的確很好。

月色細緞一樣撫過山林草木，映在溪水裡，叫流水碰碎了，銀光流瀉叮咚，碎成星點又重新拼合，一路向下，匯進主幹流遠。

這些水脈都是這樣發源的，就連那兩條養活了無數人的江河，聽那些遍查山川的遊俠說，倘若一路沿著河道追溯回最源頭的地方，就只隔了一座山。

天大地大，山高水遠。

「今後再來此處。」蕭朔道：「需得帶上我。」

雲琅枕在蕭朔膝頭，瞇了下眼睛。

他已犯了些睏，尤其有蕭小王爺放哨，便更用不著支棱著耳朵八面不漏，那些不知藏了多久的倦意從至深處悄然冒上來。

雲琅打了個呵欠，揉揉眼睛，半開玩笑：「這也是先鋒官的軍法？」

蕭朔搖了搖頭，「不是。」

雲琅好奇：「那是小王爺的家規？」

蕭朔：「不是。」

「不是軍法，不是家規。」雲琅來了興致，翻了個身，「我憑什麼要聽？」

「只是同你商量。」蕭朔撫了撫他的髮頂，「你若不同意，便親親你，哄你答應。」

雖說兩人都飽讀話本，該看的不該看的一應看了不少，蕭小王爺這般學著話本溫柔小意起來，也實在太過難得。

雲琅實在難得見這種機會，尤其聽蕭朔這樣一本正經說出來，幾乎忍不住唇邊笑意，故意咳了一聲，「那自然不答應……」

蕭朔攬著他，深深一望，在雲少將軍唇畔落了個吻。

點水的吻，透著酒香，沁過肺腑心脾。

雲琅耳根一熱，兀自強撐，「不答應。」

蕭朔吻上他的眼睛，將濃深睫根蘊著的隱約潮氣吻淨了，唇畔蹭了下輕顫的睫尖。

雲琅打了個激靈，嘴硬：「不……」

蕭朔將人攬起來，一臂護住肩背後心，吻淨了少將軍負隅頑抗的所有聲音。

少將軍叫琰王殿下親燙了，自琰王殿下的腿上蹦出去，又朝陰山裡的戎狄部落訛了三百匹馬。

一宿宴飲，次日高臥。

朔方軍精銳暗中巡城不斷，應州城軍馬卻不曾有過半點要出城突圍的動靜。

「倒是有些別的動靜。」景諫帶人巡了一夜一日，天晚才回營，披甲進帳，「昨夜應州城強征耕牛五頭，給那群金人供上去了。」

「耕牛？」刀疤愕然瞪了眼睛，「襄王瘋了？生怕他這城裡不打起來嗎？」

白源坐在一旁，將藥爐放下，搖了搖頭。

「沒瘋？那是怎麼想的，糧食再不夠也不能殺牛啊！」刀疤費解，「開春正該是犁地的時候，應州城裡沒有多少流民，都是本城百姓。守著祖田，給多少銀子也沒人肯賣牛的。」

「不征牛，也沒有別的辦法。」景諫啞然，嘆口氣道：「昨夜那肉香酒氣，我聞著眼睛都快綠了，何況金人？」

「少將軍給過他機會，以金人昨夜那般動搖的戰心戰意，只靠應州城兵馬也能解決乾淨。」白源道：「倘若他能醒悟，當斷則斷，也不會行此下策。」

朔方軍設宴誘敵，暗地裡不知布了多少兵馬，一來是防備城內突襲，二來也是在等應州城內的動向。倘若襄王一派能當真有些骨氣，先忍痛斷了這把誰也握不住的雙刃刀。

縱然兩方敵對，朔方軍也不是不能出手相助，先一同抵禦了外敵，回頭再來彼此清算。

「給了一宿的機會，可惜。」景諫嘆了口氣，接了一碗熱騰騰的藿菜羊肉羹，一口氣喝淨，

「箭在弦上，如今只怕誰也退不得了。」

帳內一時沒人說話，爐火靜烤著泛苦的藥汁，不知是誰低低嘆了口氣。

應州城裡不只有鐵浮屠、有叛軍，還有尋常的百姓。

朔方軍圍而不攻，不只是因為攻城太耗兵力，更因為一旦攻城，以襄王狠辣心性，定然將平民盡數驅趕著頂在前面、押上城頭。

「不攻城，少將軍不也有不攻城的打法嗎？」白源笑道：「有好消息，馬匹盔甲已到了大半。加上昨日忽然多出來的三百匹馬，再給我一兩日，就能配齊了。」

「好事啊！」刀疤一喜，「到時候還按老法子，三面緊一面鬆，放個口子讓他們鑽。只要敢從烏龜殼裡頭出來，看他們還怎麼拿別人當擋箭牌！」

「依我看也是好事。」白源撥了兩下火爐，看向雲琅，「少將軍不說話，是否我們漏算了什麼地方？」

「嗯？」雲琅撐坐起來，笑了笑，「也不是。」

他已用不著再喝參湯，身上雖還有些虧損，慢慢調理食補便已足夠，如今白源的藥是拿來祛濕理氣的。

不歸樓這些年攢下來的上好藥材，有不少在戈壁草原才長，京城都難得一見，全砸在了雲少將軍的身上。

北疆風沙乾燥，等過了早春的霖雨，更能將這些年積在筋骨間的濕寒散得乾淨些。

雲琅攥了攥手腕，接過先鋒官吹得不燙了的藥，喝了兩口，「我在想，戰局倏忽變換，唯有這僅剩的一兩日……誰也動不得。」

「我們動不得，是因為要等馬，還要等大軍趕到。」景諫想了下，點頭道：「襄王與金人憋在

應州城內，僵持拉鋸，進退兩難，自然也動不得……還有哪一方？」

雲琅不語，將藥碗放在一旁，一隻手探進了小王爺的袖子。

蕭朔看了看雲琅神色，自袖中摸出塊糖，單手剝開糖紙，擱在了盡力保持威嚴的少將軍掌心，「朔州。」

景諫愕然，「朔州？」

雖說此次雲琅來北疆，本就是衝著收復朔州。可朔州畢竟已被占了十數年，中間有過幾次交割，也無非是從遼人手裡輸給了西夏，又套著西夏的殼子塞進了金人的餡。

誰心中都清楚，要奪城池不可急於一時。縱然兵力足夠，合圍清繳，遇上鏖戰日久的，半年一年也都是尋常事。

「朔州……不在一兩日。」景諫擔心雲琅著急，遲疑著勸道：「攻城奪地，蓄勢緩壓。朔州不同於其餘北疆城池，是當真易守難攻的屯兵重鎮，急不得。」

「奪城有什麼難的。」雲琅手上俐落，屈指敲了小王爺掌心兩下道謝，飛快將那塊糖塞進嘴裡，含去了要命的苦味。

「難的是奪城以後，我若將金人趕出來，雁門關攔不住，滿地亂跑便麻煩了。」

景諫：「……」

「少將軍說不難，我就信不難。」刀疤從沒懷疑過雲琅，沒心沒肺嘿嘿一笑，「少將軍只說做什麼，我們去做就是。」

「陰山裡除了戎狄，應當還有不少流民。」雲琅將藥碗向身後藏了藏，坐起來道：「只是藏得太深，不易找到。」

當初雲琅離開北疆前，人力已竭軍力已疲，實在無力再收復朔州。

朔州的百姓被遷去其他城池了一部分，剩下的無處安置，雲琅曾想過將他們帶回中原，願意跟著走的卻寥寥無幾。

安土重遷，骨肉相附。帶不走又不肯朝異族狼崽子低頭的朔州人，散進山裡成了流民，以採藥為生，只等著復土歸家的那一天。

「白嶺能採到那株老參，應當不是碰巧。」雲琅忽然想起來，看向白源，「白叔叔，當初那些事，後來同我大侄子解釋清楚了嗎？」

白源：「……」

「輕車都尉這些天一直混在城外，不歸樓都給下屬打理了。」刀疤舉手告狀，「我們猜測，是為躲他兒子。」

「不歸樓轉運馬匹，白大哥只在暗中調度，不肯出面。」景諫壓了笑，點頭附和，「我們猜測，也是為躲他兒子。」

「……」白源一陣頭疼，「好了，此事是我家事，不勞……」

雲琅笑道：「不勞諸位費心，我自設法對得起他便是了？」

白源一滯，抬頭看向雲琅，沒說出話。

雲少將軍……當真記仇。

當年雲琅賣了馬，要隻身南下時，白源不便暴露身分，也曾試圖學著岳渠的辦法，用蕭朔之事留住雲琅。

雲琅執意要走，當時對白源說的，也只這一句「此事是我家事，不勞諸位費心，我自設法對得起他」。

「當初胡先生是怎麼教我的？」雲琅終於尋了個機會，笑吟吟翻舊帳，「家事家事，不正是朔

方軍大家的事？」

白源坐了半晌，終歸洩了氣，扶額苦笑，「是。」

「這些年，我們一樣是本該死了的人，本該死了的人活著，便是為了些還不能立刻就死的事。」雲琅笑了笑，緩聲道：「白叔叔，你是為替朔方軍引源頭活水，不得已隱瞞身分，你心裡比誰都難過……小白嶺能懂這個。」

白源用力攥了攥拳，他的手攥得幾乎已有些發白，慢慢鬆開，低聲道：「可是……」

「能懂的。」雲琅輕聲：「我們在乎的人，定然有值得我們在乎的地方。你想要保護他，焉知他不是豁出命來，也想要設法護住你。」

雲琅：「我們本該更相信他們。」

白源狠狠一顫，下意識抬頭，肩背繃了繃，看向一旁靜坐著的蕭朔。

當初的端王世子、如今的琰王殿下，這些年是如何過來的，他們其實沒有一個人真正清楚。

雲琅走後，那個在雲州城養了九個月馬的怪人，曾來過一次不歸樓。

點了一杯涼水，一夜冷月。

那人付了十九兩七錢三分的銀子，說是買這一夜清淨月色。小二喜出望外，連連說遇上了個瘋子，這錢來得容易，往後天天有月亮看才好。

後來帳房核對，替雲琅醫治用藥的花銷，不多不少……正好是十九兩七錢三分。

「況且我找白嶺，也是真有正事。」雲琅笑了笑，「他採藥的本事應當有人指點，若請他幫忙，應當能找來陰山裡的流民藥農。」

陰山太大，他當初繞了十來天，也只來得及繞清楚了對著應州城的幾處要塞險地。

但朔州人藏在山裡，日日翹首望著的是舊土故城，甚至一定有人曾改頭換面，悄悄冒死潛回去

過。去尋先祖靈位、去尋至親遺物，去找回那些縱然丟了命也不能丟的東西。

如今金兵主力被困在應州城之內，朔州城中雖然還有鐵浮屠，卻沒有主將下令，是最容易被打散的時候。

若能找到這些人，這一兩日間，說不定還有可施為處。

「今夜要落春雨了。」雲琅按了下手腕，將手攏回袖中，「春風吹春柳……一場春雨看河開，兩場春雨看燕來，三場四場耕牛走。仗打得快些，今年還能有收成。」

「少將軍……」白源瞪圓了眼睛，「想在今年春耕前，收復朔州城？」

「若是冬天我抽得出空，冬天便來了。」雲琅笑了笑，「打仗不是光豁出命對著拚殺，但凡能用的辦法，什麼都得用上。」

「朔方軍這些年不敢出奇兵，不敢行險策，是因為背後沒有支撐，一旦輸了便滿盤傾覆。」

雲琅緩緩道：「可如今已不同了。」

白源眼底滾熱，深吸口氣，慢慢壓下胸口翻覆，「是。」

「今日也定個彩頭。」雲琅心血來潮，看了一眼刀疤與景諫，笑道：「小王爺出紋銀十兩，猜猜找藥農做什麼，朔州城如何打？」

當日端王在時，朔方軍大帳裡沒少笑談過這些賭約。雲少將軍腦子最靈，卻總猜不中端王的心思，氣急敗壞下，還去燒了戎狄的十來頂帳子。

白源愣了下，不由失笑，「要……依著少將軍脾氣的？」

雲琅點點頭，「是。」

景諫補道：「還要用得上山中藥農？」

「是。」雲琅端起藥碗，「我出去一趟，你們慢慢商量。」

幾人俱都來了興致，一掃叫往事勾起的隱約沉悶，湊在一處熱熱鬧鬧議論起來。

雲琅走到帳外，正要將那一碗苦透腔了的藥偷偷倒在帳篷後面，聽見身後腳步，乾咳一聲，道：「小王爺。」

蕭朔走過來，「不歸樓的一片心。」

雲琅徑直將藥碗遞過去。

蕭朔抬眸望他一眼，接過藥碗，抿了一口。

蕭朔：「……不歸樓的一片苦心。」

雲琅剛嘆著氣接過來，捏著鼻子灌了一口，叫他嗆得生生咳了一地，「小王爺，你如今講笑話的本事實在突飛猛進……」

「下次我同他們說，加些甘草，不壞藥性。」蕭朔接著話風一轉：「你想混入城中，設法騙這幾方內鬥？」

「麻煩的不是朔州城，是雁門關和鐵浮屠。」雲琅好不容易壓了咳意，緩過口氣，點了點頭，「金人還不如西夏，他們天生擅長掠奪，卻根本不會守城。可奪了城有什麼用？鐵浮屠若散出去，成了氣候，過飛狐口就能直搗中原。」

蕭朔清楚他的用意，將藥碗接過來，又道：「只是……朔方軍在此地困久了，戰心戰意未損，當初運籌帷幄的心志卻已磋磨大半，未必能猜得到。」

「白叔叔磋磨得狠些，景參軍總還好吧？」雲琅不太甘心，「還有刀疤……」

蕭朔：「刀疤？」

「刀疤！如何？」雲琅硬撐著底氣，「大智若愚，大巧若拙，我相信他。」

「……好。」蕭朔靜看他一陣，不忍心戳破少將軍，點了點頭，「既如此，紋銀十兩……」

話音才落，刀疤魁梧的身形已鑽出帳子，四處望了一圈，嘿嘿笑著朝雲琅跑了過來。

「如何？」雲琅扯著小王爺的手，飛快敲了兩下定準賭約，轉回來和顏悅色，問道：「你們猜出來了嗎？」

「同景先生白大哥一起猜的。」刀疤咧嘴，「不知準不準。」

雲琅頷首，「說。」

「白大哥讓再問。」刀疤道：「同藥農有要緊關係？」

雲琅點了點頭，「是。」

刀疤：「能削弱金兵戰力？」

雲琅目光一亮，笑道：「是。」

刀疤：「還要符合少將軍脾氣的？」

雲琅罕少的有些驚喜了，看了蕭朔一眼，欣然點頭，「不錯，你們……」

「白大哥讓問……給戰馬餵淫羊藿的話。」刀疤臉上一熱，咳了兩聲，摸了摸腦袋，「幾斤才夠啊？」

……雲少將軍輸了十兩紋銀。

帳內的兩個人探出頭，看著茫然繞雲州城跑圈的刀疤，將腦袋齊齊縮回去，劃去了紙上淫羊藿採購的周密安排。

雲琅沒再去中軍大帳，回了兩人的帳子，還氣得抱著野兔來回轉圈，「這是我的脾氣？」

「為何不能猜些堂堂正正的主意？」雲琅想不通，「老實敦厚，溫良純善，光明正大……」

蕭朔不知哪個字符合少將軍的脾氣，伸手拉住他，將被轉暈了的兔子自雲琅懷裡救下來，換了一盞茶過去。

雲琅叫他扯著，咕嘟咕嘟喝乾了一盞茶，仍餘怒未消，「我幾時惦著給人下藥了？」

蕭朔：「……」

琰王殿下昧著良心，摸了摸少將軍髮頂，「不曾。」

雲琅：「還下得去手用淫羊藿？」

蕭朔垂眸，「下不去手。」

雲少將軍有人哄著，氣順了些，將喝空了的茶盞扔在一旁，又攥了下手腕。

蕭朔看清他遮掩力道，不著痕跡蹙了下眉，將野兔送回竹籠，又去行李裡翻出粗鹽布袋，拿回來烘在了爐邊。

北疆旱地晴天多些，可冬春交替，難免要下幾日雨。

春雨金貴，經冬霜寒，見水才可翻土落種。農書裡將其稱作「霖雨」，但凡落了雨，破土開荒、犁耕稼種，便一日也不能等。

那襄王與屬下不明就裡，偏偏在此時征牛。霖雨一落，何止佃戶沒了牛心中惶恐，連有土地的也難免焦灼難熬，雲州城內遲早要亂。

只是……這場雨於他們，卻也不全是好事。

蕭朔看了看雲琅腕間，將那爐上烤著的布袋換了個面，慢慢烘熱著裡面的大顆粗鹽。

雲琅握著手腕，自坐了一陣，忍不住道：「那淫羊藿……藥性如何？」

他聲音太低，說得又含糊，蕭朔沒能聽清，「什麼？」

「藥性如何？」雲琅皺了眉，「馬當真吃嗎？吃了管不管用？」

蕭朔不曾想到少將軍這般豁得出去，聞言微怔，拿過茶盞，「且不論管不管用，若當真用了，史書如何寫？」

蕭朔替他續了半盞茶，「朔州堅固，久攻不下，雲麾將軍暗行淫馬之法……」

「……」雲琅：「有沒有好聽點的說法？」

蕭朔靜了一刻，盡人事，「這樣這樣，那樣……」

「你怎麼連這個也學了？」雲琅愕然，盯著什麼都敢記的蕭小王爺，一陣頭疼，良久嘆口氣：「……罷了。」

他自然知道這個傳出去不好聽，向後靠了靠，揉揉脖頸，呼出口氣樂了下，「若是『這樣這樣、那樣那樣』當真有用，能少打些仗，讓本不該死的人少死幾個，我就不名垂青史了，只是要牽累你。」

頸後覆上來的掌心暖融，雲琅瞇了下眼睛，將自己的手撤回來，舒舒服服蹭了下，「你此番回北疆，本該是承端王叔遺志的。懲奸除惡，雪恥報國……」

蕭朔：「止小兒夜啼。」

「……」雲琅愁得睜了眼睛，「小王爺，你對自己也這般不留情嗎？」

「我本就不求青史。」蕭朔道：「只是那淫羊藿，也的確沒有這般效用。」

雲琅白勸了自己半天，回過神，瞪圓了眼睛看著蕭朔。

「若當真有這般能耐，淫羊藿早成了宮中禁藥。」蕭朔搖了搖頭，「歸根究柢，無非四時有序，牛羊馬匹自有繁衍時節，若有情難自禁、力不從心處，以草藥相助罷了。」

雲琅按著胸口，「難為你能將這段話說得這般文雅……」

話說到一半，雲琅自己也忍不住樂了一聲，將小王爺的袖子扯過來蓋著，低低呼了口氣。

蕭朔抬手，覆在雲琅半闔著的眼前，「想到什麼了？」

「情難自禁、力不從心。」雲琅小聲嘀咕：「這話說得很好。」

不止這一樁事，也不止「這樣那樣」的半作玩笑。

無數世事，多少無奈，竟好像都磋磨在了這幾個字裡面。

雖說情難自禁，到底力不從心。

縱然力不從心……卻仍情難自禁。

情難自禁。

雲琅腕間一熱，察覺到手腕被人輕輕握住，熱烘烘的粗鹽袋子敷上來。

腕間舊傷處，筋骨裡盤踞的隱約濕氣，竟也像是被這股乾燥的熱力牽扯著向外拔，絲絲漫開細微的滯澀痠痛。

這一份痛楚還不及明晰，暖熱的掌心已從另一側貼合上來。

雲琅腕間叫熱鹽烙得微繃的筋脈，被掌心暖融裹著。那隻手掌托著他，一點點按揉鬆解，傳來的力道慢且緩，幾乎像是耐心十足的安撫溫哄，熨貼得只剩下酥酥的疼。

「這幾夜見你輾轉反側，便猜你不舒服。」蕭朔輕聲道：「下次再疼了，記得叫我。」

「多大點事，不過痠些，使不上力氣。」雲琅啞然：「次次叫你？你也不必歇著了。」

這些舊傷再比起當初，早輕得不值一提，只管好生慢慢養著，早晚有天能徹底好全。

雲琅自己都全不當回事，若非手腕舊傷一犯起來，張弓拿槍、持轡策馬時便使不足力，鬧心得很，幾乎想不起要時時揉上一揉。

雲琅叫他揉著，腕間的痠疼竟當真一層層淡了，那一點倦意便冒了頭，低低打了個呵欠，「還有件事。」

蕭朔道：「甚麼？」

「是。」雲琅倚著厚絨裘，揉了下眼睛，「襄王還沒慌，我猜他是有後手。眼下雲州城安定，

你我身分還能瞞個一兩日，等龐謝來了，定然還要生變。」

「雲州本不難處置。」蕭朔道：「只是要看此事鬧出來，是在什麼時候。」

「以襄王素來的手段，若我沒猜錯，定然是在兩軍激戰最激切時。」雲琅笑了笑，「一來擾我軍心，二來增他士氣，三來斷去朔方軍後路，好和朔州城內的鐵浮屠合圍……他算計我，卻不知我也在算計他。」

雲琅打定了主意，撐坐起來，「刀疤呢？」

蕭朔：「在跑圈。」

雲琅：「……」

「等……他跑完圈。」雲琅深吸口氣，盡力忘了淫羊藿，按著額頭，「叫他寸步不離盯著龐轄，倘若龐轄要封閉雲州城，當即一刀砍了，由岳渠將軍接管。」

蕭朔靜了一刻，將鹽袋放回去烘烤，按上雲琅腕間穴道。

雲琅叫疼痛牽扯，嘶了口氣，「怎麼了，安排不妥？」

「並無不妥。」蕭朔道：「只是此事當叫我的親兵去。」

雲琅愣了愣，「為什麼？我是主將……」

「我是承父王遺志。」蕭朔道：「懲奸除惡，雪恥報國。」

雲琅叫蕭小王爺用自己說過的話堵了嘴，愣了半晌，終歸沒繃住樂了出來，「好了好了……我長記性。」

兩人離開京城日久，雖說留下的局面已足夠參知政事師徒施展，卻終歸不能保證萬全。

當今皇上能走到今日這一步，多年的苦心謀劃，朝堂的勢力根基，都不是那麼容易拔除的。萬一京中事敗，他們今日殺太守，無疑就是將自己的把柄親手遞出去。

蕭小王爺當真睚眥必報，叫他半真半假調侃了一句，這就要跟他搶著做這吃力不討好的事了。

「當初先帝允過我，凡我所握兵戈，無論刀劍弓槍，皆可先斬後奏。」雲琅戳戳蕭朔，「你跟我搶這個幹什麼？」

蕭朔垂眸，將茶盞遞進雲少將軍手裡。

「再說，京中有參知政事師徒，還有衛大人，太傅也在。」

雲琅喝了口茶，笑道：「我信得……」

話還未完，已被蕭小王爺親去了後面的一半。

琰王殿下向來持重，難得在商議軍情的時候做這種事。雲琅眼睛一亮，沒忍住扯了先鋒官的袖子，一顆飛蝗石射落了繫著帳簾的綁繩，高高興興親了一遍。

少將軍的身子眼見著一日比一日好，一吻終了，兩人都有些輕喘。

雲琅咳了咳，仍目光晶亮，壓不住嘴角笑意，「說正事，怎麼忽然……」

蕭朔抬手，側頭轉向帳外。

「不妨事。」雲少將軍剛被先鋒官按在榻上親，心情很好，揚聲道：「白叔叔，你同小白嶺說清楚。今日是朔方軍雲騎主將所請，藥農若不敢下山，便將我的弓帶去當信物。」

白源停在帳外，應了句是，快步去了。

「有小股金兵出城試探，襲擾我圍城將士，不必交戰。」雲琅換了個方向，又繼續道：「有剩下的烤羊肉，送去城門前。派人對城內喊話，若想吃肉，朔方軍有，勿傷我中原子民家畜耕牛。」

景諫話還不及問，心服口服，在帳外應諾，也回了營中安排。

雲琅撐在榻沿，細想了想，「岳伯伯？」

帳外的人咳了一聲，當即轉身便走。

「我同小王爺好得很，我不曾欺負他，只是如今戰事緊要，縱然飲了合巹酒，也不便洞房。」

雲琅：「岳伯伯回去整兵吧！遠則三五日，近則二三日，我們有一場硬仗要打了。」

「小兔崽子，耳朵怎麼還這麼靈！」岳渠一陣著惱，嘴硬道：「老夫不過是巡營至此，管你們洞房不洞房……」

雲琅壓著笑，好聲好氣盡力賠罪：「是是，岳伯伯記得整兵。」

岳渠原本還提了不少上好傷藥來，此時竟全用不上，跌足嘆氣，扔給了門口把守的親兵，轉身便往中軍帳裡回去，「沒有沒有！問什麼？整兵！還不快把那幾個混球叫來……」

雲少將軍收了架式，笑吟吟同先鋒官請功，「如何？」

蕭朔迎上他眼中雪亮傲氣，眸底暖了暖，覆上雲琅額頂，「運籌帷幄，決勝千里。」

少將軍向來好哄，得了這句話便知足，撐著起身，去安排準備給藥農的戰飯酒水。

蕭朔：「只是……」

雲琅停了下，莫名回頭，「只是？」

蕭朔單手將他一攬，在額間輕碰了下。

蕭小王爺的親昵架式裡，這一項是最拿來哄人的。雲琅同他在一處久了，已能從這一下裡面讀出十足的勸哄架式，不明就裡站定。

「只是，」蕭朔摸了摸他的頭，誠懇溫聲道：「你我履冰臨淵，步步涉險，以至今日……少將軍這張嘴，日後提及京中時，切莫再隨便說『信得過』這三個字了。」

琰王殿下真心實意，為防少將軍這張開過光的嘴將京城也套進去，特意從袖子裡多摸出來了顆飴糖。

雲琅匪夷所思，看了看糖，看了看蕭小王爺。

「當初你說，信得過御史中丞。」蕭朔道：「御史中丞險些撞斷了我們府上的柱子。」

雲琅：「……」

「你信得過外祖父。」蕭朔：「外祖父直至今日，還在盼著他素未謀面的龍鳳胎。」

雲琅：「……」

蕭朔剝開糖紙，緩緩道：「你信得過刀疤……」

「行了行了。」少將軍惱羞成怒，「不信了！」

雲琅被翻了舊帳，偏偏無從抵賴，氣得滿地亂走，嚷嚷道：「不信了不信了！就信你一個！誰也不信了！」

蕭朔的本意只是提醒些雲琅，免得少將軍這張開過光的嘴太靈，這邊剛信得過京城，京城便又配合著出什麼岔子。他不曾想到雲少將軍這時候竟都記著將他單拎出來，聽見這一句，不由怔了下，手上動作跟著頓了頓。

「少將軍，先鋒官。」帳外衛兵不知就裡，擔心兩人鬧了彆扭，壯著膽子低聲稟報：「輕車都尉說，藥農找來了。」

「知道了。」蕭朔道：「稍後便去。」

衛兵應聲，拔腿跑回去覆命。

蕭朔收回心神，仍捏了那塊糖，看向雲琅。

雲琅還不自知，惱著戳先鋒官，「你能不能信？」

蕭朔低聲：「能。」

雲琅：「不害怕？」

「不怕。」蕭朔道：「雲琅，你信我。」

雲琅剛被掀了舊帳，此時還在同他置氣，聞言愣了愣，「我自然信你啊……不信你信誰？」

蕭朔凝著雲琅，伸手撫了下他的頸後，將人帶過來。

兩人早就已是一體，蕭朔自然不忌諱所謂開光。只是雲少將軍嘴比心硬，許多話做得到卻說不出，此時這樣無知無覺迸出來的一兩句，遠比那話本的情話更暖得熨人肺腑。

「我說錯了。」蕭朔單臂攬住雲琅，「少將軍自可信我，越信得過，我越能走得遠。」

雲琅叫他暖融融圈著，幾下便捋順了毛，舒舒服服瞇了眼睛，「自然，我信的人……」

蕭朔看著少將軍又翹起來的尾巴，壓了壓嘴角，「去見藥農？」

「不急，山裡清苦，難得好生吃口飯。」雲琅肩頸叫小王爺揉得舒服，下頜搭在他肩上，「我若去了，難免侷促……等一炷香吧。」

蕭朔靜了一刻，掌心向下，慢慢撫過臂彎間單薄卻勁韌的脊背。

雲琅倦意剛上來，靠著他抬了抬頭，「不妥當？」

「很妥當。」蕭朔道：「我只是在想，先帝說你懷瑾握瑜，的確不錯。」

「先帝誇人，什麼好詞都用。」雲琅低聲嘟囔：「還誇太傅春風化雨呢，也不抬頭看看，那麼老高的戒尺就在我頭頂上……」

蕭朔啞然，眼底沁了些笑，低頭親了親雲琅。

雲少將軍食髓知味，慣壞了，很挑剔，「這般糊弄……」

蕭朔摸摸他的髮頂，「一炷香？」

雲琅愣了下，「什麼一炷嗚……」

蕭朔俯身，吻住雲琅。

戰事這般吃緊，洞房是洞不成了，該補的卻該分批補上。

先鋒官將時辰算得很準。
將少將軍抱回榻上，親足了一炷香，親手替雲琅收拾妥當了佩刀薄甲。
雲少將軍被哄得心滿意足，熱乎乎叼走先鋒官手上的糖，出帳去見請來的山民藥農了。

◆

幽燕北境，朔州城與雁門關是最早被奪去的。
雲琅少時隨著端王來北疆，認的第一座城圖便是朔州。起初趁朝代更迭中原內亂搶了朔州的是戎狄，後來遼人成了氣候，再後來換成了西夏，在樞密院的軍圖上，朔州城與雁門關甚至已不是中原的疆域。
天下九塞，雁門為首。
端王曾數次諫言過，雁門關是三關衝要，朔州城是地利天險，若能奪回朔州雁門，重修古長城天塹，則燕雲可定、北地可平。
端王沒來得及，雲琅在五年前險些將命扔在北疆，也沒能來得及。
中軍帳內，幾個朔州城出來的老藥農剛痛快飽餐了一頓，由白源與小白嶺陪著說話。
他們都是當初朔州城破，逃出去的流民。這些年來，北疆部族換了一個又一個，不一樣的語言衣著，卻是一樣的草原遊牧做派，半點不會守城、不懂農耕，只管將中原人驅趕乾淨，家禽畜牧充軍，土地便荒蕪著廢棄不理，卻也不准中原百姓回來耕種。
「這些人用得上草藥，卻又不通藥性醫理，故而准我們拿這個做營生。」最年長的藥農低聲道：「我們這些年，在山裡自己開荒，盡力闢出了幾塊地。拿草藥與他們換的銅板，再換來布匹陶

器，加上山裡打來的獵物，倒也能活。」

「這些年草藥少些，我們多轉射獵了，有個戎狄部落同我們學耕種，只是太胡來，教不成。」中年藥農道：「好好的地，也不知怎麼，到他們手裡就只能長荒草給馬啃了。」

「說是草藥少些……也是我們心虧。」又一個藥農重重嘆氣，「這些年打仗，我們商量著，再怎麼也不能給狼崽子送草藥。可到底還是有熬不過處，只能給些次品，心裡卻還是過意不去。」

「不歸樓愧對諸位。」白源低聲：「若早知此事……這些草藥自該由不歸樓高價收購，不該叫諸位艱難至此。」

雲州與朔州毗鄰，他這些年一心盯著朔方軍，竟不曾留意過這些散在山林裡的朔州流民。連白嶺也瞞著他，若不是雲琅今日提起，他幾乎想不起不歸樓這些年收的藥材裡，有多少是從陰山深處一株一株挖出來的。

白源起身，一揖及地，「是我有負先王所託，未能照顧好諸位父老……」

「不可不可！」那藥農忙攙住他，「誰不知不歸樓是掙錢養朔方軍的？若是朔方軍要草藥，白給還來不及！我們同朔方軍搶軍餉，這錢花了豈不是要爛手心？」

中年藥農摸了摸白嶺的腦袋，點頭道：「是理，我們當初也千叮嚀萬囑咐，叫小白嶺萬萬不可告訴先生……誰的錢我們都能拿，沒有錢，大傢伙緊巴緊巴也能過。可朔方軍的錢，一分一厘也不能碰。」

白源心底既滾熱又酸楚，苦笑道：「朔方軍……也愧對諸位。」

「朔方軍不愧。」那最年長的藥農擺了擺手，「當年那白袍銀甲百戰百勝的雲小將軍，帶著傷親自進了陰山，對我們說要帶我們回中原去，是我們自己不捨得。」

「這仗打得憋屈，去了中原也憋屈。」年長藥農攥緊了煙袋杆，低聲道：「那麼好的王爺、那

麼好的小將軍，打仗九死一生都回來了，怎麼就生生叫奸人給害了？我們不懂，可聽人說，就是因為他們非要將我們這片地方打回來，才叫人尋了把柄，安了罪名的。」

「我們自己在山裡過，能守著家，還偷著給王爺和小將軍立了忠義祠。」一旁的藥農道：「朔方軍為了我們打生打死，這些年還在這兒爬冰臥雪的苦熬。我們倒好，拍拍手全扔下了，自己回害了英雄的地方去享福？這日子過得再好，能過下去？」

「小將軍那日隻身進山，是同我們訣別的，我們看得出。」年長藥農放下煙袋，看向白源，「朔方軍苦，我們知道。人人都是有爹娘生養、有妻兒牽掛的，我們不想你們為了奪朔州城再死人……你今日若不拿那雪弓，我們還不會出來。」

「不打了，聽我們一句，不打了。」年長藥農深吸口氣，緩緩呼出來，啞聲道：「我們的日子能過，我們不回家了，山裡過日子也好得很……朔方軍不能再死下去了。」

「我們今日就是見了雪弓，想來好好祭拜雲小將軍。」中年藥農壓下眼底血色，也將神色極力平靜下來，笑了笑，「那是我們見過最英雄的少年人，我們第一次見汴梁來的少年人，原來就是他那個樣子……我們看到他就會想，那個京城定然也很好。」

「京城很好，中原其實也很好。能養出這樣好的兒郎，那該是個好地方。」中年藥農看著白嶺，慢慢道：「它只是暫時……生病了，會有人替它治病，讓它好起來。」

「等好起來了，想我們的兒郎也能去看一看。」一旁的藥農咧開嘴，笑了笑，「小孩子心淺，記得沒我們這麼深，不會拿一個已經不是中原疆土的地方當家……」

白源搖搖頭，「誰說朔州城已不是中原疆土？」

藥農們一怔，齊齊抬頭。

「白嶺。」白源側過頭，「朔方軍圖，北疆疆域幾何？」

「二十一！」小白嶺站得筆挺，大聲道：「走薊檀幽順涿遍，見儒鴳武新慰寰，雁門關東去是平型關，過紫荊倒馬壓幽燕，西面有寧武偏頭站，連三關抵到黃河邊。應寰掎角定雲中，朔州封疆勒馬前，陳家谷埋了英雄塚，碧血染透金沙灘，飛狐口戰死了七千將，英魂不滅映月守關山……」

清脆的童聲逐字逐句地念著，幾個藥農坐在帳中，喘息漸漸激烈。

原本來時早商量好的、被咬碎了生生吞下去的國仇家恨，叫童謠生生撕開胸口，壓都壓不住地衝出來。

「英魂不滅。」白源半蹲下來，緩聲道：「白嶺，告訴伯伯們，這歌謠是誰教你的？」

「是雲少將軍。」白嶺仍生著他的氣，此時卻也知道不是置氣的時候，用力抿了下嘴，「昨日他叫我去，教我背了這個……」

少年說著話，營中幾個藥農卻忽而抬頭，眼中迸出難以置信的亮芒。

「昨日？」年長藥農忍不住起身，「他還活著……他回來了？朔方軍擺宴席，不是宴請京裡來的大官，宴的是他？」

年長藥農的手幾乎有些抖，握了握煙桿，低聲道：「蒼天有眼、蒼天有眼……」

「他和先王的孩子一起回來了。」白源笑了笑，溫聲道：「他們兩個……在替那個本該很好的地方治病，只有收復了朔州城，才能放心下狠手，將患處剜掉除淨。」

「朔州城必須拿回來。」白源站起來，俯身作揖，「還請諸位……」

「請什麼請？」中年藥農死死攥住他的手，目光灼亮得嚇人，大聲道：「要奪朔方城，我們做排頭兵！」

中年藥農等不住，扯著他，轉身便向外走，「快快，讓我們去見見……」

他的話頭忽然頓住，視線定定凝在帳口，嘴唇哆嗦了下，沒說出話。

雲琅披了月色立在帳口，眼裡笑意清朗。

銀甲橫刀，拱手抱拳。

帳內寂靜。

藥農們怔立在原地，幾乎忘了動，牢牢盯著眼前的雲少將軍。

「雲麾將軍，雲琅。」白源含笑道：「老哥哥，你們等的是不是他？」

中年藥農聽見他說話，倏地回神，對著雲琅一頭朝地上拜下去。

雲琅上前一步，將他扶住，「魏叔叔。」

中年藥農抬起頭，幾乎不敢置信，「小將軍……還記得我？」

「記得。」雲琅道：「朔州移民一萬七千九百人，流民三千。戰火肆虐流離失散，山中藥農二百九十四，拒遷中原，死守朔州城。」

「兩百九十六了！」一旁的藥農忍不住，咧嘴笑道：「這幾年添了兩個大胖小子！羊奶養的，沉得壓手！」

雲琅將那魏姓的中年藥農扶起來，一同進了軍帳，聞言目光一亮，「入籍了沒有？」

「還沒有。」那藥農摸了下腦袋，訕訕一笑，「娃不該一輩子採藥。我們盤算，等年歲再長些，就叫他們募兵入軍籍，跟著朔方軍打仗，也掙回來些軍功，光宗耀祖。」

「那可該快些。」白源笑道：「再過幾年，怕是沒得仗打了。」

藥農叫他提醒，才想起這般要緊的一回事，跌足愕然，「可不是！不成不成……」

「不成什麼？將來不打仗了，不要屯兵駐軍？駐軍不要糧食？」一旁有人大笑，「就入農籍，好好侍弄地，種莊稼！」

「正該如此！」又有人恨聲道：「好好的耕地，咱們當命護著，叫那些狼崽子占去，都糟蹋成

什麼樣子了？我上次偷著回去，見他們將田埂全挖毀了，恨不得抄了刀去拚命……」

祖祖輩輩開墾侍弄、命根子一樣的良田，叫人占去也就罷了，竟還毀了田埂地基，破了土地肥效。長出齊腰高的荒草叫羊群啃食，羊翻草根，土塊掘起來，被雨水沖刷進河道。

再過幾年，這些土地都會變成只能長矮草的沙子，同看不見邊的荒漠戈壁徹底連在一處。

比起背井離鄉，親眼看著精心侍弄的土地被這般糟蹋，還要更叫人難捱得多。

有人忍不住，剛抬手去抹臉，就被年長藥農回頭呵斥：「哭什麼？不准哭！」

「小將軍都回來了，還哭什麼！」年長藥農沉聲道：「把那不爭氣的東西擦乾了，跟著小將軍打仗，跟著小將軍把家搶回來！把地搶回來！」

那挨訓的人不僅不氣，反倒用力抹乾淨眼淚，狠狠挺直了腰桿。

「小將軍只說，要我們做什麼？」年長藥農握住雲琅手臂，「大山裡面，就沒有我們不認識的路、沒有我們上不去的地方。就連那雁門關連著的黑石溝、白草口，我們也悄悄上去過。」

白源同景諫對視一眼，目光不由亮了起來。

「好。」雲琅點了點頭，同他一起坐下，「方才聽幾位前輩說，能悄悄混進朔州城？」

「能！那些狼崽子根本不會守城，往年來去自如呢。近些時候這朔州城裡來了個老書生，幫那些金人整頓了防務，才不好進些了。」

方才說過進城那人點了點頭，接過話來：「可也能進去，只是費些工夫。」

「老書生？」雲琅心中微動，「可知道是什麼人嗎？」

「不知道，只聽說是什麼京裡頭的大官，叫人家趕出來了。」那人仔細想了想，「對了！他還要在朔州城開學堂，叫——叫試什麼堂的……說是一分錢不要也能教娃娃們讀書。誰聽他的？給金人當狗，這般軟骨頭，能教出什麼名堂來……」

雲琅抬頭，迎上蕭朔投過來的視線。

……試霜堂。

襄王謀反事敗，倉皇逃出京城。大理寺卿與三司使落在了皇上手裡，京中如今仍在鐵腕清肅襄王一黨餘孽，多少官吏連根拔除，唯獨跑了一個集賢殿大學士楊顯佑。

替襄王一派招攬羽翼，將開封尹迫得屈心抑志，叫商恪滾了釘板，將雲琅扔進了大理寺地牢，斷骨去爪為襄王所用的楊顯佑。

「楊閣老。」雲琅啞然：「原來在這兒。」

「在這裡比在京城容易對付。」蕭朔道：「他長於廟堂之爭。若論征戰之事，只能比金人稍強些，替襄王來看著朔州城，勉強不出錯罷了。」

雲琅點了點頭，「襄王如今手中可用的人不多，朝堂不可謀，自然該人盡其用。」

「用得好。」蕭朔頷首，「一併了結，免去京中心腹之患。」

雲琅聽出他話音，好奇笑道：「先鋒官想去？」

蕭朔抬眸，不閃不避，迎上雲琅視線。

雲琅心底跟著微微一動，眼底笑意漸漸凝成光影，握住蕭朔扶在臂間的手。

蕭小王爺……睚眥必報。

楊顯佑在大理寺地牢，指使著大理寺卿先水牢後死囚，險些要了雲琅的命。蕭朔將此事裝在心裡，分明一日也不曾忘。

「……好。」雲琅叫他的目光燙得心底滾熱，笑了笑，點頭道：「你帶人去朔州。」

「如今朔州城中，剩的鐵浮屠絕不會太多。」白源低聲補道：「金人一共有四支鐵浮屠，兩支都困在了應州城，這兩支的兵力，早就已超過了朔州原本駐軍。」

「鐵浮屠至多剩下八百。」雲琅心中有數，「剩下的都是拐子馬。拐子馬裝配輕巧，騎術高絕，與重甲的鐵浮屠配合，專滅草原騎兵……不必在朔州城裡解決。」

「龐謝如今還沒露面，不會只是因為路上耽擱了。」雲琅道：「如今的局面，襄王一派想來也已知道，他們等不來襄陽府的私兵了……唯一的出路，便是再去找金人派鐵浮屠來救。」

景諫皺眉，「打成這樣，金人還會再派鐵浮屠？」

「不派怎麼辦？城裡還圍著兩撥呢。」白源搖搖頭，「如今金人一樣騎虎難下……剩下的鐵浮屠裡，有一支是守王帳的，絕不能動。龐謝若要借兵，只能借另一支。」

雲琅不置可否，稍一沉吟，又轉向那個年長的藥農，「葛伯伯，您說雁門關能上去？」

「能，雁門關以前叫鐵裹門，那原本不是個天然關隘，就是純靠人鑿開了勾注塞的石頭。」年長藥農點了點頭，「雁門十八隘，最北面的白草口走的人最多，是條古道。白草口往東有段古長城根，叫草淹了看不出，我們私下裡管它叫猴嶺。」

「猴嶺那條路可險得很。」一旁的藥農道：「那長城已殘破得不行了，下頭還有深溝，一不小心滾進去，能一頭滾到雁門關底下。」

「老哥哥，那不是深溝，是壕塹。」白源猜出了雲琅用意，目光不由亮起來，笑著解釋：「是以前打仗時用來屯兵的，進可衝鋒襲殺，退可埋伏誘敵，最是有用。」

「屯兵？」藥農聽不大懂，只明白了這一個詞，「要我們帶朔方軍上去藏著？」

白源點點頭，「能行嗎？」

「自然能行！」藥農拍著胸口，「那裡面若要藏人，能藏的可多！馬都能進去！」

「只是山路實在難行，且與別處不同，易下難上。尋常馬匹只怕連鐵裹門也不敢上，須得是在山裡跑慣了的馬。」中年藥農道：「不知朔方軍的弟兄們上不上得去？」

「上得去，我們正巧有在山裡跑慣了的馬，來了一半，剩的一半還在勾注山背後沒送出來。」白源大笑道：「如今看來，竟像是天意一般了！幸虧當年京中要給少將軍議親……」

「……」雲琅咳了一聲，及時開口打斷，吩咐：「白叔叔，同岳帥知會一聲，輕騎兵帶乾糧清水，三更動身。」

「好！」白源點了頭，起身道：「少將軍可還有吩咐？」

「老規矩，人銜草馬銜枚，冷餅清水，不可帶酒、不可帶羊肉。」雲琅道：「刀不帶鞘，以棉絮包裹，弓弩摘弦，箭羽在上。」

白源俐落應聲，出營去找岳渠安排下令。

雲琅又同幾位藥農問清了些具體事宜，讓景諫將人帶下去好生休整準備，只等天黑透便動身啟程。帳中空蕩下來，蕭朔走到雲琅身旁，將他手腕擱在桌上，慢慢按過幾處穴位。

「叫你敷一敷，比之前好多了。」雲琅笑了笑，「賭不賭？明日要下雨……這場雨還不會小，只怕能淋傻了鐵浮屠。」

「不賭。」蕭朔取出藥酒，在掌心倒出些許，覆著雲琅的腕骨慢慢揉開，「此事我寧願你猜得不準。」

「如今來看，準些的好。」雲琅道：「你入朔州，幾時能將拐子馬引出來？」

蕭朔看了一眼他額間薄汗，不動聲色，抬手拭了，「幾時出城，你最方便？」

「摸黑上山，加上轉運馬匹，少說要一整夜。」雲琅看向蕭朔，「再給我半天時間，能保證徹底穩妥。」

「明天日暮前，朔州城內的金兵會冒險出城，營救應州城內的鐵浮屠。」蕭朔點了下頭，「龐謝若帶來了第三支鐵浮屠，見戰火起，定然心焦，過雁門關時不會來得及再仔細查探。」

「鐵浮屠交給我。」雲琅眼底浮起笑意，暢想道：「你猜……應州城裡的鐵浮屠，會急著救你我哪一頭？」

「救你手中的鐵浮屠。」蕭朔道：「你已準備亮流雲旗了，金人不曾與雲騎交手過，可草原上沒人不認得你的旗。」

叫小王爺猜謎，向來沒有半點趣味可言。雲琅一陣啞然，攥了攥手腕，點點頭，「既然如此，就有勞岳伯伯帶人守在朔州城南門外，剿殺城中出來的鐵浮屠了。」

岳渠剛帶人走到帳子口，腳下一頓，氣急敗壞，「你就不能等我進來再說一次？」

雲琅咳了一聲，壓壓嘴角笑意，「我自然可以……岳伯伯成家了嗎？」

岳渠：「……」

「我聽聞岳伯伯為守朔方軍，不能留半分把柄給樞密院拿捏。」雲琅：「故而至今……仍是孤身光桿。」

岳渠抬手擼袖子，被幾個將軍抱腰攔住，低聲勸：「岳帥、岳帥……」

「而此時小王爺正在燈燭之下，抱著我，替我揉手。」雲琅很是不好意思，「我怕岳伯伯見了，觸景生情，心中黯然……」

岳渠叫他氣得暴跳如雷，哇呀呀灌了兩口酒，帶人布防南門去了。

【第七章】

你韁轡至處，三丈之內，有我奉陪

雲琅微鬆口氣，自己拭了額間又逼出來的一層冷汗，飛快掀了帳簾，叫藥氣散去。

他不想叫這些長輩再替自己擔心，將玉露丹與沉光一併收好，正要去拿桌上雪弓，手臂已被蕭朔重新握住。腕骨貼合著掌紋，細細摩挲，拂去了盤踞不去的痠澀治痛。

蕭朔將袖箭摘下，替他扣合戴牢，將燈燭拿過來。

雲琅愣了愣，沒綳住一樂，「這也照做啊？若來日我說……」

蕭朔低頭，將雲琅的掌心翻過來，落了個吻。

雲琅心頭不爭氣地跟著一跳，話頭輕滯。

「來日你說，你我泛舟湖上，縱馬山巔。」蕭朔道：「今日之戰，若當真如計劃一般，該是定鼎之戰，無限凶險機遇盡在其中。你既並非孤身光桿，也該分我一劑沉光。」

雲琅攥了手中能激發人體力的虎狼之藥，手臂微綳了下，靜了片刻，將一個玉瓶遞過去。

「不是這個。」蕭朔道：「你不必再動給我玉露丹護心脈，自己留兩劑沉光的主意。」

雲琅一陣頭疼，「你這人怎麼……」

蕭朔半跪下來，迎上他視線。

雲琅怔住。軍中的禮儀，小王爺是不必守的。可此時蕭朔神色卻極平靜，如同任何一個最尋常的帳前先鋒，單膝點在他面前，仍牢牢扣著他那一隻手。

他的先鋒官，他的同歸人。

雲琅立了良久，忽而釋然一笑，將一劑沉光分過去，伸手拉了蕭朔起身，「有些苦，吃了記得含塊糖。」

蕭朔眼底光海一掀，將他的手連同沉光一併握牢，將雲琅攬著肩背，貼在胸前。

「到時酣戰，未必顧得上你。」雲琅笑道：「千萬小心，我若沒力氣了，還要你抱我下馬。」

蕭朔輕聲道：「不必顧我。」

雲琅停住話頭，眼裡露出溫溫好奇。

「少將軍只管放開酣戰，戰得痛快力竭，鬆手便是。」蕭朔吻上他的眉睫，「你韁轡至處，三丈之內，有我奉陪。」

三更燈火。

朔方軍鐵騎整肅，後軍作先鋒，出營繞行黑石溝，無聲過了應州城。

「偃旗裹甲，鉗馬銜枚，倒是行軍的老規矩。」韓忠領鎮戎軍相送，看著悄然融進夜色的鐵騎，同身旁白源悄聲問：「不准帶羊肉，刀棄鞘弓摘弦，是什麼道理？」

「乾餅沒有味道，羊肉香氣不同，隨風散開，易被察覺。」白源：「刀若帶鞘，出鞘時終歸有磕碰聲。長弓藏不住，弓弦若勾了樹枝，彈起碎葉，要驚枝間鳥雀。箭矢若不尾羽朝上，箭尖映折月光，會叫斥候察覺。」

一旁將領聽得不解，「可刀不帶鞘，裹著的棉花若摘去，豈不是再不能收刀了？」

「戰局一開，有進無退，有去無回，有死無傷。」白源反問：「為何還要收刀？」

那將領被他問住，立在原地。

韓忠默然靜聽，心中一片詫異震撼，抬頭看眼前朔方軍，半晌無話。

「太守細看，連將士鎧甲甲葉也都已束住，每隊專有一伍，負責抹去行蹤痕跡。」白源道：

「這些都是雲騎才有的規矩。」

白源讓過尾隊，將風燈熄滅，「世人都說雲少將軍善奇襲，卻不知千里奇襲本就最凶險。行在刀鋒劍刃，哪怕只是稍有疏忽，也要粉身碎骨的。」

韓忠心服口服，點頭苦笑，「若換了鎮戎軍來，只怕剛出營門，就叫雲將軍抓個正著了。」

白源笑了笑，命人去給岳帥送信，同刀疤一起在一處處早空了的帳篷間點起了如常篝火。

「這我總該知道。」韓忠招手，準備派鎮戎軍幫忙，「點起篝火，叫應州城軍馬以為朔方軍未動，還在城外……」

白源：「不止。」

韓忠一怔，「不止？」

刀疤正帶人忙碌布置，聞言咧了下嘴，將一間空營帳撩開，火把光亮向裡一映。

韓忠探頭望了望，心頭悚然，冷汗瞬間飆透衣物，匆忙將他手中火把扯開。

「不打緊，少將軍常帶著幾車火藥四處跑，手下親兵早得心應手，幾時想炸才會炸。」白源笑道：「鎮戎軍的兄弟們不熟，還是離遠些得好。」

韓忠心驚膽戰，沉聲叫手下盡數滅了火把，仍十足餘悸，「你們膽子也當真大……這些火藥，足夠將整個營盤炸上天了。」

「等開戰時，也能將鐵浮屠送上天。」白源將篝火點燃，「少將軍說，明日晚間會落雨。」火藥用在城下，一旦風向有變，極易反傷自身。可若是能趕在雨前，便沒了這層後患。

天明之後，琰王殿下便會帶雲州代太守龐轄暗入朔州城。到時萬事俱備，就只等這一股將城中鐵浮屠與拐子馬送出來的東風。

「也怪。」韓忠忽然想起來，向四下裡找了找，「雲將軍出營，琰王殿下竟沒來相送？」

白源搖了搖頭，「殿下送了。」

韓忠同眾人替雲騎踐行，分明沒看見蕭朔，不由訝異，「在何處送的？」

白源抬頭，看向雲州城頭。韓忠跟著他看過去，才看見城頭靜立的身影。

不知站了多久，彎月走到中天，已像是在城頭上披了一層銀白薄霜。那道影子仍寸步不動，像是牢牢嵌入了不見邊際的深沉夜色。

莽深寒穹，星子輝映。雲騎的火把星星點點，沿黑石溝沒入山坳，蜿蜒不絕，遙遙相和。

韓忠立了良久，忽然失笑，搖了搖頭。

白源問：「韓太守笑什麼？」

「笑我等志窮氣短。」韓忠：「自詡清白，竟還不如一個一心爭功往上爬的龐轄。」

「太守豈能如此自責？」他身旁將軍低聲道：「是鎮戎軍不爭氣，軍力不足，這一場大戰，竟無處插手相助。」

「這一場仗幫不上，還能場場幫不上？替同袍掠陣，也勝過退讓避戰！」韓忠豁然回身，「少說廢話，回營，點兵！」

白源啞然，拱手作禮。

那將軍愣了半晌，眼底竟也漸漸有了光芒。那光起初微弱，卻一寸逐著一寸亮起來，再壓不住，應聲大步跟上去。

鎮戎軍營裡漸漸有了人影，人影越來越多，聚在主將帳前。

輾轉無眠的兵士們躺在帳子裡，聽著刁鬥金柝，聽著雲騎出征，終於聽見點兵號令。

人人沉默著爬起來，握著不知擦亮了多少次的腰刀，將刀鞘留在枕邊，以棉布裹了配在身側，越來越多，不斷地匯在一處。軍旗叫朔風捲著，獵獵展開。

更鼓渺遠悠揚，拂過地上銀輝，拂過佇立營帳，拂過大旗下聚攏的層疊人影。

清寒月色，悄然混進了刀鋒的雪亮冷光。

天將亮透時，朔方輕騎偃旗息鼓，悄然紮在了猴嶺古道下的塹溝內。

「少將軍，引路的幾位藥農已護送回陰山了。」景諫來到雲琅身旁，低聲道：「戰馬有戎狄部族送上山，我軍交接，須得兩個時辰。」

「足夠。」雲琅手中撚過精鋼短箭，「白草口如何？」

景諫點了點頭，「已派了人盯著。」

「雁門關不像朔州城，這些年遼、金、西夏來來回回，反倒無主，沒有駐兵把守。」景諫方才去時，已同那幾位引路的藥農打聽過，「雁門天險，若非必要，沒人願意走。聽藥農們說，大半年也難見幾支兵……」

雲琅忽然止住他話音，在晨風裡抬眸，將短箭扣入護腕機栝。

景諫微愕，「少將軍察覺什麼了？」

雲琅不帶戰馬，打了個手勢，翻身出了塹壕。跟隨他的親兵營沉默俐落，悄然跟上。景諫怔了片刻，忙引出一隊精兵，一併隨著追在了後面。

雲琅幾乎不必特意辨別方向，一路潛行，停在常勝堡前，合身匿在殘磚堡臺下。親兵營與朔方精兵早訓練有素，隨之悄然隱沒，景諫輕手輕腳來到隘牆邊，朝下一望，愕然瞪圓了眼睛。

平日裡山高路險，難得有人走的白草口，竟忽然多出了支同樣沉默疾行的精銳騎兵！

天色將亮未亮，隘牆下叫草木遮蔽著，仍沁在如水暗色裡。

這支騎兵人數不多，卻看得出軍容整肅，銜枚裹蹄，若非行進間難免有些聲響，幾乎難以發覺有兵馬從這條不起眼的小道路過。

「可要伏擊？」景諫蹙緊眉，低聲道：「派出小股精兵絞殺，不出動靜……」

雲琅看向隘下，「不急。」

景諫有些不安，「從此處過，是奔著應州城與雲州去的。」

景諫是龍虎營參軍，在朔方軍時，並不曾同雲騎一併單獨打過仗。

他心中仍牽掛應州城下戰力，猶豫一刻，還是低聲道：「輕騎兵叫我們帶出大半，城下兵力既要圍城，還要對付朔州城內的金人駐兵。若對面還有幫手，只怕吃力。」

「誰說是對面的幫手。」雲琅啞然：「大水沖了龍王廟，參軍不認得自家人了？」

景諫一愣，用力揉了下眼睛，定睛細看了看。

雲琅單手一撐，在斷牆殘門處藉力點過，橫槍迎面截住那支騎兵，正攔在主將面前。

騎兵偃旗息鼓趁夜疾行，本就為了掩人耳目。此時忽然遇見這般正大光明劫道的，一時俱都怔住，竟險些忘了反應。

「何人？」連勝厲喝一聲正要防備，藉晨光看清眼前人，愕然瞪圓了眼睛，「少將軍──」

「連大哥，來得正巧。」雲琅收起銀槍，掃過他身後綁了蒙面巾的兩個親隨，「人倒在這裡湊齊了……甚好。」

「少將軍認得出來？」連勝回過神，不由失笑，「便說他們兩個瞞不住，偏要打賭，如今末將要贏來兩罈好酒了。」

「好說。」雲琅道：「往後若還有賭約，只管找我，贏了七三分帳。」

連勝領禁軍大軍緩行，一路高懸著心，只牽掛雲朔戰局。此時見了雲琅，胸中已安定大半，暢

快撫掌，「一言為定！」

「商兄、嚴太守。」雲琅透出笑意，橫槍抱拳，「一路辛苦，此處是常勝堡，上去說話。」

景諫扒在隘牆前，瞪疼了眼睛，仍不曾找到這支騎兵哪一處能看出禁軍痕跡。雲琅已與三人登上常勝堡，進了前朝遺存的半座堡臺。

親兵手腳俐落，搬來幾塊乾淨條石，又特意在上面鋪了層隔涼的麻葛。

「大軍走到呂梁山腳，歇在臨泉鎮，在嚴太守的酒樓裡遇見了商大人。」連勝不怕冷，隨意落坐，擰開水袋灌了口水，「一位前雲州太守、一位如今的大理寺卿。二位都以為對面是襄王密探，末將眼睜睜看著他們彼此試探了一天，竟險些真打起來……」

「分明是已經真打起來了。」嚴離悶聲道：「商大人拆了後廚，銀子還不曾賠。」

商恪叫他翻起舊帳，無話可說，起身賠罪，「在下出京尋雲將軍，走得太急，身上的確未帶銀兩錢財……」

「商兄如今已接任大理寺卿了？」雲琅接過親兵遞過來的尚溫茶水，喝了一口，笑道：「京中情形如何？」

商恪得他解救，鬆了口氣，遠遠避開討了一路債的前任雲中太守，「京中穩妥。」

「雲將軍與琰王臨走時，鋪排已盡周全。」商恪道：「如今試霜堂下，寒門子弟已盡數清篩乾淨。朝中有幾處扎根極深的門庭，還需層層拔除，老師在著手此事。」

禁軍不奉召自出京城，已是個極明顯的兆頭。京中朝堂人心浮動，凡有些心思的，這時都已隱隱察覺出端倪。

外有開封尹肅殺鐵腕，內有參知政事運作周全，商恪得以抽出手來，領了大理寺卿的職分，雷厲風行整頓下方官場吏治。宮中雖也有阻力，卻已被雲琅與蕭朔聯手敲去大半，如今能做的微乎其

微，只能叫幾個早已退休致仕的閣老出面申斥，也被天章閣的蔡太傅疾言厲色怒駁回去，灰溜溜回去閉門不出，專心養老了。

「難不在整頓吏治，在立法定規。」商恪道：「術、勢尚且好說，無非周旋借力而已。若要定法，還差一件事。」

雲琅知道他要說什麼，垂眸笑了笑，「北疆大捷，朔方軍回京。」

「是。」商恪迎上他視線，「立法定規，剷除弊政……改天換日，動盪遠比現在深徹。要等朔方鐵騎全勝回京，鎮住朝野各方。」

雲琅點了點頭，「商兄是為這個來的？」

「不止。」商恪道：「貪狼、天心已伏誅，糾查根柢，審出件要緊事。」

商恪看著雲琅，扯了扯嘴角，「雖說雲將軍大抵已知道了……襄王手下的黃道使，除了廉貞，左輔、右弼的天芮、天蓬也在北疆。」

「知道得不全。」雲琅道：「廉貞叫我圍在了應州城裡，左輔、右弼，我還沒能找到。」

「右弼天蓬位在西夏，京中事敗，就已被西夏人拔除，將軍找不到了。」商恪道：「左輔的天芮，應當在金人王帳。」

雲琅心頭微動，抬起視線。

「金人王帳？」景諫皺緊眉，「如何竟能深入這般心腹……漢人也能入金人王帳嗎？」

「我們原本也沒能想到此事。」商恪搖了搖頭，「襄王的黃道使，未必全是中原漢人。」

景諫愕然，「什麼！」

「襄王苦心排布，原來扶持了不止一個皇子。」雲琅啞然：「天芮位是誰？金人王帳裡爭儲的皇子……完顏紹還是完顏通？」

「完顏紹是風字軍主將，也被將軍圍在應州城裡了。」商恪道：「金兵鐵浮屠有四支，仿《孫子兵法》中『其疾如風，其徐如林，侵掠如火，不動如山』一句，立白、青、紅、黑四色旗。風、火主襲殺，林、山是拱衛王帳的鐵浮屠，決不能有失。」

「被圍在應州城裡的金人，旗鑲白青邊。」景諫細想了下，「若有第三支來，應是火字軍？」

雲琅不置可否，與商恪交換過視線，將溫熱茶水一口口飲盡。

「什麼亂七八糟的？」嚴離聽了半晌，越聽越雲裡霧裡，「有什麼不一樣？總歸就是應州城裡圍了兩支鐵浮屠，如今還要再對付一個。」

「若黃道使是金人皇子，便不一樣。」雲琅撚了袖口沉吟，緩聲道：「多虧商兄星夜傳信。」

商恪啞然：「縱然不傳，將軍也不會不做準備。」

「雖說要做準備，卻畢竟雙拳難敵四手。」雲琅笑道：「如今禁軍精銳趕到，便鬆快許多……連大哥。」

連勝靜聽著幾人交談，聞言按起身，應聲道：「少將軍吩咐。」

「帶人掉頭，轉道寧武，駐紮樓煩關。」雲琅：「第四支鐵浮屠會從此處來。」

「第四支？」嚴離愕然，「金人不留守王帳的兵了？不怕遼人趁這時候滅了他？」

「是了。」景諫轉眼已盡數想透，低聲道：「應州城內圍了王帳軍，又圍了個金人的皇長子，豈能不救？那皇次子藉襄王暗中助力一心奪嫡，只怕會搶著帶兵來援，一為立功，二來趁機暗中下手，設法將長兄襲殺……」

嚴離聽得心中駭然，背後都不覺涼透，「好狠的手段。」

「不外如是。」景諫語氣發寒：「我們這位皇上，手段便不狠了嗎？」

嚴離叫他詰住，愣了半晌一時無話，攥緊拳，重重嘆了口氣。

「從金人王帳過來走偏頭關最順。」連勝無暇閒談，鋪開軍圖細查，「為何要去寧武駐兵？」

「要過偏頭關，只有深冬黃河結冰，騎兵才能踏冰渡河。如今過了七九，河道已開，鐵浮屠過不來了。」雲琅胸中已有城圖，槍尖在地上畫開條線，「寧武踞山俯瞰，控扼雁偏兩關，向北直應雲朔。城下漯水冬夏斷流，河谷寬闊平坦，正可長驅直過。」

連勝凝神細聽，飛快對照查驗，果然處處不差，「好，便去寧武。」

「漯水上游陳家谷內，有一處九牛口。」雲琅道：「漯水河道俱是砂礫，過水難存，下潛伏流。春汛就在這幾日，將河床掘開，自然出水。」

連勝聽懂了他的意思，目光亮了亮，「掘開河床，堆積碎石砂礫攔水，等鐵浮屠渡河時，將攔壩一舉毀去？」

雲琅笑了笑，「明晚有暴雨，連大哥要堆砂礫作攔壩，需得堆得堅實些。」

「好！」連勝幾乎壓不住喜色，「這就回去，轉道寧武！」

「禁軍如今只有從文與景王壓陣。」商恪將話送到，頷首起身，「借連將軍軍符一用，我快馬去引其餘禁軍，同赴寧武城。」

連勝望了一眼雲琅，見少將軍點頭，全不遲疑，摸出軍符遞過去。大軍調動牽一髮動全身，最費時間。商恪收好軍符，同雲琅一禮，不再多說，回頭俐落下了常勝堡。

「末將也就此動身，去漯水掘河。」連勝欣然抱拳，「就此告辭。」

雲琅笑了下，正要說話，一旁嚴離已急得搶著出聲：「慢著慢著，你們這就說完了？」

嚴離眼看這幾人這般定了主意，有些發急，「你們都有去處，我去什麼地方？我不要乾瞪眼看著！也給我安排個差事……」

「雲州太守，豈會沒有差事？」景諫失笑，「大戰在即，雲州城裡莫非不要個坐鎮的嗎？」

「琰王不坐鎮雲州？」嚴離一怔，「他也要上陣？」

「不止上陣，比我這裡更凶險些。」雲琅道：「我的親兵會送嚴太守回雲州，若不可為時，該做什麼便做，一應後果有我擔承。」

「到了這份上，誰還不是腦袋別在褲腰上幹，要旁人擔承什麼！」嚴離回過神，猛然站起來，用力一揮手，「幹了！雲州城從我手裡給出去一次，便不會再給第二次！」

雲琅笑了笑，不再多說，起身拱手。

幾人轉眼敲定章程，半刻也不耽擱，各自揚鞭分道，頭也不回直奔去處去。僻靜已久的棧道叫疾馳駿馬踏過，激起道道塵煙。晨光漸明，日光刺開濃深雲層，將人影鍍上一層鎏金邊沿。

景諫走到雲琅身旁，遲疑了下，輕聲問：「少將軍，我們也回去嗎？」

雲琅斂神，握了下右腕，「回。」

「看時辰，殿下也該帶人入朔州城了。」景諫低聲道：「只盼……諸事順遂。」

「小王爺在。」雲琅笑了笑，「定然順遂。」

景諫怔了下，也跟著深深點了下頭，不再多話，去引兵回猴嶺塹壕埋伏。

雲琅深吸口氣，再度看了一眼雲朔方向的層疊雲障，緩緩呼出來，下了常勝堡。

❖

朔州城前，人流比往日悄然多了些。尋常小販打扮的行腳商，三三兩兩挑著擔子，將畫符一般的路引遞給門前金兵查驗，挑著金兵最缺的布匹鹽巴入了朔州城。

蕭朔在城前勒馬，似有所覺，回過身，看了一眼雲層間透出的明亮日光。

「殿下。」白源走近了，低聲道：「城中人手盡數安置妥當了。駐兵處不准人近，摸不透，但至多只有幾百鐵浮屠，剩下的都是拐子馬。」

白源掃了一眼城門前的金兵，「以我們眼下所剩兵力，配合營內所藏火藥……只要應州城內鐵浮屠不出，就能有一戰之力。」

蕭朔點了下頭，將韁繩並在手中，理了理黑馬的馬鬃。

漢人叫「拐子馬」的，其實是金人的輕騎兵。這些輕騎鎧止半身，不受重裝甲冑束縛，倚仗精湛騎射在鐵浮屠兩翼掠陣巡守，側翼突襲、迂迴包抄，是柄隱在鐵浮屠鋒芒下的藏刃利劍。

這些年金人勢力漸盛，屢屢放出來襲擾邊境、肆意燒殺搶掠的，也是這些拐子馬。

「這龐轄雖然廢物，這種時候竟也派上些用場。」白源望向城門，看著頤指氣使呼喝城門守軍的龐轄，不禁啞然，「殿下竟能想到帶他來，當真物盡其用。」

「滿腦子的升官發財。」刀疤不屑，「告訴他立了功就能回京城當大官，叫他跳城牆也敢。」

白源笑了笑，「不好嗎？越有這樣的人，我們行事越方便。」

要將城內拐子馬逼出來，只靠引朔州城中生亂尚且不夠。蕭朔與雲琅合計過，準備再兵行險著一次，冒充襄王使節傳話，引得拐子馬出城來救應州城之圍。

龐轄蒙在鼓裡，渾然不知龐家與襄王如今竟攪在一處。他一心積攢功勞升官，有過前次宴飲誘敵，膽子大了不少，竟又巴望起回京的美夢來。

昨晚他在雲州城中，得了蕭朔「有今日之功便可擢升三級、回京就職」的承諾，輾轉思忖一夜，竟當真按捺不住野心，答應了一同來詐這一遭朔州城。

「早同你說了，我們是襄王派來的使節，要見你們統制的！」龐轄在京中處處看人眼色，最清楚如何看人下菜。他此時已唬住了城門守軍，將權杖拍過去，沉了臉色呵斥：「還不快些！」

守軍得過吩咐，看著黃道使才有的權杖，仍有些遲疑，「如今應州城被圍，幾位是如何……」

「自然是冒死潛出來的！若非十萬火急，我等舒舒服服躺在城裡熬死朔方軍多好，出來冒這個險？」龐轄氣急，「火燒屁股了還不緊不慢，貽誤了要緊軍機，你等能負責？」

守軍語塞，低了頭閉上嘴。主軍的鐵浮屠被平白冒出來的鎮戎軍抄了底，如今盡數困在了應州城內。那中原來的軍師冷眼旁觀，不准出城相救，朔州金軍這幾天熬下來，心中早已十足不安。

守軍本想再盤查幾句，此時叫他一叱，竟也愈發焦灼，不再多問，只匆匆開城引路。

龐轄志得意滿，甩下守軍將權杖捧回來，恭恭敬敬請了蕭朔入城。

朔州城內，聽聞襄王使節到，楊顯佑與金人的兵馬統制已趕來了府堂正廳。

「快！襄王如何說？」金人統制沉聲道：「我大軍如何了，可有損傷，幾時出城相救？」

「王爺說……」白源話頭一頓，似是才聽清了他的話，有些愕然：「怎麼，統制此前沒接到王爺的傳話嗎？」

金人統制皺緊了眉，「什麼傳話？」

白源與蕭朔對視一眼，遲疑了下，看向一旁的楊顯佑。

「有話快說！你們漢人一個兩個都是這麼磨磨蹭蹭的嗎？」金人統制隨著本國皇長子來，卻將完顏紹丟在了應州城裡，本就憋屈惱火至極，此時愈發不耐，「襄王幾時傳了話，都說了什麼？」

白源上前一步，拱手道：「貴國兵士勇武非常，卻不擅暗潛出城。王爺再三派心腹冒死替鐵浮屠傳話，說金兵遭人暗害投毒毀了戰馬，又有不少水土不服病倒……統制竟也一次都沒能收到？」

金人統制臉色倏地寒下來，厲聲道：「大皇子如何了？」

白源心下一愣，迎上蕭朔視線，定了定神，「也染了病……只是尚能支持。」

情形緊急，兩邊來不及彼此互通有無。白源才知道城裡關了這般要緊的人物，他一時無暇細

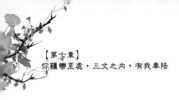

想，只暗自橫了橫心，繼續按著蕭朔吩咐改了改向下說：「此番我等暗潛出城，大殿下還託我等詢問，為何再三傳令，拐子馬皆熟視無睹，不見半分反應？」

「幾時無睹了？」金人統制咬牙急道：「我並未收到大皇子傳令，如何反應？」

「未曾收到？」白源愣了愣，「可我等被朔方軍圍城那日，便已派人傳信請朔州來救，人分明已到了朔州城門前啊！」

「若那時出兵，兩相夾擊，朔方軍必敗無疑。」白源扼腕嘆息：「可惜朔州城毫無反應，白白錯失良機……」

「胡言亂語。」楊顯佑沉聲道：「豈有此事！」

楊顯佑奉襄王命來朔州，自圍城後便與主城斷了音訊。他原以為是襄王當真派來了黃道使，此時卻越聽越不對，心頭不由發寒，「你等是什麼人，來此顛倒黑白，是何居心？」

「我倒要問，」蕭朔緩聲道：「閣下是什麼人？」

楊顯佑愕然抬頭。

「我等此番來朔州城，見了門前守衛盤查，才知朔州已叫人蒙盲了眼睛，扎聾了耳朵。」蕭朔道：「這般派人攔截盤查，究竟是要攔住朔方軍的探子，還是要封鎖應州城傳過來的消息？」

金人統制越聽他幾人爭執，臉色便越難看，用力攥了桌上金杯。

「是你……！」楊顯佑背後冰涼，蕭朔易了容，他看不出此人長相，卻認得蕭朔的聲音，「你哪裡來的黃道令？」

楊顯佑忽然回神，一把抓起那塊權杖，飛快摸索著上面的暗刻星位。

他於戰事一道本就不擅長，無非眼下可用之人實在不多，奉令來朔州城與金人接洽罷了，心思到底都還在京中風波上。

上兵伐謀，其下攻城。若是襄王肯聽他的，不避退到這偏僻北疆，以試霜堂所籠絡挾制的勢力，精心謀劃暗中策反，趁著鷸蚌相爭，未必不能再從中謀得出頭處。

可本該在京城與皇上針鋒相對的蕭朔，竟當真來了北疆，手裡還拿著黃道使的權杖！

楊顯佑細細摸索，臉色徹底蒼白下來，「破軍、破軍……」

破軍，天沖位。商恪。

商恪死在了蕭朔手裡，故而被奪了這塊權杖？可權杖內暗藏的毒針卻分明還沒被啟用過，商恪還活著……蕭朔會是從他手裡拿到的這塊權杖嗎？如何拿到的，除了權杖可還拿到了別的？

如今商恪奉命留在京城，整合試霜堂與朝中勢力，倘若連此人都被蕭朔與雲琅收服……

「殺了他！」楊顯佑轉向金人統制，向來波瀾不驚的臉上第一次壓不住恐懼，「這是中原王朝的皇室血脈，是那個叫你們北疆聞風喪膽的端王的兒子！他如今回來了，還帶了你們最恐懼的人，不只是為我們，更要先同你們清算……」

「殺了他！」楊顯佑嗓音嘶啞：「不殺了他，我們早晚都要死！」

「閣下這話編得離奇。」蕭朔道：「我若是端王之子，豈不正該與當今朝廷有不共戴天之血仇，還來替朝廷打仗？」

楊顯佑叫他詰住，一時語塞：「你……」

「若論身分，在下更有一問。」蕭朔視線落在他身上，斂去眼底冰寒，「楊閣老要在朔州城開的試霜堂，在別處也有，我也燒過幾家、拆過兩三處。」

「試霜堂所執學說，分明將北疆諸部族斥為『蠻夷』、『未開化之民』，言其不足為懼，縱有亂我者，以縱橫手段引之自相殘殺便是了。」蕭朔緩緩道：「楊閣老在朝中尚有官職，享大學士供養。卻不辭辛勞，冒充襄王所部來這朔州城內，是為了所謂『縱橫手段』嗎？」

楊顯佑見了商恪的權杖，心中方寸已亂。眼看那金人統制聽了這一句，看向自己的視線裡殺意暴漲，更覺喉間泛寒，怔坐在座椅上。

金人統制陰沉沉盯著他，「你還有何說法，莫非他說的都是真的不成？」

「統制明察……不論他如何巧言偽飾，此時當真不便出城。」楊顯佑攥了掌心冷汗，低聲道：「朔方軍以逸待勞，近來又有馬匹補充，拐子馬……拐子馬不是對手，此時出城自尋死路。這幾人是中原奸細……」

「你才像是中原奸細。鐵浮屠在城內根本施展不開，朔方軍早將壕溝填平了！」刀疤始終在蕭朔身後侍立，此時悶聲粗氣開口：「再不來救，真要等中原大軍合圍嗎？」

「鐵浮屠在城內施展不開，可中原人卻也滅不了他們。」楊顯佑低聲：「中原禁軍戰力羸弱，聲勢浩大，只能充數而已。只要沉住氣，等……等襄王援兵到，勝負未可知。」

蕭朔緩聲道：「楊閣老心裡不是清楚，襄王援兵到不了了嗎？」

楊顯佑打了個激靈，終歸語塞，停住話頭。

「王爺說，既然兩家合謀，就該有誠意，免得旁人拿此事來作偽周旋。」蕭朔同金人統制拱手，「我們的援兵到不了了，只能拚死助鐵浮屠一搏。襄王再三思慮，決心據實以告。是戰是退，貴軍自行決斷。」

「好，襄王痛快！」那金人統制狠狠將金杯往地上一摔，「這才有些梟雄氣派！」

楊顯佑癱坐在一旁，臉色徹底灰敗下來。

襄王之謀，驅虎吞狼。他本想盡力以所謂援兵拖住金人，讓鐵浮屠與朔方軍拚殺消磨，兩敗俱傷，卻不想蕭朔的膽子竟當真這般大。

朔方軍敢在此時引拐子馬出城，定然還有後手……是什麼後手？這兩個人究竟還有多少謀劃，

藏在如今這場湍流之下，化成嶙峋暗礁，等著將他們撞得粉身碎骨？

斷骨去爪，鐵棘寒冰，能馴服最凶狠的猛獸，為何就馴不出一個真正忠心的手下來？

楊顯佑迎上蕭朔視線，恍惚見了那日的大理寺地牢。

地牢裡，雲琅被鐵索捆縛浸在冰水中，氣息已奄，只剩心口一點熱氣。那雙眼睛裡早已沒有生志，疲累平靜得近乎釋然，可點漆深墨似的瞳底深處，仍有一點光爍爍不滅。

他那時還不清楚這一點光是什麼，如今才隱約明白了，卻已全然來不及。

楊顯佑的目光艱難動了動，他看向蕭朔，又看了看他腰間那柄來自殿前司的無鋒重劍。

大戰在即，勝負一念。

他知今日已無生路，也早知手上沾得累累忠良鮮血人命，難求善終。只是謀劃一生，若能叫這柄劍斬殺，倒也死得不像個笑話……

這個念頭才在腦海裡盤旋一瞬，他頸間已狠狠一涼。疼痛後知後覺泛上來，楊顯佑癱在椅子裡，喉嚨裡咯咯響了兩聲，看著金人腰間彎刀上的淋漓血色。

蕭朔單手按在劍柄上，眸底寒得無波無瀾，全無要出鞘的意思。

力氣飛速消逝，周身徹底冷透，寂靜黑暗迎面侵下來。

楊顯佑身子一歪，栽倒下來，睜著眼睛沒了聲息。

「我不知你來路，也不知你們兩個誰說的是真話，只是實在厭惡這老狗……你好歹算個好樣的，今日替你殺了他，算是見面禮。」金人統制刀尖滴血，盯著蕭朔，「若你膽敢騙我，與他也是一個下場，明白嗎？」

蕭朔落下視線，平靜拱手。

金人統制擦淨彎刀，「襄王可說了，幾時出戰？」

「日暮前。」蕭朔道：「城中尚需些時間整兵。」

「好。」金人統制盯著他，「你們身分不明，須得留在此處，派人看守。」

蕭朔點了點頭。

「總算還像些樣子……襄王有你這樣的手下，我才信他能奪中原天下。」金人統制收回視線，將彎刀回鞘，大步出門，「留下一隊守城，剩下的即刻召齊披甲，日暮前隨我出城襲擊朔方軍，解救主城！」

外面立時有人應聲，快步跑著去傳令。

金人尚武，不消片刻，窗外兵戈甲冑聲四起，馬蹄已踏得地面跟著微微顫動。

今日雲也寧靜，日頭像被這衝天殺氣所激，移得飛快。

眼看未時已過，申時尚未過完，不知何處開始起風。原本放晴的天色猝不及防陰沉下來，窗外竹片磕碰愈急，冰涼透骨的勁風掃過窗櫺，竟像是捲來了隱隱的潮氣濕意。

日光尚未落盡，厚重的陰雲已層層疊疊壓上來。

「少將軍當真不曾說錯……雨要來了。」白源將嚇昏過去的龐轄拎到一旁，走近了低聲道：「殿下，金人出兵了，我們動手嗎？」

蕭朔立在窗前，覆住右腕間雲琅那一副袖箭護腕。

護腕的玉質微涼，瑩潤通透，貼在掌心。

蕭朔將那一塊玉按得溫了，收回手，扣合腕甲，「等。」

「是。」白源應了一句，又忍不住低聲問：「等什麼？」

窗外勁風愈涼，蕭朔按上劍柄，靜了一刻，「人心。」

白源微怔。

應州城城牆之上，已然一片慌亂。連斟看著出城的拐子馬，心頭焦灼，「誰叫他們出城的？為何沒攔住他們，文曲在幹什麼？」

「不清楚。」暗探瑟瑟跪在地上，「我們本想入城探查，卻被朔州城守門的兵士攔了。」

「他們攔你們做什麼？」連斟寒聲：「你不曾亮出王爺信物？」

暗探苦著臉，「亮了，只是不准進……」

「文曲瘋了？」連斟愕然：「只是政見不同，熬過這一段，又不是不准他回京施展他的本事……」話說到一半，連斟臉色忽然徹底慘白下來。

文曲老成持重，是襄王多年心腹，縱然再不滿退守北疆的安置，也不會這般不知輕重。

楊顯佑不會不知輕重……可如今的朔州城，卻不准有襄王信物的人進了。

朔州城內早已無平民百姓，金兵的拐子馬幾乎傾巢出了城。

如今在朔州城裡的，倘若不是金兵，也不是文曲……

不是金兵！不是文曲！

「快！」連斟目眥欲裂，轉身撲回去，「將城中青壯聚集起來守城，將他們的妻兒父母綁了，押上城頭！」他急得火燎房頂，抓了人去稟報襄王，正要去安排兵馬，忽然聽見城外隱約傳來的聲響，「什麼聲音？」

「塤聲。」暗探臉色也蒼白，「陰山裡來的，怕是有幾十只、幾百只，風朝我們這裡颳……」

塤幾乎是北疆最易得的樂器，用陶土燒也行，石頭、骨頭也一樣能做，一隻手就能拿過來，幼童玩耍間也能輕易學得會吹奏。

陶塤清越，石塤蕭瑟，骨塤嗚咽淒涼，散入捲地勁風。

「《秦風》。」暗探顫聲道：「《無衣》……」

坎坷傳了千年的古曲，塤聲散在風裡，春雷在壓城雲層間轟隆滾動。

塤聲，接著又匯進人聲。

沙啞低沉的人聲，像是泣血，卻又蒼勁得彷彿沒有任何東西能壓得住。

豈曰無衣，與子同袍。

豈曰無衣？與子同袍，王於興師，修我戈矛……

與子同仇。

應州城內，被倉促捆縛驅趕的百姓踉蹌著，跌在地上。

跌進由霖雨前這場風送進來的厚重古謠裡。

退讓、退讓、退讓。

退無可退，還在忍、還在忍。

忍到流離失所、忍到國破家亡、忍到連反抗也不會，將命交到人家手裡！

一樣要死、一樣要死！

筋骨單薄的少年人低聲嘶吼，在塤聲裡紅了眼睛，死命撞開凶神惡煞的官兵，「刀來！」

官兵臉色驟變，正要厲聲呵斥，已被破舊的鐮刀狠狠沒入胸口。

有人衝上來，用拳頭去砸、用牙齒去咬，狠狠撕去他身上佩刀，拋給方才高喊的少年。

其餘衛兵尚不及反應，要拔刀壓制時，已被赤手空拳撲上來的人群徹底淹沒。

塤聲高昂淒厲，竟彷彿響遏行雲的號角，撩開衝天戰意。

雁門關下，白磷火石刺破陰沉天色，承雷令炸開胸中淤滯的悲憤積鬱，人人倏然抬頭，牢牢盯住那一片熟悉的亮芒。

明光駐霜刃，流雲動風雷。

拐子馬已盡數出城列陣，金人統制遙遙看見那一道火光，心頭驟寒，下意識便要傳令回撤。

撥馬回頭時，朔州城頭之上，已不見了金軍大旗。

雁門關外，一支金人大軍正直奔應州城，片刻不停地策馬疾行。

「快……再快！」龐謝狠狠揮鞭，將馬催得血痕累累，仍不敢停下，「再快些！」

風捲來隱約血的氣味，混著悲涼蒼勁的《無衣》古戰曲，吹過雁門關，吹得他徹骨生寒。

……哪怕再拖一日！

再多拖延一日，他搬來的救兵便能趕得及從容布陣。侵略如火，這一支鐵浮屠最擅正面衝鋒，若能趕到，定能解得應州城之圍。偏偏應州城就在眼前，竟還是打起來了！

龐謝心中焦灼，死死咬著牙關，同金人主將高聲催促：「絕不可駐馬！還來得及，你們的王帳鐵騎，你們的皇長子都在應州城裡……」

金人主將臉色一樣難看，握緊馬韁，點了點頭。

白草口雖然險峻，卻是奔應州城最近的一條路。斥候已再三探查，只在此處發覺了一隊往寧武去的蹄印，未見伏兵，只要加緊通過，就還來得及趕到應州城下。

鐵浮屠在疾馳間變隊，浩浩蕩蕩湧入白草口。

主將舉起腰刀，正要下令疾行過關，瞳孔忽然狠狠一縮。

龐謝見他遲疑，急回頭問道：「怎麼了？」

他沒有聽見回應，也已用不著回應。

龐謝攥著轠繩，視線盯在陰沉半空，胸口像是破了個窟窿，心向下探不見底地墜沉下去。磷火的亮芒，像是被雷聲召來的凌空電閃，行在密不透風的壓城黑雲中，曜得人眼前一片茫茫白光。

戰馬淒厲長嘶，踏地生塵。原本尚在疾馳的鐵浮屠，第一次不等主將下令，竟叫恐懼挾上心頭，不由自主勒緊了手中轠繩。

「白磷火……承雷令。」金人主將低聲道：「你不曾對我們說，此行會碰上雲騎。」

龐謝定定看著仍一片平靜的山坡，耳畔嗡鳴，冷汗順著額角淌下來。

沒人會想碰上雲騎。

大軍已入白草口，內闊外狹，退無可退。

赤色焰紋的浮屠旗叫勁風一捲，幟尾抽過龐謝臉頰，火辣辣一道血痕。

龐謝打了個激靈，倏而醒過來，嘶聲高喊：「不可耽擱！快衝過去！」

壓著他的話音，看不出半分異樣的經冬枯木，殘破的古城磚石，竟都像是叫半空裡綻開的春雷驚動，劈頭迎面砸滾下來。

金軍久經戰陣，不用主將下令便向前死催戰馬，衝向寬闊的白草谷口。

鐵浮屠鎧甲厚重堅實，人馬皆隱在鎧甲之下，等閒箭雨甚至不用盾牌抵擋。可再堅固的鎧甲，也不可能阻得住眼前天然的滾木礌石。

戰馬淒厲長嘶，踏著滾地碎石亡命飛奔。

身後不斷有鐵浮屠被從天而降的木石砸翻，鎧甲沉重，一旦摔倒便再難站得起來。後軍彼此踐踏，又有更多栽倒的滾作一團，卻已無人再有半分餘力多顧，只不顧一切向前狂飆。

「他們的人不可能多！」龐謝死死抱著馬頸，生怕鐵浮屠心生退意，在一片亂局裡嘶聲道：

「他們沒有馬，鎧甲刀兵都是破的，不會是當年的雲騎！衝過去，不要回頭！」

金人主將胸口起伏，頭也不回，向前催馬。

不必他說，此時也早沒了回頭的餘地。

重甲騎兵一旦開始狂奔，越是停下，越會自亂陣腳，更何況是這等狹窄山路。

前騎若停，後隊撞上來，只有死路一條。

金人主將無暇應他，策馬疾馳間，視線不斷掃過兩側的茅草古道。

長年行軍，並非不曾遇到這等避不開的峽谷險地。可明明已派出三隊精銳斥候，反覆勘查，竟半個人也沒能發覺，甚至連這些滾木礌石都不曾查探出端倪。

甚至直到此時，他們已挨過一遭這幾乎像是憑空掉下來的重木石頭，竟還是看不出這些可怖至極的中原人究竟藏在了什麼地方……

金人主將呼吸忽然滯了滯，看著眼前寬闊谷地，心底徹底沉透。

按照常理，他們被伏擊慘重，那些不知藏在何處的伏兵正該趁機傾巢攻出，將他們殺個措手不及。鐵浮屠最不怕的就是這個，倚仗堅不可摧的百斤甲冑與驃悍戰馬，一旦狂飆起來，不論撞上什麼都能藉著這一股勢頭浩浩蕩蕩一碾而過。

可前方的寬闊谷底，竟空蕩蕩得不見半道人影！

縱然知道仍危機重重，眼前的一片平靜，卻仍帶有了足以致命的可怕蠱惑。奪命逃出了那一片噩夢般的谷底，哪怕騎手不收韁，馬也會不由自主放緩，想要在這一片平坦寬闊的谷地上停一停、歇一口氣。

鐵浮屠最大的優勢，就在這一停一歇裡，蕩然無存。

此時下令已再來不及，金人主將看著開始放緩的前軍，脊背一片冰涼。

五年前，雲騎就已徹底銷聲匿跡。鐵浮屠是近幾年才在草原上征伐的悍勇之師，不曾同這支北疆部族口耳相傳的天兵有過任何一次交手。

騎兵衝鋒大抵相似，金兵著意藏鋒，只有短兵相接，才能體會到如山的滅頂威壓。

西夏人的鐵鷂子就是栽在了這一處，想要伏擊鐵浮屠，卻反被正面迎擊一舉徹底衝散，碾滅在了賀蘭山的山坳峽谷裡。

應州城的鐵浮屠不曾與雲騎真正交過手，那個到此時還不曾現身的主將……當真能在方才那混亂至極的瞬息間，只憑眼睛，便將鐵浮屠命門摸透嗎？

過了這片平坦谷地，眼前就是勾注塞的古盤關道。兩側不再是高聳崖壁，只有緩坡。緩坡上是漢人當年修來阻擊匈奴的長城關隘，這些年風雨催打，鐵蹄踐踏，已只剩下了殘破無用的遺骸。

當真只是無用的殘骸？

這些澆築了不知多少代漢人心血的古隘關牆，縱然殘破荒敗了，是不是還在他們死也想不到的地方，護持著後世子孫？還要不要……再向前走？

挾著雨意的冰風冷得人發顫，黑雲壓城，雲底鳴雷隆隆滾響，竟分不清白亮的究竟是電閃還是承雷磷火令。

一聲奪命鞭響，金人主將心神驟懸，凝目狠盯過去。

龐謝披頭散髮狼狽至極，卻是唯一不曾停下的，瘋狂打馬，趁著亂勢衝過了前方矮坡。

立時有金兵立弓要射，被金人主將抬手攔住，牢牢盯著那片坡地。

龐謝的馬和人一樣狼狽，跑得幾乎力竭，只在強弩之末，隨便一支箭都能索了他的命。

這是中原的叛徒，是傳聞中那中原將軍的死仇世家出來的人。龐謝是來接管雲州城，要與那裏王沆瀣一氣來害朔方軍，他們隨此人來馳援，只是為了救王帳軍與大皇子，卻深知這等敗類落在本

族手中，該是何等的千刀萬剮。

金人主將顧不上開口，催馬向前幾步，抬手急召斥候，一雙眼睛死死盯住道旁緩坡。

只要一支箭，一支箭就夠了。

有一支箭射過來，就能從這支箭射來的方向，揪出這些看不見的對手究竟藏在什麼地方。

甚至不需有人放箭……只要有人暗中追上去。

只要有人動彈，哪怕反常地撥一下草葉，動一動枝條，只要一道兵刃能折出的冷光就足夠！

近兩萬的鐵浮屠，叫這一場滾木礌石砸沒了近三成。剩下的萬餘人，對上龐謝所說的數千朔方老舊騎兵，哪怕一換一搏命廝殺，也仍有絕對的勝算！

數個鐵浮屠中最精銳的斥候灰頭土臉撲出來，不需分配交談，已各自躥到視野最好的位置，牢牢盯住了兩側山坡。

金人主將盯著那道影子，眼睜睜看著龐謝那匹馬踏起一路煙塵，沒入盤關古道。

風撥草葉，冷冽月色順著葉鋒淌下來，濺進泉眼。

斥候將眼睛瞪疼了，藉著雲間月色死命細看，幾乎已拿眼睛將那一片山坡狠狠掘開翻了個遍，仍不曾看出半點端倪。

龐謝已逃遠了，逃得箭也追不上，兩側山坡仍一片靜謐。

即使有叛徒在眼前逃命狂飆，這支漢人的天兵竟仍冷靜得可怕，沒有一人受他驚擾、沒有一人叫恨意驅使著違背軍令。

這些人對背後同袍的信任彷彿能過命，過命到任何一個人都清楚，縱然將龐謝放過去，也會有同伴在身後將他攔腰砍斷了祭旗。

風拂草動，眼前緩坡上仍像是無人駐守一般，靜得驚不起半隻枝頭鳥雀。

金人主將狠狠打了個顫。絕不可能無人！

眼前這片看似平靜的坡地裡，蟄伏了隻磨牙吮血的吊睛白虎，只等獵物投進去！

寂靜間，地皮忽然微顫。雲朔之地與應州城方向震開驚天轟鳴，遠遠望去，一片滾滾煙塵。

金人主將攥緊轡繩，死死壓了驚悸回頭。

峭拔壁崖間，白草口一片死寂，竟已被斷木碎石與鐵浮屠的屍身徹底封死了。退不走了。

上萬的鐵浮屠堵在谷口，戰馬在挾著雨氣的風裡打轉，焦灼踏地嘶鳴。

這一片當年本是河道，河水改道後，所留河床與周邊嶙峋山石不同，土質鬆軟，有繁茂水草，經秋掛霜時放眼一片白茫，才叫了白草口。

可正是因為土質鬆軟，再落下一場傾盆霖雨，就能將這古河床變成現成的沼澤泥淖。

倘若大軍再這樣長久停在谷口，不消半個時辰，就能將連人帶馬數百斤的鐵浮屠生生陷進去。

「不能退、不能停，只能進了！」副將高聲道：「衝過去！將軍，衝過去！」

鐵浮屠縱橫草原，從不曾吃過這樣的狠虧，叫天降的滾木礌石砸紅了眼，以黑水靺鞨古語震天怒吼：「衝過去！殺光他們！」

「漢人羸弱，只能畏畏縮縮，藏頭露尾使些陰招，真刀真槍豈會叫他們占了便宜！」副將不知主帥究竟還在猶豫什麼，打馬上前，一雙眼叫殺氣逼得血紅，「女真不滿萬，滿萬不可敵，沒人攔得住我們！」

金人主將慢慢抬手，握緊了身側彎刀。

鐵浮屠不曾碰過雲騎，可北疆草原上沒人不知道雲騎。他曾是歸屬契丹統治的熟女真，親眼見過遼國的王屬大軍被雲騎攔腰咬斷，那一杆颯白流雲旗橫插腹心，將數萬人的大軍狠狠豁開，與朔

方主軍合力將數萬遼人覆滅在了金沙灘。

承雷令，流雲騎。

有進無退，有去無回，有死無傷。

……退不走了！

金人主將用力閉了閉眼睛，橫下心厲聲：「上馬，過山！」

鐵浮屠山呼應聲，撲上馬列陣，朝眼前坡道潮水一樣灌進去。

猴嶺的盤關古道，跑起馬來，遠比那軟綿綿不著力的古河床痛快得多。

金兵叫蜿蜒盤關路壓制得跑不快，卻依然極訓練有素，後軍壓前軍，片刻不停，層層湧向已能隱約看清的關口。

「漢人膽小如鼠，說不定根本就沒布伏兵，砸了一通石頭木頭就跑了。」副將掃過四周，不屑嘲諷：「怕他甚來？」

「噤聲。」金人主將沉聲道：「再快些！」

那副將有些不服，勉強將輕蔑嚥回去，向下傳令：「再快！加緊趕到應州城，給那些自不量力的漢人長長見識……」

金人主將勒住手中馬韁，頻頻回頭，眉峰鎖得愈緊。

如今的雲騎，無論戰心戰力，都不該是當年精兵良將時可共語的。

他原以為雲騎在此處埋伏，是要迎面阻擊，或是將他們攔腰截斷，一擊即走罷了，可此時大軍已幾乎盡數進了坡道，卻仍不見動靜。

山坡裡藏著的白虎將，究竟有多大的胃口？中原人自毀長城，險些將這頭白虎催骨碎脊、斷爪折牙，竟半分都不曾折損他的心氣戰意嗎？

念頭尚且不及落定，最後一騎鐵浮屠踏進坡口，鋪面的箭雨漫天飛蝗一般，忽然自兩側山坡射落下來。

「不過如此！」那副將放聲大笑，「不必理會，只管向前！」

鐵浮屠戰甲劍刺不透、刀割不開，這樣的箭雨幾乎不會有任何影響。副將並非不曾看見箭身上繫著的猛火油袋，可那又如何？想要火攻嗎？火也燒不透這層堅實重厚的戰甲！

怎麼會有人蠢到用猛火油對付鐵浮屠？

只要能衝出去，沙地上打一個滾，半點火星也再燒不起來！

衝出這片見鬼的谷地，殺去應州城，殺光那些不知死活頑抗的中原人，報今日這一場滾木礌石的死仇！

副將抬臂，揮開射得軟綿綿的箭矢，聽著箭頭無以為繼地叮叮噹噹砸在浮屠甲上，幾乎是暢快地眯了眯眼睛，「向前！再快！」

他高聲喊著話，一邊揚鞭催馬，忽然叫極細微的異樣引得瞇了下眼睛。

尚不及反應，戰馬受了鞭打催促，已嘶鳴著加速向前暴衝。

副將心下陡然慌亂，伸手去扯鞍具扶手，身體卻已叫沉重鎧甲狠狠一墜，身不由己向下滑摔跌落。往日牢固的生鐵卡扣，竟滑溜溜得半分也扣不住。

副將仍絞著馬鐙，整個人失了平衡，被生生拖行在地上，後騎收韁不住，馬蹄重重踏在他胸口，縱然有鐵甲阻隔，千鈞力道也已將他胸骨硬生生踏碎。

還有更多的鐵浮屠意外墜馬，沉重的鐵甲此刻反倒成了累贅。馬受了驚擾，嘶鳴著衝突狂奔，人坐不住跌下來，又被驚馬踐踏拖行。

副將瞪圓了眼睛，喉嚨裡叫鮮血湧滿了，視野一片血紅，渙散目光定定落在那些被隨手揮落、

濺淌在盔甲卡扣間的猛火油上。

這一批箭雨，不是為襲殺，不是為放火。

怎麼會有人……用猛火油來對付鐵浮屠？

金人主將勒緊馬韁，看著副將在咫尺外嘔血斷氣，目眥欲裂，「不可催馬！油滑機栝卡扣，不要沾那些箭油……穩住陣腳！」

鐵浮屠是金人最精銳的騎兵，人人在馬背上長大，論馭馬騎術，本不至於連坐也難坐得穩。偏偏這些箭矢落在急策馬時，又是崎嶇山路。鐵浮屠已習慣了這種顛簸間有鉸鏈鐵扣輔助穩固身形，被這般猝不及防又意想不到的手段對付，一時慌亂無措，縱然冷靜下來便已死死勒住驚馬，仍已狠狠吃了個大虧。

金人主將不及懊惱，高聲傳令：「調轉馬頭，後隊作前！列車懸陣……」

滾滾煙塵裡，令才傳到一半，兩側坡間驟然掀起尖利的戰角聲。

戰角錚鳴直上九天，衝迎皎潔月色，清亮激越，響徹了沉寂百年的古雁門關。

【第八章】

人人身上縱橫傷痕淋漓血色，眼裡卻有燎原烈火在燒

金人主將盯著谷口，瞳孔微縮。

他入谷時已盡力想得周全，卻仍無論如何也想不到，雲騎既不是要一擊即走折他鋒芒，也不是要斷他隊尾損他戰力。

從踏入白草口那一刻起，這些冷靜蟄伏的中原人，就已打定了這個瘋狂得近於荒謬的主意。

雲騎是要以幾千騎兵，將這一支近兩萬的鐵浮屠圍死在雁門關裡，活活吃淨！

枯草地皮霍然掀開，露出一片森森兵戈。戰馬解了封口束縛，踏過舊時古道，長嘶飛掠而下。

不知在意料之中還是之外的激戰，在這一片坡地間，轉眼竟已殺得白熱。

鐵浮屠急擺開陣勢應敵，對面衝下來的古怪騎兵卻毫不戀戰，一觸即走，後續戰騎立刻填上。竟是以數十騎為一個輪次，輪轉不斷，對尾部的金兵發動了強力的絞殺！

金人主將死死咬住牙關，握牢手中長戟，殺入戰陣。

這就是龐謝口中那些「軍備殘破」、「疲憊不堪」的朔方鐵騎！

坡道雖然曲折，卻本不算窄，若正面相敵，縱然後軍兵力不足，前軍也能緊急回撤支援。

偏偏方才那一輪箭雨下來，連人帶馬鎧甲上都已沾滿了猛火油，稍有顛簸不穩便要留神控馬，還要同百餘斤的戰甲較力，連回援也被迫謹慎緩慢了不少。

金人主將高聲傳令，不斷調動兵力布陣，眼底滲出隱隱血色。

殺意瀰天，殘破古堡上錚鳴忽急，朔方鐵騎輪轉衝殺，竟在疾馳間變陣，匯成鋒銳尖錐，狠狠扎入了山谷內的鐵浮屠腹心。

錐尖那一點，隱約可見一道曜目的颯白人影。

銀甲雪袍，白馬白槍，擊甲則落馬，斷蹬即墜鞍。槍尖一點紅纓到處，舀落皎皎月色，換回迸飛血光。

流雲騎，白虎將。

金人主將視線收縮，昔日在遼國治下，熟悉得深入骨髓的恐懼忽然扼著喉嚨翻上來。

雲琅。

雲琅！

「求援……求援！」金人主將嘶聲道：「發浮屠引，快！」

「誰能救我們？」他身旁偏將顫聲問：「我們是來援應州城的，如今……」

「發白、青浮屠引，請應州城風林兩軍來援！」金人主將厲聲：「朔方軍沒有多少騎兵！他將精銳都調來此處，應州城外的圍兵定然只是虛張聲勢，能衝出來！」

如今朔方軍能戰的輕騎兵，只怕已盡數在這山谷裡了！

只要有應州城內的鐵浮屠來援，夾擊合圍，未必不能碾死這一支可怖的中原天兵！若能將雲騎堵死在這雁門關下，莫說朔北，連那羸弱頹軟的中原也探手可得，再無人能攔住他們！

偏將不敢多問，閉了眼睛摸出浮屠引，顫巍巍點燃。

青、白兩色的焰火扎入雲層，在夜空裡炸開。

谷內金兵看見火光，像是灌了一劑強心藥，人人咬緊牙關拚命死戰。戰局再度膠著成一團，愈濃的血氣在坡間漫開，又被墜落的屍身重重壓進塵埃。

天間彎月竟也像是叫這一場慘烈廝殺所懾，停在半空陰厚雲間，不再挪動。

不知過了多久，馬嘶聲終於從身後傳來。

金人主將欣喜若狂，策馬馳迎過去，看清來的鐵浮屠，卻愕然瞪了眼睛，「大皇子……」

侵略如火，火字旗的鐵浮屠主征伐，是四支鐵騎中兵員最足的。風、林兩軍在精不在多，由大皇子完顏紹執掌統領，加在一起，也該有萬餘人。

可眼前的兩支鐵浮屠，卻無疑要少出不少，按千人一旗，竟勉強剩下了七、八面殘旗，刀身鎧甲鮮血淋漓，竟像是才遭遇了一場絕命拚殺。

「出城時遇了岳渠的伏兵，費了些力氣。」完顏紹未戴頭盔，抹了把臉上的血，沉聲道：「戰局如何？」

金人主將臉色微變，動了幾次嘴唇，終歸一頭撲跪在地上，「屬下無能……」

「罷了。」完顏紹不再多問，催馬向前，目光在坡內緩緩一掃，「雲騎既然在這裡，這裡就該是主戰場。」

完顏紹已同雲琅交過一次手，那時雲琅搬了鎮戎軍來救朔方，一張雪弓、三支連珠箭，將他與王帳鐵浮屠硬生生逼進了應州城之內。

如今這第二次……雲琅卻終歸太過托大了。

完顏紹一雙鷹目裡泛起森森殺機，取下雕弓，搭上一支朱紅穿雲箭，射向半空。

穿雲響箭，自帶鳴哨見風即響，尖銳哨聲隨風傳遍殺成一團的坡道，竟讓整個戰局都隨著凝頓了一息。

不過片刻，一聲清越馬嘶，那白袍銀甲的將軍已自戰局中脫身出來。

雲琅單手勒韁，槍尖仍滴滴墜著血，停在一處凸起岩石上，低頭望著坡下幾人。

「雲將軍。」完顏紹收弓，下馬過去，目光在他身上緩緩一掃，「你該知道我發響箭約主將會面，是為了什麼。」

雲琅笑了笑，「為了什麼？」

完顏紹眼底掠過森寒殺意，「你當真以為，只憑你這幾千輕騎兵，憑著些許地利，能扛得住我數萬大軍絞殺？」

「朔州與應州城如今是你的了。」完顏紹道：「你用計謀將城內的拐子馬調出來，趁虛而入奪了朔州城，又引得應州城平民暴動，破了應州城城門，很聰明。」

完顏紹嗓音低啞，目光懸在雲琅頸間，緩緩道：「可你太自信了……聰明反被聰明誤，如今你已自尋死路，竟還不知嗎？」

雲琅揚眉，持槍笑道：「有勞閣下指教。」

完顏紹見他冥頑，眼底墨色愈深了深，沉聲道：「你冒險將輕騎兵帶出大半，剩下的給了岳渠布防。岳渠所部與我等激戰，眼下已無戰力，不可能再同拐子馬激戰一場。」

「朔方軍軍力空虛，鎮戎軍徒有其表，供我軍拐子馬絞殺而已……這是其一。」

「你縱走了龐謝，此人狠辣遠勝龐轄，有他在，雲州城已等同於襄王囊中之物。為了朔州與應州城，丟了一個根基厚實的雲州，顧此失彼，再無退路，這是其二。」

「其三……」完顏紹眼裡拂過冰冷，嘲諷地道：「我胞弟是襄王黃道使，他會為了殺我，調來山字軍。」

一旁金人主將聽得愕然，豁地回頭，「大皇子……」

「為了奪嫡爭儲，去做人家的狗，還做著有朝一日當上頭狼的美夢。」完顏紹眼底不帶溫度，將蔑然隱去了，看向雲琅，「可他到底還是條狗，在咬死我之前，他會先奉那個人的令，來殺了你。風林火山，四支鐵浮屠，傾我舉國之力，合圍你這一支殘破雲騎。」完顏紹緩緩道：「雲琅，我敬你是英雄，也知你不會為我所用。你若在此自裁，我保你部下人人全屍安葬，馬革裹屍金棺送你回鄉。來日攻破汴梁，我會將你們中原皇帝的頭顱放在你墳前，祭你英靈。」

雲琅啞然，橫槍馬前，拭淨槍尖血跡。

完顏紹瞇了下眼睛，神色冷下來，「你不信？」

「信。」雲琅道：「只是可惜。」

完顏紹看著他，「可惜什麼？」

雲琅摸出一枚承雷令，隨手迎風引燃了，讓磷火升上夜空。

雲琅將槍細細擦淨，撕下根布條，握牢槍桿，將槍與手綁在一處，「其一。」

其一？完顏紹怔了怔，心頭陡然沉下來，正要回頭，腳下地皮忽然狠狠一顫。

又一顫。

連環的轟鳴，由他身後的雲朔之地山搖地動悍然震響，綿延不停。

縱然已隔出數十里路，竟也清晰得彷彿就在耳畔，震得人胸口陣陣發麻。

完顏紹目光倏凝，「你還有火藥？那裝了火藥的帳子不是唯一一頂？」

完顏紹手顫了下，腦中嗡鳴一聲，渾身的血幾乎都冰涼下來。

數十聲震響，數十頂裝了火藥的帳篷！

衝殺的拐子馬！

膽子多大的瘋子，才能在幾十頂能撕碎地皮上一切物事的營帳裡穿梭，將拐子馬盡數誘進去？

這幾十撥火藥炸下來，拐子馬又還能剩下多少……

雲琅沒有給完顏紹留下細想的時間，咬住布條，使力在手腕處繫牢，抬頭望他，「其二。」

完顏紹瞳孔劇烈收縮，來不及開口，倉促回頭。

雲、應、朔三城，彼此掎角應和升起狼煙，濃滾煙柱直沖天際。

一團黑乎乎的物事被拋在完顏紹腳下。

低頭叫火光一映，竟是龐謝驚恐猙獰、死不瞑目的人頭。

「老嚴沒來得及，龐轄親手殺的。」刀疤攥著腰刀，身上鮮血縱橫，勒馬停在雲琅身後，咧嘴

一樂，「那傢伙滿腦子升官發財往上爬，龐謝要他叛國，卻死活不肯了。哭著在城頭上喊，說他沒出息，說他做夢都想當大官，可想當的是中原的官，不是金人的狗……」

完顏紹肩背狠狠一悸。

雲琅笑了笑，空著的左手解下酒囊，朝刀疤拋過去。

雲滾雷鳴，萬籟俱寂。

豁亮電閃自滾雷裡刺出來，風捲谷地，豆大的雨滴終於無邊無際砸在天地間，拂開一片沁人心脾的清新水氣。

憋了數日的暴雨，一落便像是將天捅了個窟窿，傾盆將雨水徑直倒落下來。

雨越下越大，雲琅闔眼靜數，壓著最後一道白練似的雪亮電閃，睜開眼睛。

雲琅：「其三。」

雷聲轟鳴，與雁門關遙遙相對的寧武古城，山字旗被暴雨狠狠淋透捲折，墜進一片泥濘。

洪水捲著砂石，從上游挖開的堤壩呼嘯著掠砸下來，狠狠淹沒了搶渡乾枯河床的鐵浮屠。

黑壓壓的禁軍沉默著，寸步不退，死死攔在通往雁門關的古道上。

景王發著抖，用力推開要勸自己回後軍避戰的親隨，登上戰車邊沿。

他讓衛兵將自己捆在了最前列的戰車上，渾身已被淋得濕透，只拿過紙筆銀子的雙手叫雨水砸得青白，顫巍巍死死握牢了面前的弩機。

雲朔城前，岳渠所部人人灌下一碗烈酒，將碗在地上狠狠摔碎，逼出最後一分力氣，與步兵合在一處，擋牢了要去馳援雁門關的拐子馬。

隆隆戰鼓驟然轟響，壓過了雨聲，壓過了雷鳴，漫過山野谷地。

完顏紹在戰鼓聲裡晃了晃，死死扯著馬韁回身，盯住身後高地。

蕭朔持劍勒馬，身後染血的雲字大旗穿透雨色，一片曜目的颯白燦烈。

雲琅視線穿過雨幕，與他的目光在莽莽夜色裡相撞，化開既甘且燙的笑意。

雲琅橫槍，「我中原生民在後，寸步不退、寸土不讓。」

「今日一戰，為後世開太平。」雲琅：「列陣，開戰。」

雁門關內，鋪開了本朝最慘烈的一場大戰。

完顏紹抹去臉上雨水，翻身上馬，牛角號聲淒厲長鳴，三色戰旗飛快匯在一處。

戰旗攪動，鐵浮屠喊殺聲震徹了白草口。

黑水靺鞨生性狂猛好戰，完顏部落統一各族反遼建國，短短數年就將契丹人盡數驅逐。黨項人自不量力，硬要以鐵鷂子對陣金人，鐵浮屠一戰立威，從此縱橫北疆，再不曾遇到過對手。

今日只是措手不及，中了埋伏，精銳戰力卻還在。

鐵浮屠兵力遠在朔方鐵騎之上，除了一支被禁軍死死擋在寧武的山字軍，餘下三支鐵騎合圍，哪怕一人換一人，也遠遠足夠將這些螳臂當車的中原兵碾死在這雁門關前！

完顏紹具裝披甲，接過副將手中長戟，一騎當先，衝入了車懸陣首位。

鐵浮屠從未吃過這般血虧，人人叫鬱氣憋悶得發狂，高聲嘶吼喊殺，浩浩蕩蕩撲向勢單力薄的雲騎。

雲琅身後，戰旗豁開鋪天雨簾。

錚聲清亮激越，馬聲嘶鳴，朔方輕騎沒有按常理正面應戰，反倒瞬息散開，列開了個更加古怪的陣勢。

三騎一戰，成錐形突進，掩護協同格殺。每三支三騎錐又有一人策馬呼應馳援，十騎聚成中等錐形，再擴再聯，彼此側翼呼應。

三十一百，三百一千，以主帥為錐尖那一點，凝成一柄尖銳鋒矢，徑直豁進了撲殺過來的鐵浮屠腹心。

鐵浮屠盔甲厚重，論起防禦幾乎無人能擋，卻勢必要犧牲靈活機變。被這古怪戰法一衝，一人便要應對一支三騎小隊，加上暴雨澆得鐵甲打滑，才一碰面，前軍就已紛紛身不由己墜馬。

完顏紹掃過陣中情形，臉色微變，手中長戟狠狠橫劈，「不可單打獨鬥，策應禦敵！」

鐵浮屠早慣了各自為戰，聽見主帥吩咐，忙三三兩兩靠攏。

雲騎卻根本不給他們這個機會，錐尖在隨著雲琅扎入敵陣後，便自動分散，三支三騎錐並一個什長各自為戰，看到聚團的鐵浮屠，便立即出手狠狠打散，有一支三騎錐被圍，卻立即有剩餘兩支疾馳援救。

這些鐵騎竟根本不管墜馬的鐵浮屠死活，只管將人擊落馬下，全不戀戰撥馬便走，直插向下一處兵團。

完顏紹不知雲琅葫蘆裡賣的什麼藥，卻本能知道這中原的白虎將絕不可能忽然吃齋念佛發了善心，心頭正疑雲重重，卻又聽得身旁副將顫聲高喊：「大皇子……快看！」

完顏紹聽見這一聲喊，心下陡沉，視線朝雨幕裡電轉般掃過去。

那面雲字大旗仍在原地，朔方軍的步戰營竟不擊鼓、不展旗，悄無聲息地下了山，不知何時漫進了這一片戰陣！

「快救！」完顏紹倏然醒悟，高聲喝道：「落馬自保！防備……」

他的話還未喊完，這些彷彿是隨著夜雨鬼魅一般混入戰局的步兵已亮出腰刀，將那些被沉重盔甲墜著跌落的鐵浮屠按翻在地上，毫不留情地舉刀沿甲縫狠狠扎了下去！

雨水轉眼變成了血泊，又被更瓢潑的暴雨沖散，只留下了冰冷的屍身。

這些步兵盔甲黢黑，甚至依然銜著潛行才用的葦葉，除了拔刀時才偶爾折出的寒光，幾乎徹底隱在了夜色裡。

沒有聲音、沒有顏色，在這樣的激戰間，根本無人能夠察覺。

不……有人能夠察覺。

那些騎兵像是根本不必細看參戰步兵的位置，卻總能將擊落的鐵浮屠砸在同伴最方便撲上去的地方。步兵也絕不會放一支騎兵尖錐落單，除了手持腰刀的，還有不少人手中拿了重斧大錘，全不管人，只隨騎兵配合步戰，尋了機會便狠狠重擊馬首。

馬頭有鎧甲包裹，能擋劈砍割刺，卻根本抵不住這樣的重錘。一時不知多少戰馬哀嘶著倒地，將背上鐵浮屠也一併重重摔在了地上。

鐵浮屠恨紅了眼，要來砍殺屠戮這些自尋死路的步兵，卻才一策馬，就叫幾組三騎錐牢牢圍死，只能眼睜睜看著那步兵再度隱入黑沉夜雨。

雨勢愈大，冰冷雨水砸得人睜不開眼。無邊雨幕濯洗著雁門關與寧武城，漫灌過白草口，濯淨破碎血肉刀兵寒光，瀰漫血霧裡，劈開滾石雷鳴相伴的曜白電閃……

不是雷電。

完顏紹血染戰甲，死命拚殺。

餘光裡掃見那道颯白身影旁側，始終穩穩墜了一道墨色勁騎相隨。

雲琅領核心鋒矢陣騎衝殺，將鐵浮屠大軍徹底攪散割裂，硬生生將大軍在這谷內盡數切碎。

錐形鋒矢，主帥一點壓力最大。雲琅分明已渾身浴血，卻全不顧防備，只管放手拚殺，手中銀槍矯若游龍，帶出一蓬蓬迸飛血光。

雲琅身側，墨色勁騎將他護得密不透風。

火字軍主將眼看部下死傷大半，紅了眼殺過去，被那墨騎不閃不避正面迎上，交錯須臾間，手中利劍已尋到細微不合身的鎧甲縫隙，撬開護心鏡，冰冷劍鋒徑直送入了主將胸口。

火字軍主將瞪大了眼睛，溫熱鮮血自甲胄內漫出來，墜在馬下。

「大皇子！」一騎斥候渾身淋漓鮮血，滾進谷口，「山字軍、山字軍……」

完顏紹眼底驟然冰寒，「山字軍如何了？」

「山字軍敗了！」那斥候愴哭出聲：「中原人陰險！樓煩關的漯水河谷今年開化得早，他們在上游事先築了堤壩，我軍渡河時受了重創，又被他禁軍與鎮戎軍趁亂合圍……」

完顏紹尚未開口，身旁副將已眥目急聲：「禁軍與鎮戎軍那般羸弱！二皇子如何敗的？」

斥候打著顫，不敢出聲。

完顏紹握住手中長戟，重甲長兵竭力拚殺一夜，他的手已隱隱發顫，勉力穩住了沉聲道：「不必說了……你只告訴我，他答應了中原人什麼條件。」

斥候哽聲：「大皇子……」

完顏紹嗓音忽厲：「說！」

「二皇子應了與中原講和，與中原合滅大遼。」斥候瑟瑟發抖，「遼地烏古敵烈統軍司以南，皆歸中原……」

完顏紹闔眼，啞聲問：「可稱臣、可納貢？」

斥候再答不出半句話，伏在馬上，嚎啕大哭。

完顏紹晃了晃，以戟支地，生生嗆出一口烏血。

偏將與斥候大驚，急撲上去相扶，「大皇子！」

完顏紹將幾人用力推開，策馬上前，朝陣中厲聲：「雲琅！」

這一聲喊已近乎淒厲，鐵浮屠聽得出主帥聲音，心中劇震，不由跟著緩緩停下拚殺。

雲琅槍尖已叫血色染透，空著的手在身旁墨騎臂間上一扶，穩住身形，勒馬朝他看過來。

「我從應州城出來，不止帶了兵馬，還給你帶了人。」完顏紹狠狠揚手，幾個捆作一團的人被拖扯出來，推搡到帥旗下，「襄王和他的走狗，命都給你。放我一馬，讓我帶千人回去宰了那敗軍竊國之賊，你可答應？」

雁門關內一片死寂，完顏紹眼底盡是血色，越過戰陣盯住雲琅。

雲琅靜了片刻，收回視線。

完顏紹臉上血色愈淡，他的嗓音有些嘶啞，慢慢道：「要給你們中原的皇帝和朝堂，給你們的子民看，你如今的戰果已足夠了。」

「不止。」雲琅道：「還有人在看。」

完顏紹瞳孔微縮，「誰，北疆部族？你放心，今日一戰後，五十年內，不會再有人敢輕叩你中原邊關……」

雲琅：「不止。」

完顏紹停下話頭，眉峰蹙緊。

「佑和二十九年，飛狐口一戰，我軍死一萬九千三百二十七人，傷者無數。」

雲琅：「佑和三十年五月，偏頭關遇襲，死三千六百九十八人。」

完顏紹呼吸滯了滯，瞳底殺意漸漸斂去，闔了眼。

「佑和三十年冬月。」雲琅仍在繼續說：「寧武失陷。守將死戰不退被俘，自剖腹間傷處，斷腸殉國。」

「祐和三十一年，汜水關一戰，死五千六百九十四人。」

「佑和三十二年，陳家谷一戰，鄰軍不救，三萬人血戰殆盡，主將受俘，絕食三日自盡。」「嘉平元年，黃天蕩一戰，兩軍相持四十日。死兩千八百餘人在冊，其餘募兵來的民軍不知其數。」雲琅語氣平靜，幾乎只像是在背誦樞密院的尋常上書，卻又彷彿在念著某塊天地間的無字碑文。

每說出一句，朔方軍眼底的血色就烈一分。

完顏紹在雨中靜聽，臉上血色終於徹底褪盡，用力闔了下眼，大笑起來，「好……好！」

「累累血仇，你自不該退，今日有來無回，有死無傷！」完顏紹放聲笑道：「來，死戰！敬我征伐宿命，敬你中原英靈！」

他一騎當先，手中長戟劃開半弧，鉤啄刺割，旁若無人殺入陣中。

蕭朔正要催馬，卻被雲琅抬手，虛按住手臂。

蕭朔迎上雲琅視線，眉峰微蹙，「你去斬人奪旗。」

「你去。」雲琅笑了笑，「山下等我。」

蕭朔盯住雲琅，瞳底映著他眉宇間笑意，沒有立時應聲。

完顏紹絕不能活著出去。

邊疆部族不能再有一個滿是野心的梟雄，今日縱走了完顏紹，來日他重整鐵浮屠，戰火早晚要燒回北地邊境。

可鏖戰一夜，兩軍卻都已然到了強弩之末。若不靠主將拚殺，只以騎兵圍剿，還能叫完顏紹再殺個幾十上百人。

視線相擊，無數念頭狠狠撞在一處。

不過瞬息，蕭朔已調轉馬頭，直奔向了那一杆金人帥旗。

雲琅一笑，回馬橫槍徑直迎上完顏紹，銀槍刺破漫天雨幕，迎上挾千鈞之勢劈落的長戟。

鐵浮屠豁出命守主帥，層層圍上來。

白馬過不去，人立長嘶。雲琅拋開韁繩，踏鞍借力，身形掠過重重兵戈鋒刃，直取正屠殺朔方軍的完顏紹。

朔方騎步兵立時填上，與鐵浮屠轟在一處。

完顏紹在酣戰間察覺雲琅身形，倏然回戟，朝雲琅當胸狠狠穿透，卻刺了個空。

雲琅以槍借力，矮身避過這必殺的一戟，踏過山石縱身掠起。

雷吼風嘶，滂沱暴雨打得人睜不開眼，那一道燦白人影幾乎像是掣電天兵，槍尖刺破接天連地的水霧，徑直貫穿了完顏紹的咽喉。

金軍帥旗捲落下來，墜在關下。

仍在搏命的鐵浮屠聽見嘶吼，茫然回頭，看著眼前的人和旗，漸漸停下動作。

副將眼睜睜看著完顏紹跌在馬下，赤紅著雙目殺向雲琅。他手中彎刀眼看要披在那中原殺神天兵的身上，忽然一滯，頹然軟下去。

雲琅半跪在地上，以槍支撐著，抬頭看向那一道飛來的墨騎。

蕭朔手中握了他的雪弓，直策入山下惶惶敵陣，跳下馬，單膝點跪在雲琅身前，伸出雙手將他扶住。

主帥斃命，將旗已折。剩下的鐵浮屠徹底沒了再打下去的力氣，戰心戰意一併竭透，幾乎昏厥一般脫力地重重墜下馬背，被按翻在地上綁牢。

喊殺聲停下來，白草口內外終於恢復了往日的安靜，只剩下瀟瀟雨聲。

雲琅緩過眼前白茫，抬起嘴角，迎上蕭朔的視線。

他靜了一刻，慢慢舉起尚能動的左手，抹去蕭朔頰側淋漓血跡。

蕭朔握住雲琅那隻手，一手扶在雲琅背後，穩穩撐住他身形。

朔方軍將士聚攏過來，彼此攙扶站穩。人人身上縱橫傷痕淋漓血色，在雨裡沉默著，眼裡卻有燎原烈火在燒。

燒，沖天地燒。

燒淨無邊鬱結滯悶，燒淨胸中酸澀痛楚。

將這一片戰場也燒淨了，祭英靈，祭同袍，祭忠臣良將英雄血。

祭血戰殉國、至今仍困在雁門關外，不得歸鄉的故人魂魄。

「收兵。」雲琅借力起身，以槍支地，緩緩站直，「我帶你們回家。」

雨散雲開時，天邊也亮起了第一縷日色。

禁軍與鎮戎軍回師雲朔，共鎮三城。前太守嚴離與大理寺卿商恪代掌政事，重整防務，片刻不停地安置起了應州城內起義的百姓與朔州流民。

岳渠親自帶人去雁門關，從被鮮血染透的白草口內，接回了傷痕累累的朔方鐵騎。

這一支騎兵回到雲州城下時，不止城下駐軍，連正擠擠挨挨忙著入冊的平民循聲看過去時，也不由自主靜了下來。

雨後拂面的濕潤和風裡，人人愕然屏息，睜大了眼睛，安靜得鴉雀無聲。

眼前的隊伍，甚至已經不能稱之為「騎兵」。他們身上的盔甲都已殘破得難以拼湊，手中刀刃

矛鋒早捲了刃，不少甚至已硬生生斷去大半，只剩下浸透了暗紅色血液的粗礪茬口。戰馬早叫血浸得看不出本色，四蹄打著顫，由人牽著韁繩，幾乎是慢慢拖曳回了城前的平坦空地。

一匹戰馬蹄下踏空，栽倒在地上，一動不動，竟生生耗得再沒了站起來的力氣。

等在城前的駐軍早準備妥當，飛撲過去，兩人架住一個，先扶到草擔上歇息。

城中大夫並軍中醫官來來回回穿梭，馬不停蹄凝神驗查。凡有重傷的立時抬進城中醫治，傷勢稍輕些的就地清洗傷口上藥包紮，盡全力免去受傷後能奪人性命的可怕炎症。

雲州城內的醫館藥鋪早將傷藥繃布盡湊在一處，連平日裡最值錢的老參也不要錢一樣往外倒，熬成熱騰騰的參湯，一點點餵進這些已近乎虛脫的昏沉軍士口中。

「俘虜了千把人。」神騎營主將叫兩人架著，臉上血跡縱橫，同茶酒新班的將軍笑了笑，「剩下的……全殺光了。」

「在飛狐口伏擊清潤騎射……將清潤營打沒了的那個金將，我替你殺了。」神騎營主將握住對面人的胳膊，掙著使力，啞聲道：「你再去祭你兄長時，對他們說、對他們說……」

他聲音沙啞得說不下去，握刀握得僵硬的手傷痕累累，近乎痙攣地攥著眼前同伴的手臂，眼底泛起壓不住的血色。

茶酒新班主將死命壓下哽咽，伸出手，將他用力抱實。

風過雨歇，雲州城下忙碌而安靜。

有來觀望的草原斥候遠遠徘徊，看清被俘的鐵浮屠，看清那些生生打殘的鎧甲兵器仍佇立不倒的中原兵，心膽俱寒，頭也不回地遁入了茫茫山陰草場。

朔方軍背後空虛，不敢全力用兵，太久未曾有過這樣的酣戰。越咬牙隱忍，越招來殺機環伺，一場接一場仗打不完，鈍刀子一樣，無休止磨損著筋骨血肉。

這一場近乎慘烈的全勝，終於徹底震退了這些四方覬覦的馬上部族。

回過神的百姓爭先恐後湧回去，翻出潔淨素布、水米臘肉，實在尋不到東西的便去給醫官打下手。半大的少年被父母催著來回飛跑，從溪流上游一趟趟打來最乾淨的清水，小心翼翼灌進竹筒裡，捧去給醫官拿來沖洗傷口。

「要好好修整一陣。」韓忠帶人過來，迎上岳渠，「朔方軍的兄弟們只管歇息。只要信得過，防務有鎮戎同禁軍共管，定然不會出岔。」

「如何信不過？」岳渠大笑，「若論全勝，倒是你們這一頭打得最乾淨俐落！」

誰也不曾想到金人當真敢不留兵力守王帳，當初商議戰局時，根本無人想到要防備這第四支鐵浮屠。

若非雲琅及時調禁軍攔截，商恪又飛馬來傳鎮戎軍，叫這一支精銳王帳軍加入戰局，勝負只怕都未可知。

岳渠身上帶傷，領剩餘騎兵攔截出城的鐵浮屠，又硬槓拐子馬，此時也已幾乎耗盡力氣。他不耐煩被人攙著，將親兵轟走，自己找了塊石頭坐下，「你那一頭究竟如何打的？我們苦哈哈搏命，你那裡怎的用兵如神，就將一整支鐵浮屠活生生嚇縮回去了？」

「雲將軍用兵如神。」韓忠啞然：「也不知從哪裡新學來的……一場泥石流，就將鐵浮屠前軍盡數沖毀了。」

禁軍由連勝執掌，奉雲琅軍令掘土築堤阻攔上游水勢，泥石流淹了前軍，又將後軍擋在了滔滔洪流對岸。

金兵惱紅了眼睛，搭鐵索浮橋強渡，要禁軍血債血償。

「韓從文你可記得？」韓忠在一旁坐下，「兵部尚書的小兒子，他爹說他若敢從軍，便親手打

斷他的腿。」

「記得。」岳渠摸摸下巴，「後來他不還是偷著跑去入了軍籍？他老子去揍他，一不小心踩進他挖的陷坑，反倒將自己的腿摔折了，叫整個京城笑話了半年。」

韓忠點點頭，「他趁連勝不注意，帶人在離岸三丈遠的地方，又挖了一長條陷坑。」

岳渠：「……」

「依仗地利罷了。」韓忠道：「若非事先挑中寧武布防，也不會有這些局面……只是此子能這般豁得出去，前途無量。」

韓忠準備給兵部尚書寫封信，撚了撚衣袖，繼續道：「禁軍帶了神臂弩，弓長三尺三，可射二百四十步，本想送去支援雁門關，可雲將軍說白草谷內地形複雜，施展不開。」

「雲將軍派人送了神臂弩與馬步騎兵配合陣法，鐵浮屠的鎧甲攔不住神臂弩，三挫而竭，叫我軍趁機衝殺占了上風。偏偏那領兵的皇子又是個沒囊勁的，叫這般陣勢一唬，便不敢打了，說要議和。我等原本不想答應，景王殿下卻忽然說，這筆生意興許能做……」

韓忠說到此處，忽然想起來，四下裡看了看，「景王殿下呢？」

岳渠指了指應州城，「去找他那兩個大侄子，跟著一起巡城去了。」

韓忠愣了愣，才反應過來他在說誰，愕然起身，「雲將軍與琰王殿下鏖戰一夜，竟還不曾回城歇息嗎？」

「應州城與朔州都是新得的，那小子心細得頭髮絲一樣，沒親自巡過一遍排淨隱患，能放心歇著？」岳渠已勸過幾次，終歸拗不過雲琅，悶聲粗氣道：「勞碌病，沒藥可治了。」

韓忠怔忡半晌，終歸深深呼了口氣，身心敬服坐回去。

若非這般心細如髮，運籌帷幄總攬戰局，只怕連這第四支鐵浮屠都排不出來。

倘若寧武無人攔阻，朔方軍定然身陷險地。倘若排兵布陣稍有不妥，禁軍與鎮戎軍不止幫不上忙，只怕還要拖弱朔方鐵騎戰力。

今日一戰，若沒有雲琅居中調度，縱然死戰能勝，也絕不會有這般酣暢淋漓的大捷。

「推演戰局、排布兵力，居中調度各方，半分都不曾出錯。這裡面要耗的心力，絕不比打一場仗來得少。」韓忠低聲：「等巡城回來，定然要勸雲將軍好生歇息。」

岳渠如何不清楚，灌了一大口酒，不冷不熱：「要他好生歇息，豈是我等勸得住的？」

韓忠微怔，他不知岳渠和雲琅是否生了什麼誤會，卻聽得出岳渠話音分明不豫，有些猶豫，看了看岳渠身後的白源。

白源咳了一聲，神色不動，閉緊嘴飛快走了。

韓忠愈發一頭霧水，低聲試探：「那……誰能勸得住？」

「自然是他那先鋒官、大侄子、相親對象。」岳渠咬牙切齒，「哄上兩句好聽話，便捋順了毛抱回去了！有我們什麼事？」

「……」韓忠全無防備，訥訥：「哦。」

「還要湊在一塊兒，專在那沒成親、沒成家的人眼前晃悠，還要問人家心裡難不難過，孤單不孤單！」岳渠火冒三丈，「你說孤不孤單？」

韓忠後悔已來不及，一時羨慕起了眼疾腿快脫身的白源，乾咳道：「孤單。」

岳渠這些天沒完沒了叫這兩人在眼前晃，心中就沒舒坦過，扯著韓忠，「你成家了嗎？」

「先人云匈奴未滅，何以家為……」韓忠愧然：「不曾。」

岳渠狠狠灌了口酒，「你知不知道那兩個小兔崽子整日裡都做什麼？」

「……」韓忠不想知道，定了定神，起身告退，「岳帥好生休息，下官……」

「抱一抱也就罷了，好歹定了終身，不算荒唐。」岳渠在心底裡積了很多話，需要找一個同樣沒成家的人說，滄桑長嘆，「實在不像樣！堂堂雲騎主將，睜眼編瞎話說走不動，抬腿就往人家胳膊上蹦，拿個筷子就說手疼，要人家給揉！」

韓忠這些年都是孤單一人，聽得愈發難過，「岳帥。」

岳渠切齒，「那一筷子菜還要人家給吹涼！如何嬌慣成這樣？自己吃口飯、喝口茶，居然都能燙著……」

韓忠失魂落魄，匆匆一禮，拔腿逃去交代防務了。

岳渠才開了個頭，眼前忽然沒了人，愕然四處張望了半天，問清楚韓太守去向，叫人扶著追過去，好再往下細說自己這些天來的所聞所見。

應、朔兩城，雲少將軍終於巡完了最後一處，徹底安心，叫琰王殿下抱回了雲州城。

蕭朔將他抱回房，叫人將景王攔在門外。

他讓雲琅靠在肩頭，細細按揉著右腕穴道。

接著挑了一箸清炒茭白吹涼，輕聲道：「張嘴，吃些。」

雲琅飯來張口，美滋滋接了那一筷子菜嚼嚼嚼，「渴。」

蕭朔攬住雲琅肩背，去拿桌上溫熱茶水。

雲少將軍實在料事如神，被他劫去的那一劑沉光，終歸還是事先偷偷減半了分量。

蕭朔此時只是覺得疲乏入骨，卻終歸還尚能支持。他將雲琅扶穩，倒滿一杯試了試茶溫，回過

頭來時，動作忽然微頓。

溫熱氣流輕輕淺淺，蹭過衣領，拂開和軟微涼。

雲琅倚在他肩上，半張臉埋進他頸間，半日不曾抬過的手臂攢足了力氣，幾不可察地挪了挪，指尖勾住蕭朔的袖口，虛虛纏了半圈。

雁門關月下無邊戰意鋒芒的眉宇，此刻一片已有歸處的柔和安靜。

雲琅氣息安穩，容色淡白放鬆，偎在他懷間，已睡得熟了。

整整三日，兩位帶著朔方軍大捷歸來的年輕將軍，都不曾再在眾人面前出現過。

雲、朔、應州城各處，諸般事宜都已漸漸步上正軌。朔方軍回雲州城妥善休整，景王與大理寺卿共鎮管理，府衙官員各理其職，朔州與應州城的生民都有了妥善安置。

趁著這一場霖雨未過，眾人甚至已將荒廢許久的土地重新拾起來，齊心協力闢出田壟，將官府撥發的救濟糧種播了下去。

透雨過後，日光明澈。天藍得水洗一樣澄淨，風已開始回暖，嫩綠的芽葉從階旁悄悄探出來。

景王與新任的大理寺卿紮在雲州太守府，終於理順了三城事宜。叫各方執事分發交代下去立辦，走出門來透氣，已離那堪稱慘烈的一戰足足過去了一日兩夜。

韓從文替換了連勝，坐在門前階上值守。他懷裡仍抱著自己的戰刀，已撐不住地打起了瞌睡，叫開門聲倏地驚醒，「王爺，大人。」

「怎麼沒去歇息？」商恪此次隨禁軍前來，已認得他，「景王與我只是理政，不必特意值守，去緩一緩乏，睡一覺再來。」

韓從文低聲應了是，卻仍不走，只起身退在一旁。

商恪看了看他，接過隨從手中外袍，「殿下昨日醒了嗎？」

「醒過一次。」韓從文道：「問了少將軍情形，聽醫官說不礙事，才又睡了。」

商恪點點頭，走到府門前。

雲琅與蕭朔歇在別院，這一戰兩人都耗費良多，心力體力一併支取近竭，連那夜的慶功宴也不曾去，自回了院中歇息。

雲琅睡沉後，這些日拿藥壓下去的疲累隱患翻扯上來，狠狠發了一回熱。景王急得火上房頂，幾乎要快馬回京將太醫扛來北疆，叫商恪勸住了，與蕭朔共診過脈，情形反倒比預料好得多。

昔日在京中，梁太醫以藥石針灸設法，引雲琅體內蟄伏的舊疾隱患發出來，下猛藥醫過一次。偏偏那時諸事未了，雲琅再盡力配合，也終歸不可能全然放鬆。

雁門關一戰全勝，雲琅心頭執念悉數了結，這死結才算終於徹底解了。

「不用退熱的藥，當真不打緊？」景王至今還全不放心，皺緊了眉低聲道：「他這些年磋磨得太狠，雖說已補得差不多，根基到底比常人不如些，我怕他這一燒便燒傻了。」

「……王爺。」商恪道：「高熱傷神志一說，只在幼兒中可見。」

景王勉強信了，仍心事重重，「會不會燒壞了眼睛？學宮有位酈先生，當初發熱歇了幾日，眼神便很是不濟了。」

商恪頓了頓道：「酈文柏老先生昔日執教王爺時，高壽八十九，不能在三丈外看見王爺，不算眼力不濟。」

景王憂心忡忡，「若是驚厥抽筋呢？」

「……」商恪：「有琰王抱著睡，若抽筋了，便讓殿下揉揉。」

景王：「啊？」

景王來得倉促，府上家小全不在身邊，已無人同榻了大半個月，只覺無邊孤單淒冷。

他這幾日忍著頭疼埋頭學執事理政，已被商恪折磨得恍惚，屢屢錯覺彷彿又見了一位開封尹。此時看著商恪，全想不到這一本正經的人能說出這種話，愕然瞪圓了眼睛。

商恪面無表情，將開封府尹親手送的外袍披上，去了琰王殿下與雲少將軍所在的別院。

別院內，蕭朔已醒了過來。

他牽掛雲琅，本就睡得不沉。那一劑沉光又被雲少將軍暗地裡減了半，這幾日放開心神醒醒睡睡，歇過了刻骨疲乏，便已緩過來得差不多。

將熱乎乎的少將軍抱在懷裡，兩人挨著額頭睡在一處，昔日那些折騰人的夢魘，如今竟一個都不曾再來過。

「蕭朔！」景王一眼見他醒了，風風火火過去，急忙詢問：「雲琅如何了？可還要什麼補藥？我派人去找……」

蕭朔已替雲琅診過脈，抬手將人攔在門口，「不礙事。」

「燒了這麼多日，也不礙事？」景王犯愁，「商恪說這時候不宜用藥退熱，我怎麼也想不透這個理，不退熱如何能好？」

蕭朔搖了搖頭。

「你能不能多說幾個字？」景王一陣抓狂，「小時候你就是！帶出去彷彿帶了個啞巴！你以為人人都是雲琅？整日裡誰找他也不去玩，專門去你那書房，上趕著找你訓他……」

「不是身上的病，心結盡消，不用藥也能好。」蕭朔道：「只是累得狠了，若能不大吵大嚷叫他好睡，還能更好些。」

景王：「……」

「殿下。」商恪道：「我來替雲將軍診脈。」

蕭朔同他點了下頭，將商恪讓進去，回到榻前。

雲琅睡著，叫身旁動靜驚擾，睜開眼睛望了望，看見蕭朔，眼底就泛起點暖熱的笑影。

「不妨事。」蕭朔握住他的手，「餓不餓？」

雲琅朝蕭朔彎了下眼睛，搖搖頭。

他只想再多睡些。如今每一樁事都有了妥當託付，這些年片刻不敢停的步子終於能緩一緩，壓在比筋骨經髓更深處的疲乏滔天湧上來，叫人只想痛痛快快無所顧忌地睡一場。

雲琅精力不濟，只說了這一句，眼睫就又墜沉下來，側身往蕭朔身旁偎了偎，又要闔眼。

「撐一下。」蕭朔將人抱起來，攬住雲琅仍泛著熱意的肩背，叫他靠在身上，低聲道：「大理寺卿來診脈。」

雲琅聽見「大理寺」幾個字，模模糊糊蹙了下眉。隔了一刻，堪堪想起如今的大理寺卿已換了人，倚在蕭朔肩頭，同商恪笑了笑。

商恪同他一禮，拿過雲琅右腕，擱在脈枕上。

只是心結開釋、舊疾催發，也不至於發熱這麼久。

雲琅如今身上熱力，一半是累年壓制的疲累討伐身體，一半是叫這霖雨牽扯了筋骨下蟄著的陰寒濕氣折騰。

【第九章】

我以明月，報他冰雪
他一身清白，由我來還

北疆平日裡乾旱，遇上霖雨，卻動輒連綿數日。往年的霖雨大都要再晚上十天半月才來，今年來得早，卻也極是時候，若沒有雁門關一場及時雨，朔方軍戰損尚且還要再翻個番。

商恪與蕭朔合計，加重了雲琅藥裡催行血氣、祛濕驅寒的幾味藥，只是這藥用了便難免難受，故而連安眠的也加了量，好趁著這一場大睡將最難熬處過去。

雲琅由商恪診脈，靠在蕭朔頸間，藉著蕭小王爺的手慢慢喝了一碗熱米酒，「朔方軍……」

「各營妥當。」蕭朔知道他要問什麼，將碗放在一旁，攬住雲琅肩脊，「此番陣亡的將士，都已被三城百姓收斂回來安葬，三日後黃河畔安魂。」

雲琅肩背力道微凝了下，闔了眼，去握蕭朔的手。

「會叫醒你。」蕭朔將他那隻手攏在掌心，「你還要主祭，這幾日要好好睡，攢足力氣。」

雲琅抬了抬嘴角，輕輕點頭。

他此刻心神清明了些，雖然仍乏得脫力，卻已想起幾件格外重要的事，「襄王如何了？」

「有專人看押，帶回京處斬。」蕭朔道：「放心。」

雲琅不大想得出這人留著還有什麼用，卻也知道蕭小王爺向來有主意，並不多問，點了點頭，「還有件事，不很緊要，但早做些妥當。」

商恪診過脈，同蕭朔點了點頭，看向雲琅，「什麼事？」

「雁門關……這次差不多毀透了。」雲琅歇了一刻，藉蕭朔支撐，坐起來了些，「歷代草原部族，被擋在雲朔之外，不只靠駐兵戍邊。」

「重修長城，攔阻背面遊牧騎兵？」商恪略一沉吟：「烽火臺、敵樓，堡寨塹壕……索性連關也一起建，寧武也當設一座關，樓煩關太陳舊了。」

雲琅戰前就已想過此事，只是那時說了尚早，便暫且擱置了，「我踏勘過幾次，舊關東北十里

地勢更險，南護代城，能與寧武呼應。」

如今只中原有幾樣火器，遊牧民族仍以騎兵為主，極受地形限制。若要阻攔這些呼嘯往來的遊騎兵，最好用的，終歸還是砸不透、轟不開的城牆。

商恪點了點頭，在心裡記下，「朔方軍要回京，給鎮戎軍來建嗎？」

「半軍半民。」雲琅撐了下，靠在蕭朔臂間，「戰亂賑災，與災荒不同……歷代不曾有過章程，我等姑且一試。」

商恪已聽懂了他的意思，略一思索便目色一亮，欣然笑道：「此事是景王本行，不如煩勞王爺，再多操些心。」

「又有我的事？」景王吵醒了雲琅，滿心愧疚立在門口反省，剛躡手躡腳摸進來，就聽見這一句，愕然痛徹心扉，「你們幾時能不再算計我？」

「明年此時，便不算計了。」蕭朔摸出雲琅背後虛汗，不讓他再多說費體力，將人仔細攬回榻上，掩好被角，「有事求你。」

景王尚在滿心滿肺痛徹，聽見這一句，不由又是一愣。

三人自小在一處長大，直到今日，景王也不曾聽蕭朔說過幾次「求」字，更何況竟是上趕著來求他。

景王一時竟有些飄飄然，忍不住就要拂袖，堪堪繃住了，咳了咳，「什麼事？」

「戰亂賑災，若依照災年舊例國府撥糧，反倒不利糧價，有損農事。」蕭朔道：「若召百姓修城關，又難免苛民，不是正道……」

「這還不容易？」景王立即說道：「不就是以前募兵，如今募民，百姓來修城，便給糧食布匹報酬。」

景王這些天叫商恪塞得滿腦子政事。他原本對這些不耐煩至極，叫商恪循循善誘了幾日，受了啟發，竟忽然覺得治一城一地也與開酒樓差不多，其實並非書上那般枯燥索然，反倒有趣得緊。

此時不用蕭朔細說，景王一點就透，當即融會貫通，拍了胸口，「知道了，無非就是災年施粥要被人搶，不如多雇幾個夥計……同開酒樓差不多，我去了。」

蕭朔話才說到一半，眼睜睜看著景王拔腿出門。

商恪起身送景王，虛掩了門，回身迎上兩人視線，「有不妥處？」

「沒有。」雲琅躺在榻上，心情有些複雜，「商兄如今……進展如何了？」

「景王已覺得治一府之地，同開酒樓差不多了。」商恪道：「再給我幾日，大抵秦鳳路經略安撫使，可以哄騙王爺來做。」

雲琅：「……」

「若要哄到景王心甘情願，相信治天下同開酒樓差不多……」商恪略一思慮，「大抵還需月餘時間。琰王殿下若要謀朝篡位，下手慢些。」

雲琅如今終於知道了商恪是怎麼潛伏在襄王手下、立足這些年而不出破綻的，一時竟不知該不該油然生敬，按著胸口，心服口服，「……好。」

商恪同兩人一禮，出了門，去尋景王幫忙了。

眼睜睜看著景王高高興興進了坑，親手將坑挖至今日的兩個人送了商恪出門，心情一時竟都有些許複雜。

「哪日景王即了位，你我當天便辭官交權，回北疆賣酒也好，去遊歷山河也行。」雲琅感慨：「萬不可等他回過神來……」

「不妨事。」蕭朔搖了搖頭，「以大理寺卿的手段，他回過神來，少說也要一兩年。」

雲琅細想了半晌，竟覺無處反駁，不由扼腕。

蕭朔落下視線，握開雲琅按在胸口的手，掌心覆上來，緩緩施力按揉。

雲琅還在心疼景王，叫他引得回神，怔了下，沿著覆在心口的溫溫熱意，迎上蕭朔視線。

雁門關一戰，為亂鐵浮屠陣腳，用了錐形鋒矢陣。

雲琅始終在錐尖那一點，將朔方鐵騎攔在身後，單人獨騎正面刺穿鐵浮屠車懸大陣，一人便承受了戰中少說三成的壓力。

若沒有雲琅做主將，換了任何一人，朔方軍的傷亡只怕還要再翻一倍。

「還會難受嗎？」蕭朔握了他的手，替雲琅慢慢推拿血氣，「若憋悶得厲害，便咳出來。」

雲琅怔了片刻，眼底化開些笑意，「好多了。」

那日回來，雲琅便放了心只管昏睡，今天才清醒得久些。他聞見屋內飄著的淡淡藥香，被蕭朔握著的手動了動，反握上來，「你傷得如何？」

「皮肉傷。」蕭朔道：「要對我動手的，都被你一槍挑乾淨了，就只叫刀箭刮了幾下。」

雲琅側過臉，視線落在蕭朔衣襟內隱隱透出的繃布上，扯了下嘴角，將那隻手慢慢握實。

戰場上短兵相接，生死都在須臾。兩人彼此託付性命，要守的便是對方背後的一切刀槍冷箭。

他是主將，無數刀劍都衝他來，蕭朔替他在背後守著的，遠要比他更多。

小王爺平日裡錙銖必較，事事記仇從不吃虧，今日問起來，便只是「刮了幾下」。

「賒著帳。」雲琅輕捏了下蕭朔的手，「待回去了，湯池裡慢慢算……」

蕭朔頓了頓，俯身下來，低聲道：「算什麼？」

雲琅耳根一燙，扯了下嘴角，熱乎乎偏過頭，闔了眼睛。

那一戰回來，直到今日，兩人還沒來得及好好說過話。

雲琅很想同蕭朔再多說些，不只是受了些什麼傷，還想再問問小王爺這幾日睡得好不好、記不記得吃飯，那「事情越妥當順遂便越要在夜裡發噩夢」的毛病，究竟好了沒有？

但的確太舒服了。

久違的安寧溫溫裹著，半開的窗外透進清新的雨後涼風，同明淨暖融的陽光氣息一道，覆落在身上。

兩人的皮肉傷都不算太麻煩，上幾日藥便能收口，覺得累了便倒頭大睡，也用不著擔憂睡過了什麼要緊關竅。連這一戰裡胸肋之下心脈的些許震傷，也不過只要躺上些時日，好好喝上幾碗藥，便能輕易調養痊癒。

不必為了什麼始終留根心弦，他們該做的已做完，擔子一樣接一樣被分了出去，有越來越多的同路人……

和被騙上路的無辜酒樓老闆。

雲琅暈暈沉沉躺著，幾乎已又要陷進放鬆的昏睡裡，叫念頭牽得沒繃住，輕輕笑了一聲。

擁著他的手臂動了動，貼近了些，暖融手掌貼在他後心。

雲琅被攬得側躺過來，眼睫隨著顫了顫，枕在蕭朔臂間，低聲道：「小王爺……」

蕭朔攏實懷抱，輕聲問：「還是頭暈？」

「不重。」雲琅道：「只是累。」

「累便放心歇息。」蕭朔撫了撫雲琅頸後，「我這幾日睡得很好，不曾再有夢魘。該用的飯食都已用過，只是今日起，要將你擾起來一同用飯，先同你報備一聲。」

雲琅愣了愣，半晌忍不住笑出來，在他頸間微微點了下頭。

兩人自小一同長大，這些年來，雲琅都已習慣了蕭小王爺悶葫蘆一日只說三句話的本事。蕭朔

說幾個字，雲琅便能八九不離十地猜出蕭朔心中念頭。

如今……蕭小王爺這項本事，眼見著也已快練得大成了。

雲琅安穩閉了眼，叫極淡的折梅香與微苦藥香裹著，心神陣陣昏沉。方才同商恪交代的幾句，就已將他攢下來的力氣耗去大半。雲琅伏在蕭朔頸間，將他衣袖握住，低低道：「你夢見過王叔和王妃嗎？」

蕭朔微怔，如實道：「夢見過。」

「我也夢見過。」雲琅聲音極低，已輕得彷彿氣音，牢牢握了蕭朔的手，「只是太累了，動不得。我很想王叔王妃，你替我去磕個頭，我來日還你……」

「……」蕭朔：「還什麼？」

雲琅睏懵了，很大方，「磕回來，磕個響的。」

蕭朔：「……」

少將軍賒帳還帳向來痛快，只是此事的確不很妥當。

蕭朔攬住他，低頭想要細說此事替便替了，不必特意來還，才將人扶住，臂間卻忽然一沉。

雲少將軍交代完了心事，在先鋒官懷裡尋了個舒服的窩，一頭埋進去，熱乎乎又睡得熟了。

次日夜間，雲琅由醫官施針，出了一身淋漓透汗，終於退了幾日的低燒。

施針後透睡一場，這一遭便算是徹底過去了。

雲琅如今身體底子已恢復得很不錯，此番將體內蟄伏舊疾盡數發出，尚未徹底調理妥當，脈象

已比過去穩定堅實了太多。

蕭朔叫了熱水，扶著雲琅仔細洗過拭乾，換了潔淨衣物抱回榻上。

雲琅叫蕭小王爺收拾得舒服了，靠在榻前，氣色好得不可同前幾日共語，就著蕭朔的手慢慢喝粥，「這兩日又有什麼新鮮事？同我說說……」

「京中來了特使，帶了任免令。」蕭朔拿過軟枕，墊在他背後，「簡明政事，允大理寺卿代天子牧北地，就地任免雲、應、朔三地官員，其餘獎罰功過，回京由政事堂論處。」

「這般俐落？」雲琅目光一亮，笑道：「少了無端冗政兩頭跑，好事。」

蕭朔點了點頭，「各城官員執事，有輕車都尉輔助，景王已與大理寺卿調配妥當，送了份名錄過來。」

要論對本地官員的瞭解，任誰也比不過不歸樓的胡先生。有白源輔助謀劃，商恪坐鎮，無論如何也出不得什麼錯處。

雲琅大略看過一遍，點點頭，又忽然想起件事，「龐轄不在上面？」

「不在上面。」蕭朔道：「雲州前太守嚴離官復原職，應朔各有調派，沒有缺處。」

「這般人才，我便不信商恪能放過去。」雲琅笑道：「快說，將他弄去什麼地方了？」

蕭朔迎上他眼中清透笑意，抬了下嘴角，點點頭，「要帶他回京。」

雲州太守龐轄私德有虧大節無損，在雲州城頭手刃竊國之賊，功過相抵。

雖然政才平平，不宜執掌一州，這份見風使舵能屈能伸、見人說人話見鬼說鬼話的本事，卻是京中那些直臣諍臣絕沒有的。

如今情形，待朔方軍回京，改天換日勢在必行，其後的變法牽涉卻絕不止於此。

京中世族高門、王侯官員，糾葛牽涉無數，註定不能以快刀斬亂麻一氣解決。要變法改制重新

定規，定然要有人在各方中間周旋應付，才能緩和這一場驚天動盪的餘震。

「不愧是政事堂出來的人。」雲琅心服口服，「對了，商兄今日怎麼沒來，景王發現這跟說好的賣酒不一樣了？」

「不曾，景王至今還覺得自己在任命掌櫃、帳房和店小二。」蕭朔道：「只是快馬來送任免令的特使，有些不同之處。」

雲琅怔了一刻，忽然回過神，倏地坐直，「參知政事把開封尹弄來了？」

蕭朔點了點頭。

如今京中行事，已不便處處合法，留著一個違法必究的開封尹，只會處處掣肘。況且襄王在北地的勢力已被拔除乾淨，京中卻盤踞太深，一旦襄王覆滅的消息傳開，有瘋起來報復的，難免要衝衛准這個試霜堂出身的所謂「叛逆」下手。

如今這些清正直臣，有一個算一個，皆是來日朝堂的中流砥柱。如今將開封尹轟出京城，倒也不全是參知政事心疼自家學生。

「很妥當。」雲琅舒舒服服抱著小王爺睡了這些天，推己及人，也覺得大理寺卿的床榻實在清冷，「商兄砥柱中流這些天，也該好好歇歇……」

蕭朔頷首，「故而，今夜輪我去騙景王。」

「……」雲琅：「啊？」

蕭朔撫了撫雲少將軍髮頂，將他抱起來平展在榻上，掩好被角，點了支折梅香。

月皎星稀，更漏將闌。

有巡邏衛兵踏著月色悄悄走過窗外時，雲少將軍終於在對景王的誠摯歉意裡睡熟，在夢裡囫圇抱去了先鋒官的半邊臂膀。

蕭朔守到他睡沉，將外袍脫下來，覆在雲琅身上。

他又在榻邊坐了一刻，將手臂緩緩抽出來，放輕動作起身，披衣出了臥房。

韓從文抱了刀坐在門口打瞌睡，聽見門響，同蕭朔行了個禮，起身帶路。

夜色靜沉，蕭朔命人守在院中，穿過太守府，停在了看押襄王的那一間重兵把守、寒刃林立的監牢之外。

雲州城是古城，監牢自前朝遺留至今，已用了近百年。

獄中肅靜，箭樓高窄。冰冷的青條石層層壘入看不見頂的死寂漆黑，幽沉的石板狹道間，只能聽見更漏的徐徐滴水聲。

昏暗風燈下，襄王坐在地字型大小牢房深處，聽見門外腳步聲，睜開眼睛。

他瞇起眼，似是仔細辨認了一陣門外人影，神色依然鎮靜，甚至隱約露出了些看不出意味的笑意，「原來是你。」

獄卒拉開牢門，躬身候在一旁，等蕭朔進了牢房。

蕭朔身後，值守的朔方軍已俐落合攏，將牢房再度圍得密不透風。

「你是來殺我的？」襄王抬起眼睛，端詳了下蕭朔，又道：「抑或是……來將我寸寸凌遲，挫骨揚灰？」

蕭朔不理會他的問話，走到一旁，細看了看那些刑具。

脊杖，釘板，鐵蒺藜，金絲鞭，炮烙，杏花雨。

能一寸寸碾碎人的生志，扒人皮要人命的古老刑具，一樣不落的擺放在一旁。

「你盡可以將這些東西拿來用。」襄王隨著他的視線看過去，神色竟然饒有興致，「成者王，敗者寇。如今本王事敗，願賭服輸。」

蕭朔俯身，將絞了金絲的牛皮鞭揀起來。

「這東西外面裹了棉布，十成力道打在人身上，足以震裂筋骨經脈。」襄王道：「雲琅受過。他曾對你說過嗎？不傷皮肉，一鞭子一口血，能將人疼昏過去。」

蕭朔身後，連勝眼中迸出凜冽寒意，牢牢釘在他身上。

襄王似是全然不覺，仍繼續說下去：「那皮手套是戴在行刑衙役手上的，內墜鐵砂，外有鈍釘，雲琅也受過。」襄王不緊不慢：「將人吊起來，後背抵著牆，藉鐵砂之力按壓胸肺，能叫人吐出最後一口氣。」

連勝眼底的寒意化為近於實質的殺氣，上前一步，腰刀鏗聲出鞘。

「貼加官是最好受的。」襄王道：「水刑比這個難熬，將人頭朝下綁在椅子上，以布蒙臉不斷澆水，循環往復……受這一道刑的人，十個有八個都會在中間瘋掉，剩下的縱然活下來，也逃不脫日日夢魘驚恐。」

連勝無論如何再聽不下去，厲聲喝道：「夠了！」

襄王叫泛著森森寒氣的刀刃逼到頸間，低頭掃了一眼，又看向蕭朔，「當真夠了嗎？」

連勝幾乎恨不得一刀砍了他，臉色鐵青，手臂繃得青筋暴露，「少在這裡花言巧語！如今你已是必死之人，說得再多……」

「蕭朔。」襄王道：「他說得不錯，本王已是必死之人。」

連勝一愣，盯著仍鎮靜穩坐的襄王，死死皺緊了眉。

蕭朔將手中那一條金絲鞭放下，回過身，目光落在襄王身上。

襄王緩緩道：「你的父母，盡皆死在本王謀劃中。」

「以你二人的聰明，應當早已看出，當今那位皇上不過是柄刀罷了，本王才是持刀之人。」

「他能將你父王一派扳倒，借得盡是本王之力，承得盡是本王之勢。」

「你與雲琅，這一路所失所憾，皆出自本王之手。」

「如今本王任你報復，過往的債，任你來討。」襄王看著他的眼睛，「你父母的血債、朔方軍的血債、雲琅的血債……你們苦心籌謀這些年，如今終於能揚眉吐氣了。」

襄王格外沙啞蒼老的嗓音，竟如同某種蠱惑一般，緩緩響在地牢裡：「你還在害怕什麼？」

「殿下！」連勝實在不想再聽半句，眼底充血，啞聲吼道：「讓屬下來！叫這老狗好好嘗嘗這些東西的滋味！看他還在這裡胡言亂語……」

蕭朔抬手，止住連勝話頭，視線落在襄王身上，「害怕？」

「不是嗎？你若心裡沒有畏懼，為何不敢同本王下手呢？」襄王道：「你這些年，不都是為了這一刻嗎？」

襄王審度著他，瞇了瞇眼睛，「或是你還在思謀揣摩？還有哪件事是你想不通的，本王自可替你解惑……」

「不必。」蕭朔道：「方才你已解過了。」

襄王停下話頭，第一次微皺了下眉，「什麼？」

蕭朔示意連勝收刀，緩緩道：「鎮遠侯。」

他只說了這三個字，襄王視線便倏地微微一凝，視線落在這個年輕得可怕的對手身上。

「鎮遠侯……雲氏一門。」蕭朔緩步走到燈下，看著他，「我今日終於明白，他是如何被你收入麾下的。」

襄王眼底光芒急劇收縮，愕然抬頭，目光幾乎凝在眼底。

世人皆知，端王清白受冤，皆為鎮遠侯雲襲圖謀不軌，利慾薰心，一手謀劃陷害。故而雲氏一

族滿門抄斬，罪有應得。

再知道些內情的，便知那鎮遠侯一門絕非主謀，鎮遠侯投靠的是昔日的六皇子、當今那位九五之尊的皇上，那一場驚天大案，雲氏一族只是被推出來的替罪傀儡。

後來襄王府開始出手，便又有更多不為人知的祕辛解開。原來三司使與大理寺卿都是襄王暗樁，原來皇上最信任的內侍近臣，仍有不少是襄王一派暗中安插。於是宮中人人自危，寧可錯殺不敢放過，不論任官高低職權大小，都要刨根問柢再三查清。

可從沒有人再接著問過，鎮遠侯究竟是誰的人。

端王平反，鎮遠侯雲襲處斬，雲氏一族覆滅。先皇后哀慟過甚病重不治，先帝病體沉屙，移政於賢王，代掌朝堂理事監國。

雲琅豁出性命相救端王府不成，反受族中牽連，遁入山野。

當年那場舊案，到了這一步，彷彿便已徹底了結得乾乾淨淨。

「雲琅是為給我交代，他留下的證據，不只有指向鎮遠侯府一家的。」蕭朔看著襄王，「可前任大理寺卿卻將其餘證據全數湮滅，只留雲家罪行昭彰。知道大理寺歸屬時，我便疑心過此事。」

襄王盯住他，靜了片刻，沙聲道：「疑心什麼？」

「昔日血案，苦主並非只有端王府。」蕭朔慢慢道：「還有雲麾將軍，雲琅。」

襄王眼底微微一縮，右手微微攥起。

「直到今日，不止朝堂內外，就連雲琅自身，也仍以為他當年是插手太晚，救援不及。」蕭朔看著襄王，「可鎮遠侯若是你布的棋子，你從一開始，要毀去的便是父王與雲琅兩人。」

襄王失笑，「這又有什麼不同？」

「不同。」蕭朔道：「直至今日，他在夢中，仍不敢去見父王母妃。」

雲琅心重，兩人步步行來，當年之事終於不再是雲琅心中沉屙癥結，回首時也已能釋懷。可三軍陣前單槍匹馬敢挑敵將的少將軍，竟連在夢裡，也不敢去給父王與母妃好好地磕個頭，問一聲安。

蕭朔眼底寒意漸漸凝聚，近成實質，又斂進更深的點墨冰潭，「你隱在暗處攪弄風雲，不斷借刀殺人，最得意的手段不是謀朝，而是擺弄人心。」

襄王仍枯坐不動，氣息卻隱約有了變化。

「你當日謀朝時，當今皇上只是六皇子。有先帝、先皇后言傳身教，父王那時尚且無意大位，其餘幾位皇叔性情溫順，本不該有後來禍事。」蕭朔：「你派楊顯佑挑起他野心，一步一步，引他愈發忌憚多疑，下手日漸狠辣殘忍，漸漸無所不用其極。」

「鎮遠侯雲襲，原本只是資質庸劣不堪。先皇后執雲氏一族族長，對族人管教嚴厲，本不該出這樣的敗類。」蕭朔道：「你先引他們學會了擺弄人命，生殺予奪。」

「生殺予奪是會上癮的。」蕭朔道：「就如……以這些酷刑，將人凌虐致死。」

襄王叫他徹底戳破念頭，呼吸一滯。

「起初或許是為復仇、是為鋤奸，殺的是該殺之人。」蕭朔道：「但慢慢的，就會開始懷念這些刑具將人撕裂碾碎那一刻，操控人命的快感。」

「這種以酷刑肆意擺弄人命的滋味，一旦習慣，就會讓人生出錯覺，以為這就該是自己的權力。當這種錯覺將人心填滿後，便會將人變成惡鬼。」蕭朔緩聲道：「你苦心設計，不惜將自己搭進來，引我刑求你洩憤，所求也無非於此。你想以自身誘我，將我也變成惡鬼，沉淪無間地獄。」

連勝倏而轉頭，握緊刀柄，叫深深餘悸懾得臉色蒼白。

襄王看著蕭朔，微微瞪大了眼睛，始終平靜的外殼漸漸碎裂，胸口開始起伏。

「你既然被擒，本就自知不再有生路。」蕭朔：「但你恨。」

襄王枯坐良久，沙聲道：「我不該恨嗎？」

「我苦心謀劃的基業，叫你等旦夕覆滅，原本覆手可得的皇位，如今也終於落在你手裡，前功盡棄。」襄王失笑，「莫非我還不能恨？」

連最後一場以性命為祭的報復也被徹底挑明，他此時神色已有些癲狂，再不復方才平靜，「無所不用其極，難道便錯了嗎？擺弄人心便錯了嗎？他們心中早有這些念頭，本王只是給了個引子，給了他們發洩的機會，難道能怪得旁人？」襄王厲聲：「若無你二人從中作梗，這江山如今早該是本王囊中之物！」

幾個獄卒叫他嚇了一跳，匆匆撲進來，將他牢牢按住。

「殺了我！敗則為虜而已，為了那個位子謀劃爭奪，本就天經地義，誰不是性命相搏？何人能罪本王？」

襄王嘶聲吼著，幾乎要撲上來，又被鎖死回去，「來，手刃本王，替你父王、母妃復仇！」

蕭朔靜看了他一陣，搖了搖頭。

襄王瞪大了眼睛，原本強撐著的面具終於徹底碎盡，眼底露出隱隱絕望，「你……要帶本王回京，叫那皇帝小兒羞辱嗎？」

「奪位之爭，性命相搏。」蕭朔道：「的確天經地義。」

蕭朔平靜道：「將你帶回京，要審你定罪的不是皇上，是大理寺卿與開封尹。」

襄王瞳孔急劇收縮，嘶聲道：「蕭朔！你敢！」

這兩人昔日都在襄王府帳下，襄王如何不清楚。他早已下定決心，無非勝了執掌天下，敗了坦然殞命，能攪動這一場大亂總歸梟雄一場，可如今叫他回去被那兩個叛徒審決定罪，簡直無異於宣

判了他這些年的累累心血謀劃博弈，無非只是場荒唐的笑話。

襄王瞪著眼前的年輕小輩，他無論如何也想不到此人竟能這般折辱自己，當即便狠狠朝舌頭咬下去。

連勝眼疾手快，箭一般衝過去，卸了他的下巴。

襄王臉上血色徹底褪淨，喉間呵呵喘著粗氣，再說不出話，眼中幾乎瞪出血來。

「並非有意折辱於你。」蕭朔道：「你罪不在謀朝，在竊國。北疆軍民受西夏金人襲掠，死傷一人，你身上便欠一條血債。」

襄王叫連勝制住，目眥欲裂，口齒不清地念著一個「死」字。

「是死罪，斬立決。」蕭朔道：「故而在回京之前，本王會徇私枉法，保你一命。」

襄王第一次聽他口稱本王，瞳孔顫了顫，僵木地轉過去。

蕭朔神色平淡，尋常負手立著，不見滔天嗜血戾恨，眼底寒芒凜冽，卻有穿金裂石之威。

連勝鬆了手，襄王頰間仍劇痛不已，涔涔冷汗勉強開口：「你還要什麼……」

「鎮遠侯雲襲是你的人。」蕭朔道：「你襄王府行事，為脅迫要脅，皆有筆錄佐證。」

襄王胸口起伏，眼神顫了顫，脫力低聲：「大理寺……」

「大理寺玉英閣內那一份燒毀了，但襄陽王府中，應當還有備份。」蕭朔道：「若沒有，便由你親手寫出來。」

襄王叫人牢牢制著，甚至連尋死都不能，叫無邊冷意壓得頹唐下來，垂下視線，「要這個……還有什麼用……」

「有用。」蕭朔道：「昔日雲麾將軍赦罪復職，只是以宗室之身，脫了株連之罪。」

襄王啞聲：「這不夠？」

蕭朔：「不夠。」

襄王吃力地轉了轉眼睛，艱難抬頭，看向眼前的人影。

「真相？沒人在乎了。」襄王喘息著，低聲呢喃：「雲琅這個人……毀不掉。人們信他，他自己……也不會再求當年真相……」

蕭朔道：「我求。」

襄王一顫，眼底終於一片死灰，閉上嘴。

「這天下欠他的。」蕭朔：「我一樣樣來討。」

「我以明月，報他冰雪。」蕭朔：「他一身清白，由我來還。」

◈

鐵質牢門徐徐合攏，將那一道頹敗的暗灰影子牢牢封入了森冷的青石獄深處。

蕭朔走出牢獄，停住腳步，看向月下立著的人影。

厚重的青條石攔得嚴實，雲少將軍身體一日比一日恢復，內力愈發深厚，氣息蹤跡也遠比當初難察覺得多。

雲琅披了他的披風，颯白衣袍隱在滾了金線的墨色大氅下。厚實暖和的披風掩去了俊拔俐落的腰身肩背，月色棲在眉宇間，眼底卻仍是一片皎皎鋒銳的明月流水。

蕭朔抬手，摒退了身後的侍衛獄卒。

雲琅走過來，想要解下披風給他披上，才碰上繩結，便被蕭朔輕按住了那一隻手。

「我不冷。」蕭朔道：「不必擔心，我……」

話未說完，他忽然微怔，抬頭迎上雲琅視線。

雲琅將他那隻手反握回來，連同另一隻手一併握著，向懷裡拉進去，伸手將蕭朔牢牢抱住。

少將軍今日不聽話，不曾帶往日不離身的暖爐，不知已在風裡站了多久，身上卻仍是暖的。

這一場大戰，心力體力耗去大半，已看不出在京中精心養回來的些許分量。雲琅身形又瘦削得有些單薄，筋骨卻已蘊進勁韌力道，熟悉的心跳穩定抵在他胸口，再不像昔日一般，輕飄得彷彿隨時會消失不見。

蕭朔回抱住雲琅，掌心覆落在少將軍背上，慢慢撫了撫。

雲琅在他臂彎裡靜默，低頭埋進蕭朔頸間，尋著熟悉的地方，不輕不重咬了一口。

蕭朔頸間一痛，覆在雲琅背上的手輕按，疑惑低頭。

「一派胡言。」雲琅道：「我幾時不敢去見……」

蕭朔輕聲：「什麼？」

雲琅頓了下，在心裡過了一遍那四個字。

他在蕭朔懷間立著，肩背無聲繃牢，靜了一刻，低聲慢慢道：「父王——母妃……」

應著這一句，攬住雲琅的手臂倏忽收緊。

彷彿忽然迸出積蓄壓制了太久的力道，劈面覆落，傾瀉而出，將他整個裹牢。堅實有力的心跳透過胸骨，一下接一下，透過衣料，連同暖熱溫度一併抵在雲琅心口。

雲琅說了這四個字，肩背繃得微微發顫，氣息卻仍是定的，迎上蕭朔視線，笑了一下。

這一個笑意，與往日卻都全然不同。

雲琅垂著目光，鋒秀眉眼叫月色映著，臉上雖仍不帶多少血色，眼底卻淬出一點明淨的亮來。

他立在那裡，幾乎又回到了舊時叫蕭朔領回端王府的時候。

他們兩個都還小，雲琅被蕭朔領回家，由端王手把手帶著教舞刀弄槍、騎馬射箭，被王妃摸著腦袋比量身架，細細做好了暖和的冬衣，

拉過來試合不合身時，還要將一隻手拉過來，悄悄塞上一把剛剝出來香熱甜糯的嫩栗子。

上房揭瓦的小侯爺，擼袖子哇呀呀同人比武的小將軍，那一刻竟全都尋不見了。

小雲琅叫王妃含笑攏著、立在端王視線裡，乖得全不亞於端王府的小世子。穿著新衣服同蕭朔一起去書房，走路都不依著往日裡的習慣往高處蹦，穩穩當當邁步，努力收頷挺胸揮著胳膊。

蕭朔胸口燙開鮮明滾沸，抬手想要去拭雲琅眼尾，抬到一半，卻又牢牢將人抱回去，吻上隱約冰涼的水氣。

「我沒不敢在夢裡見他們。」雲琅咬著牙關，低聲嘴硬：「誰不敢見了，我沒有……」

「我不敢。」蕭朔撫了撫他的額頂，「我把你照顧成這個樣子，是我愧對父王母妃。」

雲琅說不出話，只搖了搖頭，用力握住蕭朔的手臂。

蕭朔由他握著，臂間添了些力，攬住雲琅肩背。

雲琅如今能走得動，也已挨得住心脈牽扯。察覺到背後力道，正要說話，眉睫間已落下來暖融的輕觸，「閉眼。」

雲琅怔了怔，在安穩暖意裡闔上眼，任由蕭朔將自己抱了起來。

兩匹馬這些日子也聚少離多，正纏纏綿綿地交頸磨蹭。蕭朔命人解開白馬轡繩，替雲琅解了披風，將人攬在懷間，一併上了黑馬。

兩人共乘一騎，縱然沒有披風攔去夜間涼意，背後也是暖的。

雲琅背後貼著蕭朔的胸肩，察覺到有力的手臂牢牢環過身體，索性也盡數放開了力道，向後靠進安穩至極的溫存靜寧裡。

他今夜睡到一半便再睡不著，以為蕭朔去找了景王，原本還不曾多想。偏偏景諫刀疤一個接一個生怕他不起疑，險些將欲蓋彌彰寫在臉上，在屋裡來來回回進出個沒完。

雲琅早已沒什麼信不過蕭朔的，只是叫這些人再三撩撥，實在壓不住好奇。左右睡不著，雲琅索性三言兩語套出來了蕭朔的去向，收拾俐落悄悄起身出了院子，打算去躲在陰影裡悄悄嚇小王爺個跟頭。

摸到國獄，恰好聽見襄王叫幾個人按著，叫油鹽不進的琰王殿下氣得幾乎暴起噬人。

「你方才……同襄王說。」雲琅闔了眼，低聲道：「昔日的情形祕辛，要他盡數寫出來……」

「此事沒得商量。」蕭朔攏了攏手臂，叫雲琅靠得更舒服些，「一定要做。」

琰王殿下罕有這般獨斷專行的時候，雲琅一怔，不禁啞然：「……不商量。」

在聽見獄中對話時，雲琅第一樁閃念，其實也想過此事多少有些不妥。

於他而言，過往之事若能理順說清，自然一身清白乾淨。但此事歸根結柢，無非些許坊間評說流言罷了，其實也早已沒甚干礙。

倒是襄王與皇上敗局已定，要翻舊帳到這個地步，只怕多多少少還會引起些朝中畏懼忌憚。

雲琅在月下立了一刻，終於徹底想透，決心去他大爺的朝中畏懼忌憚。

蕭朔給他的這一片真心，一寸一毫，他都要好好收著。

「不是要同你說這個。」雲琅靠在蕭朔肩頭，扯了扯嘴角，含混道：「是我當初……阻攔鎮遠侯時，有些不威風。」

蕭朔低頭，「不威風？」

雲琅訕訕：「啊。」

昔日他趕去鎮遠侯府時，已然徹底力竭，自然沒了別的辦法。可依照蕭朔的念頭，這些事只怕

是要史官來記的。

雲琅一想起當初那點事，就愁得腦仁疼，「能不能……春秋筆法些？給我換個厲害點的，丈八蛇矛一聲吼，喝斷了橋梁水倒流，生生嚇退鎮遠侯府八千私兵……」

蕭朔：「……」

「七進七出也行。」雲琅嘆氣，繼續道：「往來縱橫，殺得鎮遠侯府私兵七零八落，八面透風，九九歸一……」

「你逃亡時，」蕭朔：「聽了多少段茶館說書？」

雲琅張了張嘴，訥訥乾咳。

兩人縱然早已心念相通，蕭朔仍常常想不通雲琅腦子裡都在想些什麼。夜風愈涼，他將披風抖開，將懷間仍單薄的雲少將軍裹牢，解下馬鞍旁的酒囊，遞在雲琅手裡。

雲琅抱著酒囊，喝了幾口熱米酒潤喉嚨，小心試探，「舌戰群儒……有可能嗎？」

巧舌如簧、舌燦蓮花，靠一張嘴說退了鎮遠侯府謀逆敵兵。

雲琅自己想了一陣，也覺得十分不合情理，怕是要將那硬脾氣的史官氣得跑去撞御史臺的門柱。他收了念頭，頗惋惜地怏怏嘆了口氣，小口小口抿著熱氣騰騰的甜米酒。

雲琅走神一路，聽見黑馬輕恢了一聲，才發覺竟已到了院門前。

蕭朔先下了馬，朝雲琅伸手。

雲琅借了他的力落地，站穩抬頭，正要開口，蕭朔已接過了他手中酒囊，「若要春秋筆法，有個條件。」

雲琅愣了下，「什麼條件？」

蕭朔靜了一刻，無聲輕嘆，視線落在雲琅身上，緩緩道：「來北疆前，你曾說過，要在城頭之

上點一千掛鞭……」

「點啊。」雲琅有些莫名，「這算什麼條件？既然是喜慶的事，自然理當點鞭放炮慶賀。」

「鞭炮便不用放了，」蕭朔將馬韁遞給侍衛，收好酒囊，「城頭也不必再上。」

雲琅：「啊？」

蕭朔就知他早已忘得一乾二淨，少將軍這張嘴興致來了什麼都說，再三念叨他木訥沉悶不解風情，如今好風好月，熱乎乎叫披風裹著，滿腦子竟還都是舌戰群儒。

蕭朔輕嘆了口氣，摸摸雲琅的髮頂，將披風接過來，替他理好衣領。

兩人站在院中，侍衛們極有眼色地各自散去忙碌，轉眼散得一乾二淨。

驚蟄已過，萬物生發，夜風緩緩流著，聽得見輕靈蟲鳴，同譙樓渺遠的更鼓聲一道，融進清涼月色。

蕭朔抬臂，將忘性甚大的雲少將軍溫溫一攬，壓了頭次存心調戲少將軍的侷促熱意，垂眸低聲，貼在雲琅耳畔，「便在此處。」

雲琅怔了下，「便在此處……做什麼？」

蕭朔握住他一隻手，指節曲起，拂開酥酥微癢，在少將軍掌心一筆一劃寫下了那四個字。

——親個響的。

【第十章】

本王要去追王妃，勞煩諸位讓讓

雲琅愕然抬頭。

王叔……父王母妃英靈在上。

小王爺終於學會當街調戲王妃了。

蕭朔叫他看得不自在，肩背僵了下，回身匆匆便要走。他耳後仍燙著，邁出一步，卻忽然被拽住了袍袖。

「是我輕薄。」蕭朔頓了下，低聲道：「你若……」

他的氣息驀地一滯，怔了下，後面的話再沒能說得下去。

雲琅牢牢攥著他的衣袖，一手攬上來，將他箍牢，吻住了又要煞風景的琰王殿下。

蕭朔靜了片刻，闔上眼，抬臂擁住雲琅。

少將軍的氣息鋒而銳，明月皎皎，朗照江流，全無顧忌地立在院中，坦徹攻城掠地。

清風滿襟懷，悄然流轉，隨著胸中滾燙染上分明溫度。

雲琅眉宇間暖上笑意，迎上倏而灼熾的回應，捉住蕭朔的手，學著他的架式，在蕭朔掌心慢慢寫著字。

——舉兵隨之，肝膽共赴。

一朝死局難解，萬里山河踏遍。

他初回京城時，琰王府內，蕭朔立在窗前，視線落在他身上。

京中蟄伏五年，清楚他的每一處蹤跡，更清楚他每一樁念頭的琰王殿下，分明早已經知曉了雲琅的選擇，也早瀝盡心血替他鋪遍了前路。

經冬霜雪，歲暮天寒。

傳聞殘暴嗜血的琰王殿下，負手而立，眉宇淡漠，眼底是燙得他不敢輕忽的一片真心。

——你若舉兵，我必隨之，生死而已。

——你來挑。

——同歸，共赴。

雲琅慢慢寫完了最後一筆，將蕭朔那隻手整個握住，胸肩防備盡卸地迎合貼牢，輕聲笑道：「還是我來挑？」

蕭朔靜了一刻，聽懂了他在說什麼，用力反握回雲琅的手。

「攘外安內，外事已畢。」雲琅道：「這次輪到你舉兵。」

雲琅朝他一笑，眉峰坦澈明銳，「我做你的帳前先鋒。」

蕭朔握著他的手，雲少將軍身子養得好，這時候手仍是溫的，夜風灌滿襟袖，掌心的熱意便被襯得愈發沛然分明。

蕭朔落下視線，迎上雲琅目光，輕聲道：「好。」

「為天下計。」蕭朔緩緩道：「共赴。」

雲琅眼底露出笑意，一本正經，「為湯池計，同歸……」

蕭朔沒能聽清，只看見他含混嘟囔：「什麼？」

「無事。」雲琅咳了一聲，站直清了清喉嚨，「就為天下，天下甚好。」

蕭朔瞳底露出溫溫疑惑，沒再追問，抬手摸了摸少將軍的髮頂。

無論來多少次、到什麼時候，雲琅都全改不掉喜歡這個。他瞇了瞇眼睛，舒舒服服蹭了下蕭朔掌心，心滿意足，「再摸一下。」

蕭朔啞然，覆著他的髮頂慢慢揉著，低聲道：「若教人見了，又要說少將軍不威風。」

「你我在一處，要什麼威風。」

雲琅叫小王爺揉得高興，左右今夜也沒了睡意，索性扯了蕭朔，掉頭直奔馬廄，嚷嚷：「走，陪我去跑馬。」

蕭朔叫他扯著，一併朝院外走。

月朗風清。

小院僻靜角落處，白源抱了方才整理妥當的卷宗，看著柴垛後面摞餅一樣擠成一團的幾道身影，一陣頭痛，「岳帥——」

「噤聲。」岳渠忙打手勢，「這是去做什麼了？」

神騎營將軍悄聲道：「看架式，應當是跑馬。」

「跑馬有什麼意思？」遊騎將軍瞪大眼睛看了半天，很是失落，低聲疑惑：「殿下為何不給少將軍捏捏腿……」

「蠢。」茶酒新班主將被擠在角落，輕聲道：「我等全窩在此處，朔方軍的潛行手段瞞得過旁人，少將軍豈會無從察覺？」

「什麼意思？」廣捷營將軍愣了愣，忽然了悟，「這是打算跑到哪兒是哪兒，天當被，地為榻嗎？好好好——」

他聲音稍高了些，話還未完，已被幾隻手一併牢牢封住嘴，塞進了柴垛深處。

岳渠沉穩威嚴，單手壓制著部下，悄悄探出頭，細看了看。

蕭朔被雲琅拽著袍袖，視線落在雲琅身上，由他扯著向外走。深靜瞳光專注溫存，任何外物旁累也無從牽扯開半分。

幾乎像是他們記憶裡，那些什麼都還沒來得及失去，也尚不曾天翻地覆改變的過往。

仍是記憶中叫小將軍風風火火扯著去京郊跑馬的端王世子，書卷散了一地，來不及收，將書房

也攪得一團亂。

嚴肅沉默的少年世子，其實已隱隱有了端王不怒自威的影子。卻只蹙了下眉，在視線觸及雲琅時，就又徹成一片不容雜質的專注。

恍惚間，竟好像什麼都不曾變過。

「確實不曾變。」白源嘆了口氣，按著額頭，「那時候，幾位將軍也是這麼擺在端王府的假山後面偷看，生生壓塌了那一座假山石。」

「胡扯。」岳渠瞪眼睛，「不是又拼上了嗎？」

「拼上了。」神騎營將軍記得清楚，「後來被小世子扶了一下便又塌了，少將軍還很受打擊，以為小世子天賦異稟，內力練得如此神速……」

遊騎將軍連連點頭，「是是，少將軍回來就閉關苦練了三日呢。」

「小世子找人找不到，急得不成，將滿京城的房頂都尋了一遍。」廣捷營將軍道：「又差人在房頂放了美酒點心，結果沒將少將軍釣上鉤，倒是幫殿前司捉了個江湖大盜。」

眾人你一句我一句，邊說邊笑，察覺到臉上叫夜風吹得冰涼，抬手一摸，才發覺竟已落了滿臉的淚。

岳渠看見兩人已走遠，放下心，沉聲呵斥：「這般好事，哭什麼？一個個不爭氣！」

遊騎將軍不迭抬手，抹乾淨了滿臉的淚痕。

他也不知這時候為何竟高興得想哭，坐在地上，吸吸鼻子愣了半晌，忽而一樂，「真好。」

茶酒新班主將向來不摻這班粗人閒扯。

坐在一旁柴垛上，靜了一刻，竟也低聲笑了，「真好。」

「既然好，還不乘興去喝酒？」神騎營將軍看向岳渠，搓搓手，咧嘴笑道：「岳帥……」

「准准准。」岳渠不耐煩道：「不准醉，明日黃河畔大祭，要帶兄弟回家。誰敢醉過了，便扔進河裡餵魚。」

幾人心中如何不清楚，只是心裡實在滾燙，總歸難就這麼回去倒頭便睡。

此時得了准，當即謝過帥令俐落起身，三兩翻出了院牆。

白源抱了懷中公文，讓了讓路，看著茶酒新班的主將也被神騎營將軍一道拖走，「岳帥不一起去嗎？」

「不去了。」岳渠朝著院牆靜立良久，用力抹了把臉，長吁口氣笑笑，「回頭不爭氣了，叫這幫混球看見，豈不是丟人丟到老家？」

白源啞然，搖了搖頭。

岳渠壓了心頭無數潮緒，回身要走，被他在身後叫住：「岳帥。」

岳渠不肯丟人，粗著嗓子：「還有事？」

「若有閒暇，」白源道：「不歸樓小酌一夜，這家店要賣了。」

「賣給誰？」岳渠回身，看了看白源神色，猜測道：「也是……那兩個小兔崽子？」

白源怔了下，「也是？」

「對啊。」岳渠道：「前幾天嚴離說，他在臨泉鎮開的那家客棧要賣，據說雲少將軍畢生志向就是開間客棧。」

白源：「啊？」

「景王也說，京中醉仙樓要賣。」岳渠：「據說雲少將軍畢生志向就是開間酒樓。」

白源：「……」

「陰山裡的老戎狄，那個馬隊生意也要賣。」岳渠盡力回想，「據說雲少將軍畢生志向……」

白源心情複雜，「就是趕著馬兒跑四方嗎？」

岳渠一拳砸在掌心，「正是！」

白源深吸口氣，按按胸口，搖搖晃晃往回走。

「慢著。」岳渠看他反應，蹙了蹙眉，過去攔住白源，「那兩個小的，心思最細……四處買店，是為了叫被困住的人解脫出來，去做想做的事。」

「我知道。」白源道：「倒不是在意這個。」

岳渠不解，「那在意什麼？」

「少將軍與琰王殿下若再回北疆。」白源道：「應當是由京城啟程，先到醉仙樓。」

岳渠點頭，「不錯，醉仙樓最近，自然要先去醉仙樓。」

「經過臨泉鎮，總要去看一看。」白源：「若正好碰上馬隊走商，還要進一趟陰山。」

「是，這條路最順。」岳渠有些茫然，「那又如何？」

「不如何。」白源道：「只是這條路又不急，少說要走上幾個月，好風好月，玩景賞燈。」

岳渠遲疑道：「畢竟是少年人……」

「少年人乾柴烈火。」白源愁道：「這一路如何忍得住？」

岳渠目瞪口呆。

岳渠：「啊？」

白源按著胸口，再壓不住失落，「我那不歸樓的洞房花燭、新婚紅綢，鴛鴦繡被翻紅浪，大婚後頭次圓房的畫冊吉禮……」

白源悵然，頓足長嘆，「由此看來，只怕是全白準備了。」

不歸樓的白掌櫃唏噓一夜，叫人悄悄撤去新婚紅綢，仔細改成了歸寧省親的芙蓉暖帳。

雲琅人在郊外，隱約受人平白念叨，低低打了個噴嚏。

蕭朔蹙眉，勒住黑馬，「可是涼了？」

「涼什麼。」雲琅不以為意，「這般暖和，跑起來還要嫌熱。」

蕭朔終歸不放心，撥過馬頭想要查看，不及開口，忽然被風滿灌襟袖。

蹄聲清越，馬鈴聲叮噹作響，雲琅那一匹馬已掠出了一箭之地。

蕭朔再不耽擱，揚鞭催馬，隨著白影追上去。

白馬生性好疾奔飛馳，此時察覺韁轡放鬆，只管撒開四蹄一味飛跑。

蕭朔的黑馬緊隨其後，踏過早春新草，轉眼已飆出去了數里路程。

陰山草原廣闊，最好打馬。

雲琅放開韁繩，聽著身後不遠不近隨著的定穩蹄聲，心中一片暢快，策馬躍過碎石河灘，才終於稍稍收了韁。

星辰高上，月朗風涼，連綿高山腳下，已能看得見黃河的滔滔流水。

「那日踏勘戰場，到這裡時見你出神。」

雲琅回馬，轉向隨後趕上的蕭朔，詢問：「這是什麼地方？」

蕭朔不想雲琅竟連這個也留意下來，微怔了下，心底暖熱，走馬與雲琅並轡，抬手撫了撫白馬的頸子。

雲琅忽然反應過來，「那匹老馬？」

蕭朔點點頭，「離這裡不遠。」

當年朝局艱難，先帝拖著病體應對襄王陰謀布置，已覺力不從心。京中暗流洶湧，先帝不想讓雲琅回京攪進這一灘渾水，差人買了雲琅的馬，暗中放了雲琅出走。

蕭朔解了御米之毒，在宮中跪求先帝，自請來北疆養馬，正是在此處留了九個月。

老馬壽盡而終，蕭朔葬馬還京，帶回了匹矯健漂亮的小白馬。

雲琅撥過白馬，隨蕭朔一道沿了河水向上，「在哪兒？」

蕭朔回身，「什麼？」

雲琅心說這還用問，自然是琰王殿下昔日養馬的舊地。他迎上蕭朔視線，好勝心起，偏不好好問，清清喉嚨，「自然是我那忠良烈馬埋骨的碑墓。」

「沿河水向上三里，山陰背風河岸。」蕭朔道：「有一處雲麾將軍忠良烈馬入葬埋骨墓。」

雲琅：「……」

「雲麾將軍忠良烈馬埋骨墓上。」蕭朔緩緩道：「有一座雲麾將軍忠良烈馬埋骨碑……」

「……」雲琅：「小王爺。」

少將軍若是不順著捋，最多能撐上三句。

蕭朔壓了隱約笑意，將摩拳擦掌準備將自己從馬上撲下來的雲麾將軍按住，耐心道：「我在那裡養馬，有一處小院，只是大抵已住不得人了。」

雲琅目光一亮，心裡已發癢，「有什麼住不得的？」

「本就只是隨手搭建，這些年無人修繕，難免荒涼破敗。」蕭朔道：「你若要住，先著人收拾一番。」

「不用。」雲琅不以為意，「來日領著你四海為家，小樹杈也睡得。」

「……」蕭朔有心稍勸他一勸，「酒樓客棧、飯館茶肆……」

「一處一處睡。」雲琅爽快答應，當先催馬，「走。」

蕭朔靜望他一陣，提韁追上去，走在了雲琅馬前。

沿河水向上游走出近一里路程，已能看見通明燈火，有人來回忙碌，隱約能看見香燭祭品。

黃河水文九曲，灌出水草豐茂的河套平原，終歸入關中。

北疆歷代有中原駐兵墾荒，按自古有的招魂禮，只要沿著眼前的滔滔河水，一路東行南歸，定然能引飄蕩亡魂隨水流迢迢歸鄉。

兩人近了祭臺便勒馬緩行，沿河畔走過些許路程，正要轉道山陰，忽然聽見一道極不尋常的策馬狂奔蹄聲。

蕭朔蹙眉，將出門不帶槍不配刀的少將軍往後攔了攔，尋聲望過去。

「不是遊騎。」雲琅聽得比他準，按住護在身前的手臂，「驛站的馬，京中鴻翎急報。」

這個時候，京裡來的急報。

兩人對視一眼，心頭都已隱約有些預感，調轉馬頭，循聲跟了過去。

◆

主祭臺前，信使被人扶去歇息飲水，急報已被人拆開，取出內封展在了風燈下。

「雲將軍——」商恪穿了件披風，正與人同看那一封急報，聞聲抬頭，怔了下，點頭招呼：「琰王殿下？」

蕭朔作禮，「大理寺卿、開封尹。」

衛准被他道出身分，身形一頓，苦笑，「殿下……」

「衛大人，幾時到的？」雲琅將馬韁拋給忽然冒出來的親兵，俐落下馬，「京中如何？」

衛准久不見這兩人，此時堪堪尋回了昔日在京城被拐著胡來的心情，按按額頭，抬手與他二人回了禮。

「京中形勢穩妥，局面旦夕瞬變。」衛准道：「下官奉參知政事之命，來同各位商議。」

他來了北疆，本該最先來找雲琅與蕭朔，只是這一路趕得太急，曉行夜宿快馬加鞭，到底太耗體力心神。

衛准是文人，在京中這些時日已然不眠不休，強撐著一路趕到雲州城，見了迎來的商恪，心神一時激蕩，一不留神便昏了過去。

衛准一頭栽在商恪面前，再醒來，昏昏沉沉被餵了一盞米酒、一碗熱羹。本想去見雲琅說正事，不知怎麼，便迷迷糊糊被商恪拐來了黃河邊吹風。

「此前在常勝堡會面時，商兄已說過些。」雲琅看得出這兩人關竅，壓了壓笑意並不戳破，只談正事，「京中黃道使已伏誅，如今試霜堂下，寒門弟子也已甄選清篩乾淨，正在整頓朝中勢力門庭……如今可有變動？」

「這一層並無變動。」衛准搖了搖頭，「雲將軍與琰王鋪排穩妥，宮中勢力早已被架空，一層層盤剝拔除，做事而已。」

昔日西夏鐵騎混入叛軍，叩破汴梁城，殺到宮城牆下。雲琅領禁軍殊死相抗，蕭朔劍挾禁宮出兵開城，他們那位皇上的浩蕩天威就已去了大半。

若非那時北疆虎狼環伺，京中朝局不穩，一旦國中生變後患無窮，必須先攘外再安內，如今宮中那把龍椅早已換了人來坐。

「禁軍不奉召不聽宣，樞密院自身難保，太師府陽奉陰違，朝中已成一團散沙。」衛准道：「皇上手中只剩寥寥金吾衛與暗衛，對朝中動盪有心無力，再伸不出手制衡……如今所謂宮中敕令，有名無實罷了。」

蕭朔頷首，接過溫熱茶水，遞給雲琅，「可曾召令宗室王族私兵勤王？」

衛准點點頭，「衣帶傳詔，祕出宮門。可惜環王染了風寒，衛王忽然發了頭風臥床不起。去找景王，景王府竟然府門緊閉，闔府不知所蹤了。」

幾人心中都清楚是怎麼一回事，各自對視，不由啞然。

「困獸猶鬥……」商恪召來隨從，替幾人落了座，「他若坦然認敗赴死，也算他是個梟雄。」

「梟雄？」刀疤在一旁倒茶，不屑道：「狗熊，比襄王還不如呢！」

親兵已將附近清場，不怕失言。

商恪聞言稍怔了下，點頭失笑，「話雖粗，卻大體不差……二位請看。」

快馬鴻翎，傳的是宮中詔書，剝開外封，內裡已露出隱約一層明黃。

蕭朔將詔書鋪開，同雲琅看過一遍，隨手遞回去。

商恪接過來，「如何？」

「封我鎮國公。」蕭朔道：「雲麾將軍晉雲麾侯。」

「不止。」商恪清了下喉嚨，正經道：「雲氏一族舉族平反，為端王述功立碑，永載史冊。君王下罪己詔，親臨祭壇憑弔朔方死難將士，憑你二人執掌變法，裁撤冗政，清肅朝堂……」

雲琅實在聽不下去，咳了一聲，「商兄。」

商恪適可而止，將詔書斂在一處，隨手擱到一旁。

衛准鎮著開封府，死死忍了這些年，無非只為這一封詔書。

他靜坐良久，終歸輕嘆，「倘若他能早想清楚，也不至今日……」

「倘若他早想清楚，」商恪倒了杯茶，擱在衛准手旁，「又豈有今日？」

衛准一怔，苦笑了下，將那杯茶握在手裡，長嘆了一聲。

篝火熊熊燒著，明亮火光映得人手臉發燙，胸口無數念頭盤踞雜陳，竟不知是冷是熱。

為了一兩人的私心、一兩人的野望，多少人填進看不見底的深寒溝壑裡去。

冠冕堂皇粉飾野心，累累白骨遍地殷血，率獸食人，將護國的千里之堤蝕出不知多少罅隙，尚不知蟻穴成結，作繭自縛。

遍地是血，冷透的血，枯成乾澀的黑。

然後有人從死地傷痕累累地回來，故人血肉森森白骨鋪成路，尚且活著的人，身無長物，只能從胸腔裡剖出尚存著一絲熱氣的心。

事已至今日，如何再容得下轉圜。

何必轉圜。

「外事已定，殿下，該有個決斷了。」商恪緩聲：「這一封詔書，如何處置？」

蕭朔迎上雲琅視線，他仍握著雲琅的手，在那雙朗淨的眼睛裡尋到了如出一轍的念頭。

蕭朔微微一頷首，拿過詔書，拋進篝火中。

明黃織錦叫明亮熾燙的烈火一捲，轉眼被火舌吞噬，飄散開幾點火星，落在草葉尖。

月色清寒，薄雲流轉，火星閃了幾閃，熄成隨風即逝的灰燼。

各方輾轉徹夜，夜盡天明，黃河邊上搭起了望不盡的祭臺。

晨色尚熹微，低沉的牛角號聲裡，金戈齊鳴，戰鼓隆隆響起。

蕭朔靠在古樹枝杈間，在觸面不寒的微風裡醒來。

他聽見交鳴卻無殺氣的金鼓聲，稍怔了一刻，才從過分安寧的夢境裡回神，回攬住懷間仍睡得安穩的雲琅。

雲琅裹著披風，叫他攬住後，自發伸出手，緩緩擁住琰王殿下叫夜風吹得泛涼的胸肩，貼上來替他暖熱。

蕭朔輕晃了下手臂，「少將軍。」

雲琅仍陷在夢裡，叫這一聲牽得微微掙了下，卻仍不曾醒透。

「來日再同父王母妃、先帝先后告狀。」蕭朔摸摸少將軍的髮頂，輕聲道：「今日大祭，你我當引故人歸……」

他話音未落，雲琅已忽然睜了眼睛。

雲琅始終惦著今日，昨夜先同大理寺卿和開封尹徹談半夜，又去看了雲麾將軍忠良烈馬埋骨墓，回了蕭朔那一處小院時已過寅時。

眼看著那處處灰塵的破敗床榻，左右睡不下去，雲琅一時興起，便舉著蕭小王爺上了樹。

雲少將軍向來俐落，行雲流水，睜眼時便已將披風掣開，看架式還要撐著手臂坐起身，卻撐了個空。

蕭朔眼疾手快，將險些掉下樹的少將軍撈住，「醒神。」

「好險。」雲琅一時餘悸，按著胸口，「險些帶著故人飄回去。」

「……」蕭朔將他扶穩，攬著雲琅在另一處枝杈間靠牢，替他理好了髮帶衣襟，「不急，軍中

鼓樂尚要奏上一陣，歇一刻再下去。」

「下去不急。」雲琅笑了笑，接著從懷裡摸出來了個陶塤，低聲道：「當初約好，聽了這個，他們才會回來的。」

蕭朔靜了一刻，迎上雲琅視線。

雲琅閒閒倚在枝杈間，朝他一笑，將陶塤湊在唇邊。

激越清亮的古調破空直上，與低沉嗚咽的牛角號聲遙遙應和。

出不入兮往不反，平原忽兮路超遠。

帶長劍兮挾秦弓，首身離兮心不懲。

「《九歌》。」蕭朔低聲道：「《國殤》？」

雲琅斂去眼底濕氣，朝他彎了彎眼睛，靜靜闔了眼。

古塤的調子越來越清越錚鳴，竟引得鼓角一併洗去嗚咽淒厲，只剩沖天明利戰意，直上雲天。

誠既勇兮又以武，終剛強兮不可凌。

身既死兮神以靈，魂魄毅兮為鬼雄。

魂魄毅兮為鬼雄。

厚重的青石刻碑銘被豎起來，字字如血殷紅，佇立在陰山腳下的黃河畔。

雁鳴聲裡旭日始旦，薄雲流轉，朗風拂露，熹微的淡金日光灑在祭碑之上，鋪遍茫茫陰山、滔

滔黃河。

雲琅斂息，收起陶塤，單手一撐掠上馬背。

蕭朔與黑馬如影隨形，牢牢守在他身後三丈。

駿馬人立踏空嘶鳴，曜目磷火沖天而上。

獵獵風起，颯白流雲旗劈開最後一片朦朧薄霧，捲盡了黃河畔的慷慨悲歌。

汴梁，御史臺。

雲厚天低，無邊無際的徐徐霖雨將天地連成一片，城中靜得只能聽見淅瀝雨聲，青石板官路已被洗得一塵不染。

御史臺連軸轉了一整宿，燈燭通明，還有人抱著卷宗匆匆進出。

清新涼爽的水氣裹著汴梁，隨風連綿入戶，盡數拂開了徹夜未眠的疲倦。

「大人。」侍御史快步過來，「這是參知政事要的案冊，已整理妥當了。」

御史中丞還在擬另一份文書，頭也不抬，「備好，天明送政事堂。」

侍御史應了一聲，看了看案上攤開的文書，欲言又止。

御史中丞看了他一眼，「還有事？」

「大人，這一封……」那侍御史遲疑了下，悄聲道：「要不要再緩一緩？」

「如今大理寺卿、開封尹皆因事出京，刑部未復，法司只剩御史臺。」侍御史道：「大人要做的事多，一兩件緩辦，不會受責……」

御史中丞擱了筆，抬頭問：「為何要緩辦？」

侍御史被他問住，有些語塞，脹紅了臉立在原地。

京中旦夕瞬變，從第一封北疆大勝的捷報飛回汴梁，御史臺便不曾停下過哪怕片刻忙碌。

最近一騎快馬送回京城的，是襄王自呈昔日如何驅使鎮遠侯壓制陷害雲琅，又丟卒保帥，捨雲氏一族保六皇子脫罪的畫供文書。

御史臺奉舊制監察行政，糾察執法、肅正綱紀。

凡擬慣了文書的老文吏，只要看一眼，便知道這封文書若整理妥當用印發出去，會在朝野掀起何等的石破天驚、地動山搖。

「此一封文書擬妥，不止證了雲麾將軍清白。」侍御史深吸口氣，攥了攥拳，埋下頭低聲道：「更無異於……」

御史中丞：「無異於為當今皇上具狀定罪。」

侍御史悚出一身冷汗，「大人！」

「到了眼下關口，雖然早已沒了轉圜餘地，可這種事大人豈能一家擔承？」

侍御史急道：「自古謗君是不赦之罪。縱然如今情形，難道新君繼位，會容忍一個親筆伐君定罪的御史？大人三思……」

「三思過了。」御史中丞重新埋頭，「本官要寫得快些。」

侍御史張口結舌，半晌無言。

「參知政事大人對我說過，要攬此事，好生掂量。」御史中丞埋頭寫了一陣，攥著袖子搧乾墨跡，「這有什麼好掂量的？那兩個人，莫非還信不過嗎？」

「琰王與雲將軍自然信得過……可如今情形，琰王並無要繼位的意思啊！」侍御史心底發急，

「若是旁人繼位……」

「誰繼位都一樣。」御史中丞寫完了最後一個字，「我問你，琰王與雲將軍交過來的，是威名赫赫的朔方軍，還是整肅了的朝堂、扳正了的皇位？」

侍御史答不上來，苦思半晌，茫然道：「這些不都是嗎？」

「都不是。」御史中丞投了手中竹筆，將那一卷文書抄起來，起身道：「他們交回來的，是你我能放心高聲說話，官員能放心做官任事，將士們放心打仗，百姓放心好好過日子的，原本早就該有的那個坦蕩天下。」

侍御史愕然立在原地，定定望著他，胸口起伏。

他怔忡立得太久，久到眼底都隱隱蓄了水色，才打了個激靈，豁然回神。

御史中丞推開窗子，叫雨後的清新晨風灌進屋內，不再耽擱，披衣快步出了御史臺。

禁宮。

陰沉沉的文德殿內，繁重華美的錦簾仍嚴嚴掩著四面高窗。

內侍噤聲，大氣不敢出地縮著脖子立在角落。殿中一片狼藉，地上盡是被摔得散亂的奏報上書，熱茶翻在地上，漫開片片深淺水漬。

從御史臺將那一封襄王供詞呈遞政事堂，參知政事親自用印，明具諸狀昭告天下，文德殿內日復一日，便都成了這般光景。

皇上坐在暗影裡。

這些天裡，除了動輒暴怒絕望嘶吼，他就只這樣一動不動頹然坐在龍椅之上。

倘若倒回當初，若有人膽敢遞上這樣一封罪君謗上的文書，甚至不必皇上親自交代，就會有人來料理這些膽大包天的逆臣。

可到了今日，遍觀朝野，他竟已連將這一封文書駁回的倚仗也沒有了。

六年前，他機關算盡，藉襄王之勢盡除了心腹之患。

先帝重病，由他臨朝監國，一步一步走至今日。

原以為已將一切都握在手裡，只等慢慢收攏。卻不想無非是回來了一個人、醒來了一個人，便能將他苦心籌謀的朝局翻得乾乾淨淨。

蕭朔與雲琅出兵時，他還存著一絲念頭。

倘若北疆大敗，朔方軍全軍覆滅，宮中尚能勉力一搏。可一日續一日地煎熬過去，等來的終歸還是那封但凡有雲麾將軍出征，便定然能傳回來的大勝捷報。

「太師……」皇上嗓子乾澀得厲害，出聲時一片嘶啞：「太師在何處？」

內侍深埋著頭，不敢說話。

「參知政事能將朕軟禁在這文德殿內，莫非還能攔著朕見岳丈嗎？」

皇上厲喝道：「叫太師來！朕要見龐太師！他的嫡女如今還是朕的皇后，莫非龐太師不要這個嫡女、兩個皇子了？」

大殿安靜，皇上的聲音空蕩蕩迴響，幾乎顯出隱隱淒厲：「朕知道他龐家投了襄王！如今襄王事敗，龐家能有善終？朕恕他死罪，與朕合力誅除叛臣！」

「皇上。」內侍打著顫，撲跪在地上，「太師、太師已……」

皇上死死瞪了眼睛，「已怎麼了？」

「見了政事堂明發文書那日，大皇子與二皇子出宮，去了太師府。」內侍顫聲道：「說要，要遞投名狀，同太師借項上人頭一用……」

皇上腦中嗡的一聲，狠狠一晃，脫力跌坐在龍椅上。

他忽然有些喘不上氣，按住胸口，費力喘息，「他們兩個……現在何處？」

皇上艱難地粗重吸氣，澀聲道：「叫他們來……」

內侍伏跪在地。

還要再向下說，聽見腳步聲回頭，臉色瞬間慘白，閉緊了嘴連滾帶爬逃到一旁。

皇上喘了一刻，抬起頭，看了半晌才看清眼前的兩道身影。

皇長子蕭泓、皇次子蕭汜。

這些天禁宮內外情形莫測，這兩個皇子也無疑不十分好過，神色形容都有些狼狽，蕭汜的袖口還沾了隱隱泛黑的血色。

「……不錯。」皇上壓著翻騰血氣，吃力笑了下，「有幾分……朕的果決手段。」

皇上穩了穩心神。

盡力緩聲道：「龐太師勾連叛逆，其罪當誅。你二人大義滅親，朕心甚慰……」

他話未說完，面前的兩人卻都已俯身跪了下來。

皇上臉色微變。

這兩個人若不跪，他還有幾分把握，此時見著兩個兒子跪在眼前，心中反而騰起濃濃慌亂，撐著向後挪，「你、你們……」

蕭泓磕了個頭，膝行上前，從袖中摸出了一枚玉瓶。

「你們要做什麼！」皇上瞳孔驟縮，「朕是你們的父皇！」

「父皇。」蕭泓避開他的視線，握了玉瓶道：「為了兒臣，您該這麼做。」

皇上胸口一片冰涼，「……什麼？」

「蕭朔不想當皇上，兒臣已查清了。」蕭泓低低道：「您若退位，最合適的不就是兒臣來繼位？兒臣願意給他們當傀儡，他們想做什麼就做什麼，兒臣絕不過問，也絕不復仇。只靠說的他們不會信，只靠外祖父的項上人頭，只怕也不夠……」

蕭泓垂著頭，「父皇，您如今已沒有用處了。」

皇上攥著龍椅的扶手，他周身的血像是已盡數冷凝，聲音自極遠的地方傳回來：「你們……要做什麼？」

「父皇，您只有死了，兒臣們才能活。」蕭汜跪在後面，聲音隱隱發著抖：「如今蕭朔已逼到眼前，難道還有得選嗎？如今您只能保兒臣們了……」

皇上怔怔聽著，提不起一絲力氣，血氣砰砰撞著耳鼓，耳畔一片尖銳轟鳴。

他看著眼前，叫血氣撞得一片淡紅的視野裡，一時是自己的兩個兒子，一時卻又恍惚，竟回到了先帝臨終時。

他尚是皇子，帶著臉上火辣辣的掌痕，跪在榻前。

「如今情形，兒臣必須繼位。」他不敢去看先帝的目光，只低聲道：「父皇，您如今已沒有用處了……」

光影破碎扭曲，一時是先帝殿內的苦澀藥氣，一時是御史臺獄的逼人血腥。

他命人斬了捨命攔在烏臺獄前的御史大夫，擊昏了死命掙扎的御史中丞，將那一瓶毒藥放在端王面前。

「兄長，只有你死了，嫂嫂與侄兒才能活。」

「我才能活。」

「襄王勢力已遍布朝野，謀逆亂國之心昭彰。我沒得選，只能走這一步……」

皇上恍惚著，身體痙攣了下，一股血腥氣湧上口鼻，灑在衣襟上。

金吾衛快步上前，將他扶住，「皇上。」

「好。」皇上唇畔盡是血，反倒笑起來，「好、好。」

他臉上一片慘白，雙目反而血紅，直直望著眼前的兩個兒子。

他推開內侍，搖搖晃晃站起來，「來。」

蕭泓叫他擇人而噬般的殺氣一懾，打了個哆嗦，有些遲疑。

「學了朕的狼心狗肺、薄情狠毒，就連朕的膽量手腕一併學了！」皇上厲聲：「來！」

蕭泓懾得心驚膽戰，發著抖上前，想要打開那裝了索命毒藥的玉瓶，胸腹間卻忽然蔓開劇痛。

蕭泓張了張嘴，茫然低頭，看著貫穿胸腹的腰刀。

皇上抽了金吾衛腰間長刀，一刀捅穿了這個兒子，用力向回拔出來，看也不看，走向不遠處的第二個。

蕭汜嚇得面如土色，踉蹌滾著後退，「父皇！父皇饒命！兒臣不敢了，兒臣……」

宮內一片混亂，金吾衛右將軍常紀聽見響動，匆匆進來，叫眼前情形驚得愣然瞪圓了眼，橫鞘攔住已劈在蕭汜眼前的滴血腰刀，「皇上！您這是做什麼？」

「狼心狗肺、狼心狗肺……」皇上放聲大笑，「該死！都該死！」

金吾衛不可對皇上出刀，常紀只能攔得一下，未及回神，已被用力推開。

長刀狠狠迎面劈落，蕭汜逃不及，圓睜著眼睛倒在血泊裡。

他眼中尚有驚恐慌亂，卻已全說不出話，顫了顫，沒了聲息。

皇上渾身是血，踉踉蹌蹌站定大笑，「死，都該死，都該……」

他橫刀就要自盡，刀刃才割破頸間皮肉，卻已被常紀上前死死攔住。

「放開！」皇上雙目赤紅，「朕知你也是他的人！你們全是他的人！你們不就是想要朕死嗎？朕自作自受，如今遭了報應，朕的兒子來殺朕！朕替你們將奸人都殺了，都殺了，不欠……」

常紀問：「不欠什麼？」

皇上一顫，已近瘋狂的眼中隱隱露出恐懼。

「皇上，您罪行累累，咎由自取。」常紀神色仍是金吾衛右將軍的恭順，手上卻牢牢攔住他的刀，垂了視線道：「可端王……不是，先帝也不是。」

「雲少將軍，琰王殿下。」常紀道：「他們都是無罪之人。」

皇上發著抖，澀聲道：「住口、住口……」

「您不敢聽嗎？」常紀道：「這文德殿，本不該染上血的。」

皇上臉上不剩半分血色，打著哆嗦，嘴裡含混嘟囔著什麼，想要將常紀推開。

「我們從不想要誰死，您以為雲將軍回來，是同琰王殿下一起向您復仇的嗎？」常紀：「他們不是來復仇的，皇上。」

若只是要復仇，以雲琅的身手，以蕭朔的手段，都太過容易。

若只是要復仇，早在六年前，一切就會以流成河的鮮血、洗淨的仇恨和伺機而動的險毒陰謀、被叛軍和外侮一併毀去的汴梁城，一併作為全部的終章。

然後國破家亡，山河不再，戰亂枯骨累累堆得蔽日。

「他們是來收回那個原本的未來。」常紀看著他，「雲將軍帶故人回來了，皇上。」

皇上木然地看著他，眼中瘋狂緩緩退去，像是已叫人攝去心神，只剩死寂空殼。

金吾衛手腳俐落，清理了殿中狼藉，扯開厚重錦簾。

雨後初晨，日色明亮。刺眼的光射進來，殿內塵埃映日浮沉，晃得人睜不開眼。

「您的性命不重要。」常紀將他手中的刀取下來，拭淨回鞘，「只是不可再在今日，以這卑劣不堪的人心惡鬼，再攪擾歸鄉的道道忠魂了。」

嘉平二年五月，鎮燕雲北疆的朔方軍歸京，重新進駐了荒廢數年的朔方軍營。

功勳卓著的大勝之師回京，皇上卻沒有出面，反而只是命參知政事代迎。

這段時間來京中的種種變故，連同這一次雄師勁旅回朝，終於讓京中最遲鈍的人，也察覺出了即將改天換日的兆頭。

景王深知此時京中定然動盪，徹底豁出去，再不顧所謂穩妥後路，只說兩人有任何事不便下手，都由他這個做叔叔的一應擔承。

他前腳拍了胸口，後腳才出朔方軍大營，便被商恪叫住，向懷裡交了個沉甸甸的錦盒。說是受琰王所託轉贈，此物一旦拿了，便是重重艱難險阻，唯有景王能替他二人解煩度難。

景王叫這些人薰陶許久，一腔豪情油然而生，也不問是何物，接過來往懷裡一揣，高高興興被人領去了政事堂。

參知政事坐鎮京中，排布朝政，人人各司其職，宮中朝野埋頭做事，竟都不曾被這般翻天的大

事激起半分波瀾。

御史臺獄，襄王被鐵鍊重重鎖著，目光慢慢抬起，落在走到眼前的人影上。

他已被御史臺與開封尹輪流提審過，盡數審出了昔日的每一樁罪證。此時的襄王早已不再有見蕭朔時那般冷靜，髮鬢凌亂不堪，形容枯槁，身上盡是掙出的狼狽傷痕。

循著人聲，襄王死灰色的眼睛動了動，看清來人，瞬間透出陰森冷意，「破軍……」

「商恪。」大理寺卿站定，拱手作禮，「見過襄王。」

襄王喉間溢出聲冷笑，慢慢垂下眼皮，啞聲道：「皇帝怎麼了？」

「瘋了。」商恪道：「日日嘶吼，要見琰王與雲將軍。」

襄王眼底滲出冷毒，「蕭朔去見了嗎？」

商恪：「不曾。」

襄王微愕，倏然抬頭。

「不是人人占上風時，都喜歡去看落敗者。」

商恪道：「是你給宮中送了御米，又送了降真香？」

襄王見慣了這一個黃道使垂首恭順聽令的架式，此時被他這般質問，眼尾幾乎暴怒地跳了跳，強自壓下去，啞聲道：「那又如何？」

「我給他最後的機會了，是他軟弱，不堪大用……竟說瘋就瘋了。」

襄王死死墜著鐵鍊，嘶聲道：「倘若他能撐到奪玉璽那日，逼蕭朔和雲琅去見他，那二人就會中降真香與罌粟毒。」

「外用降真香，內佐罌粟毒，能亂人心志，將人變為畜生。」襄王垂著頭，眼中透出詭異的瘋狂，「是他沒能用上，是他自己蠢，他原有機會復仇的……」

商恪：「王爺。」

襄王打了個冷顫，倏而回神，看向商恪。

商恪手中端了一碗茶，只聞茶香就是襄王府日日備著的安神茶。

這茶是他貼身暗衛才會泡的，應州城事敗，暗衛血戰盡數死絕，就再不曾喝過。

襄王看向商恪，無邊的寒冷自骨子裡升起來，牙關抖得咯咯作響。

他死死盯著那碗茶，嘶聲道：「這是……」

「這些天來，王爺可覺得神魂不寧，時時痛不欲生？」商恪道：「我聽人說，王爺發作時，竟以頭搶地，自奪來那些酷刑往身上用……」

「胡扯！」襄王目眥欲裂，嘶聲吼道：「本王是不堪受辱，一心以死殉道！」

商恪靜看了他一陣，點了點頭，走到獄門邊。

這些天來，都是商恪安排的人在看押襄王。不論何時，襄王牢獄附近總會點著一爐檀香，以驅散血氣。

襄王瞳光幾乎凝固，死命要撲過去，鐵鍊撞得叮噹作響，「你敢！破軍——商恪，本王不曾虧待過你……」

「王爺對我不薄。」商恪道：「這些年來，王爺逼我殺十七人，毀三十六家，暗中排擠陷害者無數。黃道使有九人，剩下的八個，每個人都還有比這些更多的血和人命。」

襄王一顫，喉嚨響了響，被他身上冷冽逼得停住話頭。

「琰王與雲將軍手上，不該沾染你這等惡徒的血。」商恪平靜道：「我原本想替他們手刃你，再自裁謝摯友師恩，對得起我這一世荒唐……如今卻輪不到我了。」

商恪走過去，將手中那一碗茶潑在香爐上。

罌粟毒內服，可以亂人心志，降真香外用，能夠惑人心神。這兩樣若一同施加在人身上，撤去罌粟毒，則時時歇斯底里、痛不欲生，撤去降真香，則心神失守，再無歸路。

襄王昔日占了上風，入宮去見皇上，以大理寺內血誓、襄王府私兵與西夏鐵騎相脅，要逼皇上退位。

那一日起，在襄王日日服用的藥茶裡，商恪發現了碾成粉末的御米。

宮中與襄王府，彼此步步為營機關算盡，到了最後，這些機關竟都落回在了自己的身上。

香爐被茶水潑淨，嫋嫋煙氣盡數冷透。

身後傳來不似人的淒厲嘶吼聲，商恪腳步微頓，不再回頭，將茶碗拋在地上，出了御史臺。

御史臺獄外，御史中丞一言不發，負手靜立。

他始終立在原處，看著商恪走遠，便命人將牢門合嚴，封住了深處野獸一般的嘶吼哀嚎聲。

「大人！」一位侍御史飛跑進來，舉著一份璽印明詔，興奮得氣都喘不勻，高聲道：「宮裡，宮裡有消息了！」

御史中丞將他扯住，「什麼消息？」

「定了景王承襲大統，琰王與雲將軍先不走，統兵坐鎮，直至朝野變法盡數妥當。這便是第一封明詔，交由御史臺封存！」

侍御史喘勻了氣，頓了頓道：「雖說景王看起來不很願意……」

「好！」御史中丞大笑道：「甚好！琰王與雲將軍在什麼地方？」

「就在街上！」侍御史道：「回府的車駕叫百姓圍了，人人都想磕幾個頭，將家裡的好東西送到琰王府上去！」

「琰王殿下著了朝服，好威嚴！」侍御史眼中盡是亮色，「雲將軍皎皎風華，多少少年人叫著要從軍呢！銀鞍照白馬，颯遝如流星！」

御史中丞襟懷暢快，不聽他說完，振袖便朝外走。

他身後，先前那一位侍御史忽然追上去，急聲道：「大人！」

御史中丞回神，目色灼亮，「還有何事？」

「當真嗎？」侍御史定定望著他，「當真……有這樣一日？」

「朝野各安其位，人人各司其職。」那年輕的侍御史仍牢牢記得他的話，「能放心高聲說話，能放心做官任事，將士們放心打仗，百姓放心好好過日子……」

「自然當真。」御史中丞叫他攔住，失笑道：「先帝朝時，你還不曾入仕，沒見過那時的光景。若昔日端王繼位，內有殿下安社稷，外有雲將軍定山河……」

御史中丞深吸口氣，清去胸口裡的喑啞哽滯。

他不再向下說，屏息抬頭，將那一口濁氣盡數呼淨，視線迎上雲間透出的明亮日色。

「走吧，隨我入宮。」御史中丞拍了拍面前年輕幹員的肩，笑道：「雨霽雲開，天已亮了。」

汴梁最繁華的主街上，官道一塵不染，雨後的清風鋪開酒香，人聲歡喜鼎沸。

蕭朔勒馬，命老主簿逐個謝過贈禮，將備好的紅布銅錢往人群裡散下去，回身望向雲琅。

雲少將軍出宮時嘴快，調戲了蕭小王爺一句回門。

眼睜睜看著府上家丁親兵一絲不苟給百姓的贈禮回喜錢，面上一片滾熱，侷促地撥馬轉了兩個

圈，在馬鞍上一點，騰身掠上了房檐。

蕭朔撥馬回身，衝人群拱手道：「本王要去追王妃，勞煩諸位讓讓。」

人群轟開善意的歡喜聲，有個子高的，立時把自家的奶娃娃舉在肩膀上，幫琰王殿下指路，「快，娃說往金梁橋去了！殿下快追……」

蕭朔抬手致謝，眾人不用吩咐，立時讓開條寬敞通路。

酒樓內外人聲鼎沸，門面彩樓盡是熱鬧景象，只管開懷暢飲。人人臉上盡是鬱氣散淨的喜悅神色，禁軍的募兵衙門被擠得水洩不通。

殿前司的都虞候壓著笑意，仍一絲不苟協開封府巡街，將醉了的扛去開封府醒酒，又將擠丟了半大娃娃拎到高頭大馬上，往懷裡塞一把糖豌豆，叫人去尋粗心的大人來領。

開封尹始終立在府衙前，望見從御史臺出來的大理寺卿，過去將人擁住，靠在肩上扶回小院，將府上今日事務盡數託付給了通判。

酒樓之上，說書人響木拍落，弦聲鏗然，滿城飛花。

雲樹繞堤，風簾翠幕。

緙了金線的滾墨大氅叫風捲著，迎著暖亮日色，放馬揚鞭，朝那一道颯白人影與大好河山直追過去。

不見回頭。

（正文完）

【正文番外一】冬至

【正文番外二】好好活著

【正文番外三】長長久久

冬至

冬日至，陰極而日至南，陽氣起。

開封府尹衛准奉命入宮，報經冬汴梁民事，領冬節賜禮，出宮往琰王府去。

走在汴梁街道上，看見城隍廟絡繹的熱鬧香火，衛准才忽然覺察，那場曾經天翻地覆的京中變動，原來真正已過去一整年了。

第一批法令頒行過半年，待冬至休朝過去，尚需按照民情反應及推行情形，三司牽頭再作詳盡調整。

大理寺卿鐵腕肅清朝堂，將冗官冗費盡數裁撤。如今朝中再沒了人浮於事，因任授官循名責實，一掃前朝疲敝懶政。

這些變化，百姓一時還未必察覺得出。但裁撤冗政帶來的減賦稅、精貢舉，卻已開始令京城內外民情民心為之一振。人人警醒惕勵，孤寒奮發苦讀，竟隱隱透出了多年不曾有過的新銳朝氣。

汴梁百姓，沒人不認得開封府尹衛大人。見他走過街巷，道路兩旁盡是行禮問候，一時熱絡起來，連行人酒客也來遙遙作禮。

衛准逐一回過，停在一家香糖果子的鋪面前。

「大人。」攤主手腳俐落，按例滿滿裝了一紙袋各色蜜餞，封好了遞過去，「今日商大

人還不來嗎？」

「入冬時病了。」衛準將串吊錢遞過去，接過紙袋，「尚不曾好全。」開封府的人常來街上買這些東西，一律按市價，從不准不收銀兩。

攤主辭過幾次，到底辭不掉，沒奈何收了，手上卻極俐落地又抄了一把送過去，關切道：「今年天冷，可是染了風寒？這韻薑糖最利氣血，不要錢，做出來給路人暖寒的，給商大人帶些……」

衛准問過身旁行人，道了謝，將薑糖妥當收好。

攤主仍不放心，追著打聽，「商大人幾時好？等過了年，還想請大人們同來賞燈，今年的鼇山定然比往年都亮堂！」

「就快好了。」衛准道：「一定來。」

四周人目光都跟著一亮，有人膽子大，又繼續問：「少將軍和琰王殿下也來嗎？許久不曾見他們，聽說雲將軍去開酒樓了……」

「蠢！說了你就信？」一旁有人笑道：「變法才往下推行，不得有人微服私行，去下頭巡查？」

坊間話本，除了風月小傳，沒人不喜歡微服私訪、懲惡除奸的。

人群一時興奮，你一言我一語，轉眼又熱鬧起來。

「半年前，不還有人在金華見了少將軍？」有人道：「那金華郡守陽奉陰違，趕上澇災，險些鬧出大亂子，還是少將軍領人開府庫賑的災呢！」

一旁有金華來的商販，連連點頭，「正是正是。我家那時連房子也叫雨澆塌了大半，若沒有少將軍，只怕要在街上鋪草蓆睡了。」

「琰王殿下也不曾閒著。」又有人道：「去年秋闈，常州出了舞弊的案子，聽說就是琰王殿下親自查辦的。」

「不止琰王殿下。」他身旁有士子笑道：「秋闈舞弊，是因為抑僥倖、精貢舉。那些世家子弟靠蔭補進階的路被堵了，又不甘心，才取了旁門左道。要查清楚，非有人親自入場參考不可。」

他說得仔細，旁邊人聽著，不由睜大了眼睛，「莫非少將軍還扮成士子，親自去應了試不成？」

「坊間傳聞，說是琰王殿下與雲麾侯打賭，誰輸了扮士子去考試。」那士子笑道：「雲侯是怎麼輸的，我們不大清楚……總歸雲侯被琰王殿下親自送來我們書院，聽了半月的課，是做不得假的。」

人群聽得豔羨不已，紛紛攘攘鬧起來，一時竟頗遺憾起了這案子如何竟沒出在自家子弟進學的書院邊上。

「大快人心，如今少將軍已是雲侯了。」有人留意士子改口，忍不住嘆道：「也不知府邸究竟要建在什麼地方，想去送一送賀禮，竟都尋不著。」

「如何還用另建府邸。」一旁人笑道：「琰王府不夠？」

「到底還是差著些。」又有人擺擺手，忍不住擔憂：「過日子難免磕碰，若雲侯同琰王哪日起了爭執呢？」

「起了爭執也不怕。」有老者抬手撫鬚，笑吟吟道：「十來年前，世子每次親領殿前司，滿汴梁城房頂誘捕雲小侯爺，有哪次沒將人好好領回去嗎？」

那人愣了愣，一時竟想不出，摸了兩下後腦，「倒也不曾有……」

「那本就是雲侯的家。」老者指了指琰王府，不緊不慢，「雲侯漂泊多年，如今好不容易安安穩穩回了家，卻要人家出去開府，是不是不該？」

那人琢磨半晌，終於點頭，「的確不該。」

「雲侯與琰王殿下，自小長在一塊兒，處處性情相投，脾氣契合，合該日日在一處。」老者道：「卻要人家分兩地住，是不是不妥？」

那人心服口服，「實在不妥。」

「只是，」那老者摸摸下頜，從懷裡摸出枝竹管筆，「這一年來，竟也見不著琰王殿下滿房頂找少將軍了，可惜……」

旁人正聽得心潮澎湃，聞言愕然，滿腔不解，「這般美滿，還可惜什麼？」

「京城話本不准肩頸往下，盡指著雲侯與琰王養活。」那老者扼腕嘆息，「如今這兩人終成眷侶，自過好日子去了，我等還寫些什麼好？」

人群堪堪回過神，張了嘴指著老者說不出話，哄笑成一片。

開封府尹慣常不苟言笑，這一次立在人群裡，竟也微微露出些笑意。

有人眼尖，忙趁熱打鐵追問：「大人，這次雲侯與琰王當真來嗎？」

衛准點了點頭，「來。」

「他們已回京城了？」有反應快的，見了衛准篤定神色，立時回過神，「可在琰王府？我等備著的冬禮……」

「雲侯與琰王四方奔波一年，各處巡視探訪，回京是歇冬的。」衛准拱手，「諸位心意，衛准感懷，還請允我等歇歇。」

人們靜了一刻，忙紛紛抬手還禮，不迭應下了絕不攪擾添亂，只殷殷託開封府尹大人將

心意帶到。

「我等只知道日子一天比一天好過，這裡面要耗費多少心思，雖看不見，卻猜得出。」有長者上前，代眾人深深一揖，「今上與諸位大人，臨危受命，為國為民嘔心瀝血，汴梁百姓感激不盡。」

「雲侯與琰王……披肝瀝血，至誠高節。」長者緩聲道：「商大人一腔碧血丹心，我等識得，尚不至青紅不分皂白不辨。」

衛准胸口一熱，闔了眼，無聲還禮。

平日裡喧鬧熙攘的汴梁街頭，竟反常的隱隱約約靜下來。

人人行禮，個個誠心，明淨新雪覆著青石板路，兩旁盡是喜洋洋的大紅福紙。

冬至日食餛飩，鍋裡熱騰騰翻滾起香氣，透過街邊數不清的門戶，叫風遠遠送到街巷盡頭。衛准深揖及地，直起身穿過人群，不再耽擱，徑直往琰王府去了。

琰王府內，已熱熱鬧鬧見了冬至的喜氣。

冬日至陽氣起，自古冬至都是歲首，後來正月被單拎出來，也仍是極隆重的吉日。本朝商貿興盛，不再有安身靜體的規矩。人們忙著置辦新衣節禮，走家串戶，冬節反倒成了拜師訪友的大日子。

衛准遞了拜帖，與通判一併被引進王府，來消寒窩冬的故人已差不多到齊了。

虔國公這一年坐鎮京城，專心護持變法清剿餘黨，如今好不容易得空喘口氣，正扯著殿

前司都虞候開懷痛飲，酒已喝到了第三缸。

蔡太傅叫幾個小的哄著做了帝師，一年下來白鬍子氣飛了大半，被禮部與工部尚書一齊好聲好氣勸著，勉強收了第十七封辭官致仕的奏摺。一旁恰好路過的梁老太醫寒磣一句，又氣得老帝師怒髮衝冠，擼袖子火冒三丈殺了過去。

御史中丞如今升任了御史大夫，領下監察考評朝中官員的差事，越到年尾越忙。

他今日帶了茶壺來，邊牛飲琰王府的上好貢茶，一邊還領了三四個精幹吏員，埋頭翻著身後一箱子雲侯與琰王從各地巡查帶回的文書卷宗。

好好的琰王府，老主簿笑吟吟帶著人來回安撫招待，儼然已是一片兵荒馬亂。

衛准一時不知該挑哪處落腳，遲疑了一刻，看見來人，忙俯身施禮，「相爺。」

參知政事負手過來，免過他的禮，「商恪如何了？」

「還病著。」衛准怔了下，低聲道：「相爺……不曾去看過？」

「老夫去了，他又要硬爬起來，用那些從雲侯手裡要去的虎狼之藥，撐出個沒病的樣子給老夫看。」參知政事皺了眉，拂袖道：「看了便心煩，老夫懶得去。」

衛准聽懂了，一時啞然，再度俯身，「下官代他……給老師賠罪。」

參知政事看他半晌，擺了擺手，一言不發踱到亭邊。

商恪這一場病，其實在入秋時就已有了徵兆。

本朝從根上來的冗官冗政，幾代難解的蔭官氾濫。佑和一朝幾次想要下手裁撤，卻都因為牽涉太廣，到底無疾而終。

依照雲琅與蕭朔下去巡查前的安排，諸事已定，這一場裁撤只要在三年內安置妥當，都不至生出什麼亂子。

可商恪卻好像不曾收到雲琅的留書回信，第一刀便朝著商家下手，裁盡了蔭補的閒官空餉。趁朝野愕震得無措時，快刀斬亂麻，俐落斬盡了世家大族的餘蔓旁枝。

打下手的龐轄都撐不住，活活累倒了幾次，商恪卻日日連軸轉，彷彿不知疲憊一般。不止衛准攔不住，連參知政事雷霆驟雨地訓斥幾次，他也只是挨訓時老老實實去歇息，老相爺一走，便又披衣起身，叫人拿來了雲侯留下的碧水丹。

「商兄心中，尚有死結未開。」衛准走到參知政事身後，低聲道：「襄王在烏臺獄內，自作自受，被罌粟毒與降真香折磨耗竭而死。消息傳到大理寺，他恰好將卷宗盡數理妥，移交政事堂……」

「琰王與雲侯大義，先後以復仇、天下替他續命。」參知政事知道衛准要說什麼，握了手中那一杯酒，視線落在湖中青白月色上，「如今大仇得報，天下事畢……原來師徒摯友，竟不配放在他心上了。」

衛准心頭倏沉，「相爺……」

參知政事冷聲道：「不是嗎？」

衛准說不出話，靜靜立了一陣，慢慢斂起袍袖，將手握緊。

死地跋涉回來的人，最能看出同路的後來者。商恪投入襄王帳中，為討回清明朝局，棄了一身乾淨，忍了為虎作倀，雲琅在醉仙樓找上商恪那日起，就已看出了商恪心中的癥結。

「商兄……並非不放在心上。」衛准啞聲：「他只是總覺得，自己手上已盡是罪孽鮮血，故而不能再……」

「不能再什麼？」參知政事平日裡滴酒不沾，今日叫蔡太傅灌了幾杯，火氣再壓不住，「矯情！人家蔡補之的學生，為何就拿得起放得下，胸襟豁達沒這些糾結毛病！」

「當日在醉仙樓裡，你們兩個不也抱著哭得不成人形了！」老相爺又急又氣，重重拍著欄杆，「有什麼不一樣？為何你二人到今日還不能同榻共枕，顛鸞倒鸞……」

衛准赧得臉上脹紅，張了幾次嘴才出聲，倉促打斷：「相爺。」

參知政事自知失態，只是看著學生這般往死路裡鑽，既焦心又惱火，緊咬了牙關用力一拂袖，走到一旁。

衛准等他稍稍消了氣，跟上去，低聲道：「相爺。」

「少替他說話！」參知政事冷聲：「你若能拿出半分昔日琰王匡正雲侯的架式，你二人又豈會拖至今日？」

「……」衛准當初人曾在琰王府的馬車下，親眼見過琰王殿下是如何「匡正」雲侯的，只覺頭大如斗，「相爺，此事只怕……」

參知政事瞪他，「只怕什麼？」

衛准語塞，埋頭無話。

「人家早已仁至義盡，還能處處靠琰王與雲侯？」參知政事臉色仍沉，稍緩了些語氣：「且不說人家還願不願幫，縱然願意，又還能幫得上什麼？」

「縱然是琰王與雲侯。」參知政事嘆息，「到了這一步，怕也束手無策了……」

參知政事整日裡除了朝堂政事，便是操心這兩個不成器的學生，掃了一眼訥訥無話的衛准，重重嘆了口氣，「琰王與雲侯呢？」

衛准一愣，「相爺不曾看見嗎？」

「老夫是被蔡補之硬拽來的，坐下就硬灌人酒，哪裡見過他們？」參知政事道：「你不曾見？」

衛准是被景諫領進來的，聞言茫然，搖了搖頭。

客人已到齊得差不多，主人卻還不知所蹤，來的客人顯然也已習慣了主人不在，人人自得其樂，沒一個特意去找主人家在什麼地方。

參知政事有些詫異，抬了視線，向四周盡數望過一圈。

✥

大理寺。

蕭朔隨雲少將軍翻過高牆，落地斂衣，收了飛虎爪。

「還好。」雲琅四處一望，往掌心呵了口氣，暖了暖手，「雖說燒毀後重建了，總歸變化不大。」

蕭朔將暖爐遞過去，見少將軍不收，索性將他兩手攏過來，「既是來探病大理寺卿，為何不走正門？」

雲琅擺了擺手，專心找路，「正門不好施展。」

小王爺胸懷暖熱，雲琅暖著手，舒坦得呼口氣，以眼色示意，「走，後廚在這邊。」

蕭朔稍停住腳步。

雲琅原地走了兩步，沒能走得動，回過頭，「怎麼了？」

蕭朔：「去後廚做什麼？」

「自然是來直接的，刀疤已回府去請開封府尹了。」雲琅胸有成竹，「放心，淫羊藿還剩三兩，足夠用。」

蕭朔立了一刻，攬住雲琅肩背，將少將軍引回來。

兩人當初回京後，曾將淫羊藿高價轉賣給了新即位的皇上。蕭朔大略知道情形，同雲琅低聲道：「宮中太醫看過，淫羊藿並無亂心惑情之效，至多只能催人氣血，促人心神……」

「知道。」雲琅啞然：「大理寺卿與開封府尹比你我波折，哪裡用得著亂心惑情？如今差的這一線，也無非要人用力推一把罷了。」

蕭朔迎上雲琅清明視線，靜了一刻，稍點了下頭。

雲琅自小樂得看旁人高興，到了如今也改不掉這個毛病。他與蕭朔在下面微服私訪，依然時時能收到京中消息，不消細問，便知道這兩人困在了什麼地方。

雲琅自己立了半晌，沒忍住樂，搖了搖頭，「多虧你當初……」

蕭朔低聲：「什麼？」

雲琅輕咳一聲，飛快將偷看小王爺手寫話本的事嚥回去，囫圇搖頭，「無事。」

蕭朔見他不願說，並不追問，摸了摸少將軍的髮頂，「只是三兩……到底太多。」

淫羊藿入藥要按錢論，縱然是拿來催氣血助興致，至多也一二兩便足夠。是藥三分毒，下到三兩，如今大理寺卿尚在病中，只怕受不住血氣激蕩。

雲琅早將宮中流傳的畫冊翻過一遍，自然知道，很有把握，「放心。」

蕭朔：「放心？」

「不入虎穴，焉得虎子。」雲琅一年沒回家，很想念琰王府的湯池，將整三兩淫羊藿抄在手裡，理直氣壯，「我要下在茶裡，哄大理寺卿喝下去，自己不得先喝一兩半嗎？」

（完）

【正文番外二】——

好好活著

抱病休養的大理寺卿，被萬里歸來的雲侯與琰王殿下敲開了門。

「雲侯怎麼來了？」商恪披衣起身，迎了雲琅與蕭朔進門，叫人開窗散去藥氣，「幾時回京的？遞個帖子，該下官去府上拜訪……」

雲琅探身蹚進來，攔了要開窗的下人，「商兄。」

商恪微頓，迎上雲琅視線。

雲琅叫琰王殿下嚴密盯著休養了一年，如今已不懼這點經冬雪氣，順手將暖爐塞給商恪，自尋了地方坐下。

商恪捧著暖爐，靜立了一刻，啞然賠禮，「雲將軍。」

「商兄在京裡這一年，是受了衛大人多少磋磨？」雲琅在炭火前烘了烘手，「再客套一句，我抬腿便走了。」

商恪原本帶了些笑意，聽見雲琅提衛准，眼底笑意不覺凝了凝，同隨後進來的蕭朔施過一禮，慢慢坐回榻前。

他病的時日不短，冬至休朝後諸事暫歇，審較考評又有御史臺，大理寺可忙碌的不多，才總算稍閒下來。自從休朝，商恪就以歇病為由閉門謝客，開封府尹徘徊數次，竟也沒能進得大理寺的門。

「這幾日有些私事……」商恪不多做解釋，接過送上來的茶水，親自沏滿三杯，「雲兄

與殿下如何進來的？」

雲琅翻牆翻順了腿，聞言微頓，輕咳一聲，戳戳蕭小王爺。

兩人在下面微服私行，四處查訪，靠的便是彼此照應解圍，隨機應變周旋的默契。

蕭朔迎上他視線，沉穩一頷首，接過話頭：「翻進來的。」

雲琅：「……」

「大理寺的防務仍有不足。」蕭朔道：「今日我二人探過，衛兵往來巡視，依舊有空檔可尋。」

商恪微怔，將茶壺擱下，「在何處？」

歷朝歷代數下來，要論最招惹人的衙門，到底無非御史臺與大理寺。

尤其變法才剛剛上路，刺客暗探日日夜夜來回逛，布防向來緊要，稍有空檔疏忽就會直接威脅主宰執事的官員。

雲琅萬萬想不到小王爺這般急中生智，尚且來不及反應，已眼睜睜看著兩人已打開布防圖，探討起了衛隊需要調整的值守處。

商恪昔日做過黃道使，於防衛值守一道本就擅長。

他聽蕭朔粗略說過一遍，心中已然有數，將龐轄叫來調整過布防，又親自提筆寫了份章程，「交給護衛長，自今日起換防，務必嚴謹……」

雲琅坐在一旁，慢慢呷盡了一盞茶，看著商恪，卻不由微蹙了眉。

商恪喝了口茶，察覺雲琅目光，抬頭道：「雲將軍有話？」

雲琅將茶盞擱下，「商兄有意辭官了嗎？」

商恪一頓，筆尖停在紙頭上，落了一團墨跡。

龐轄聽說了琰王與雲侯駕到，高高興興來混臉熟，悚然聽見這一句問，抱著布防圖惶恐駐足，「大人要辭官了？」

商恪蹙眉，「雲侯只是問話，嚷什麼！」

龐轄不敢多話，憂心忡忡告罪，立在一旁。

他從雲州被帶回京城，如今這個大理寺屬官正做得風光。到哪都有人叫一句上差，再不用憋憋屈屈看人臉色，說不定哪一日功勞攢得多了，便能放出去任些要緊的差事。

可商恪若是已生退意，只怕等不到他攢夠功勞，大理寺卿便要換人。到時新官上任，定然有自家班底，用不著他這個前任屬官。

商恪是要辭官不是要調職，也沒法帶著他走，如今變法改制後官任少了大半，說不定就要把他發配去哪個窮山惡水當郡守……

「……」商恪被龐轄眼含熱淚盯著，忍不住蹙眉，「看什麼，本官幾時說要請辭了？」

龐轄哽咽難言：「大人……」

商恪用力按按額角，揮手將他摒退，替雲琅又續了一盞茶。

有意……辭官。

「一年不見，雲將軍眼力半點未減。」商恪無奈笑了下，落坐道：「這次又是哪裡出了破綻？」

「這次簡單，無非以商兄的身手，實在犯不著這般大張旗鼓的提防刺客。」雲琅接過茶水，「既然你要整飭防務，定然是這大理寺卿的位子要換人了。」

商恪靜看了他一陣，緩聲問：「便不能是大理寺內機密太多，為防洩露，有備無患？」

「大理寺玉英閣，如今已然付之一炬，朝野也再沒什麼要封存的機密。」雲琅道：「這話只能拿來哄衛大人，只是……」

商恪：「只是什麼？」

雲琅卻不再說，將茶杯往桌邊擱了，抬頭看他。

商恪迎上他的眼睛，隔了兩息，不自覺將視線錯開。

只是……倘若接任大理寺卿的就是衛准，這些話再如何瞞，到底也不可能瞞得住。

只有接任大理寺卿的是衛准，商恪才會這樣仔細慎重的調整防務，以免哪日有不長眼的刺客摸進來，傷了這位文人出身、半點不通武藝的開封府尹。

商恪被他看了幾息，終歸坐不住，垂頭苦笑了下，「雲將軍——怎麼連這個也……」

「倘若說，一年前諸事未定，你尚且來不及想這些。」雲琅道：「這一年裡，你定然已想過千百次。衛准出身寒門，立身清正剛烈，身後沒有依靠背景，百官之中，是最合適來做變法表率的那一個。」

商恪輕聲道：「莫非不是？」

「你搶在這一年裡，替他將惹人的事做盡了，誅除世家，斬蔓斷枝。」雲琅並不回答，只繼續緩緩道：「又將新法裡和緩的、施恩的法令，一律留給他來頒發。這樣一來，他便不會與人結仇，反倒能收穫不少感恩戴德。如龐轄一般的，更會因此對他死心塌地。」

「不好嗎？」商恪低聲：「變法本就該有人主殺、有人主恩。世家是我親手裁撤的，我再如何施恩，也換不回人心，可他若能接任……」

雲琅問：「如何接任？」

商恪微微一震，垂眸看了良久手中那盞茶水，端起來仰頭喝淨。

「單是你辭官卸任，他來繼任，只怕到不得這一步。」雲琅道：「你出身襄王帳下，已天然有把柄在旁人手裡。縱然今日這些人畏於大理寺卿滔天權勢，一時不敢出頭計較，來日緩過這口氣，也要以此抨擊暗害。」

「世家恨你恨得入骨，不是一點施恩能找補回來的。」雲琅：「除非……你這個罪魁禍首，光天化日、身死伏誅。」

商恪瞳光微縮了下，抬頭看向雲琅。

「主持變法的大理寺卿因一己之私，破法觸法。開封府尹剛正不阿，法外無恩，忍痛將故友處決。」

雲琅慢慢道：「開封府尹本該由皇族充任，衛大人因功繼任大理寺卿，主持變法。從此一身乾淨清白，自可名垂青史。」

「雲侯。」商恪從未同人說過這些，他喉間緊了緊，慢慢握牢茶杯，「這些……你是怎麼知道的？」

雲琅失笑，向後靠了靠，抬頭迎上他凝注，「商兄猜，我是怎麼知道的？」

商恪愣住。

他坐了一陣，看向一旁靜坐著的琰王，張了張嘴，澀聲道：「殿……」

蕭朔垂眸，拿過茶壺，替兩人各續了一盞茶。

商恪一動不動怔坐良久，低頭看了看那盞茶水，慢慢呷了一口。

雲琅會知道，是因為雲琅也曾這樣想過。

他要設法給自己立一個罪名，將命交在衛准手裡，換衛准乾淨清白，換衛准名垂青史。

而雲琅當初……甚至連這個罪名也不必特意立。

雲琅千里迢迢回京城，就是為了領下陰謀戕害禁軍與朔方軍的罪名，將命交出去。

倘若蕭朔親自監斬，加上端王世子的身分、手刃雲氏奸賊的功績，來日不論如何，都能一呼百應，將端王昔日舊部牢牢凝在身後，無論保命還是兵戎相見，都有堅實倚仗。

「殿下當初……」商恪啞聲：「原來是因為這個，所以告病，不曾去監斬的？」

蕭朔凝注雲琅半晌，將視線收回來，垂了眸緩聲道：「喝茶。」

商恪無心喝茶，只是喉嚨緊得厲害，握了握那一盞茶，慢慢飲了，「殿下那時……」

話只問到一半，商恪便住了口。

蕭朔右手垂在身側，被雲少將軍摸索著握住，知錯一樣捏了捏，指尖往掌心慢慢探著摩挲。他反握回來，攏了雲琅的手指，緩聲問：「那時什麼？」

「本想問問殿下，那時是何等心境。」商恪苦笑，「又覺得……若當真走了這一步，又如何顧得上心境？無非……」

蕭朔淡淡道：「無非追去黃泉路忘川河，將人追上，往活裡再狠狠揍一頓罷了。」

商恪胸口倏地一緊，蹙了眉，定定看向蕭朔。

「商大人想問什麼？」蕭朔抬眸，「一個死了，另一個如何好好活著？若想知道，為何不直接去問開封府尹？」

商恪如何敢去問，他胸口蔓開些抽痛，不著痕跡按了下，啞聲道：「有捨有得……」

雲琅拿過茶壺，輕嘆一聲。

商恪肩背繃得極僵，似乎連他這一口氣也承不住，微悸了下，沉默一會緩緩問：「雲侯嘆什麼氣？」

雲琅替他滿上，「喝茶。」

「……」商恪：「唔？」

「並非嘆商兄的氣。」雲琅替自己也滿了一杯，先乾為敬，「只是嘆我同小王爺履冰臨淵，將命豁出去，原來竟什麼也沒改得了。」

商恪蹙緊眉，「雲侯何出此言？」

「且不論安定邊境、肅清朝野，就已是不世功業。」商恪不知雲琅為何忽然說起這些，撐身坐直，沉聲道：「如今變法簡政，若當真能成，利在千秋，豈能這般妄自菲薄？」

雲琅倒了杯茶，塞進他手裡，再度嘆了一口氣。

「我選的路……與將軍殿下無關。」商恪喉嚨有些發緊，他將那一盞茶喝了，慢慢坐回去，「我與雲將軍不同，你二人手上心裡都乾淨，只要肯回頭，身後便是歸路。」

「昔日我便對雲將軍說過，我是回不了頭的人。」商恪看向雲琅，輕聲道：「新政很好，嶄新的、乾淨的朝野也很好。讓我來了結過去那個烏煙瘴氣的舊朝，難道不好嗎？」

雲琅：「不好。」

商恪眉峰擰得死緊，看向面前的兩人。

「商兄，直到現在，你依然不曾弄清我二人想做什麼。」蕭朔道：「我們要的，本不是千秋功業。」

商恪啞聲：「是什麼？」

「沒什麼。」雲琅側耳細聽了兩息，笑了笑，替他將那一盞茶滿上，「商兄現在可覺得氣血湧動、心潮澎湃了嗎？」

商恪沒料到這一句，有些怔忡，張了張嘴，「在下……」

「沒有也來不及了……衛大人已聽聞你中了奇毒，不由分說闖進大理寺來了。」雲琅

道：「刀疤已對他說，解毒之法只有兩人一處。銀瓶乍破水漿迸……」

「將軍！」商恪又急又愁，倉促起身，「此時豈是胡鬧的時候？這茶若當真有毒，將軍喝得比我還多……」

他話音一頓，看著眼前的兩個人，忽然回過神來，慢慢睜大了眼睛。

「以身試法。」雲琅頗慷慨，將那一盞茶喝了，「大人做得，我也做得。」

商恪幾乎苦笑出來，「雲將軍……」

「大理寺卿只管做，護法護國，是我與小王爺的事。」雲琅起身，「商兄想得處處周全仔細，只是忘了……我們兩個在。」

「本該忠義的、本該耿介的、本該清正的、本該無辜的……」雲琅緩緩道：「有我們兩個在，該被護住的人，便一個都不會落下。」

商恪瞳光微顫。

他想要說話，卻沒能再出聲，只張了張嘴，喉嚨無聲滾了下，定定看著雲琅。

「屈子說過，路漫漫其修遠兮，吾當上下而求索。」雲琅：「你我都可以為了求索而死，可求索得來的結果，卻決不該是死。」

「我們寧肯豁出命，也一定要換回來的……不是千秋功業。」雲琅一笑，「我們要的，無非是一個所有理當好好活著的人，都能安心好好活著的天下。」

商恪胸肩狠狠一震，眼前視線一片模糊，啞聲道：「我……」

「商兄。」雲琅殷殷扯住他，「氣血湧動了嗎？」

商恪叫他扯著，一腔滾燙心緒叫少將軍結結實實堵回去，盡力穩了穩心神，遍查經脈，疑惑道：「……不曾。」

雲琅皺了皺眉，細查自家經脈氣血，低聲問蕭朔，「可是淫羊藿不好用了？半點反應也沒有……」

蕭朔還在求索，放下自己那一杯茶，「由此看來，淫羊藿與茶葉同服，會壓制藥力。」

雲琅：「咦？」

雲琅：「啊？」

「怎麼辦？」雲琅眼看著小王爺慢慢品茶，只覺火燒眉毛，著急道：「衛大人就在門口了！如何……」

蕭朔起身，「不妨事。」

雲琅一愣，眨了眨眼睛。

他操心慣了，仍想緊急找些好用的藥來解圍。正要探頭與商恪商議，胸腹間叫熟悉力道一攬，已被蕭小王爺連根拔了起來。

「大理寺卿心結既開，想來該知道如何做。」蕭朔衝商恪一頷首，「今日茶水，藥力的確凶猛。」

商恪立在原地，一時面上微熱，張了張嘴，輕咳一聲，「……是。」

雲琅被扛來扛去慣了，伏在蕭小王爺肩上，仍然費解，「哪來的藥力？不是壓制……」

蕭朔伸手將人扶穩，側過頭，在他耳畔輕輕一碰。

雲琅話頭忽滯，整個人紅進衣領，沒了聲音。

「回府傳話。」蕭朔道：「少將軍與大理寺卿品茶，不慎中了奇毒。」

玄鐵衛被老主簿交代，護送開封府尹來大理寺，聞言一陣愕然慌亂，「可要緊？要不要傳梁太醫……」

「不必請梁太醫。」蕭朔道：「毒性因人而異，少將軍之毒，唯府中湯池可解。」

蕭朔：「我與少將軍這便回去了。」

玄鐵衛：「啊？」

蕭朔交代妥當，將桌上那半杯茶飲盡。

他與商恪頷了下首，讓過衣衫不整氣喘吁吁闖進來的開封府尹，扛著熱乎乎的一小團雲少將軍，上了琰王府的馬車。

（完）

長長久久

主人家有要緊事，來琰王府消寒的客人很識趣，三三兩兩坐上馬車，各自尋妥了去處。

參知政事擔憂自家學生，雖說有雲琅親兵發誓，仍放不下念頭，一心想去大理寺看看。他腿腳比開封府尹慢些，出了府門，正要傳轎，忽然被見多識廣的蔡老太傅扯上馬車，直奔醉仙樓煮茶品酒去了。

玄鐵衛傳不明白話，前言不搭後語。老主簿不放心兩位小主人，特意候在府門外，守著蕭朔下了馬車。

「王爺。」老主簿尚不敢放梁太醫走遠，快步上前，悄聲打聽：「那奇毒……」

話音未落，一道人影自馬車裡閃出來，熟門熟路掠過圍牆，轉眼沒了蹤影。

老主簿見小侯爺四處飛慣了，瞇了眼睛細看半晌，看清楚人反倒大鬆口氣，不再急著追問，笑吟吟迎了蕭朔進門。

「那奇毒之說，可是拿來嚇唬衛大人的？」老主簿心領神會，隨蕭朔進門，悄聲打聽：「刀疤來報信，看衛大人那臉色，可實在蒼白得嚇人……」

「確實有些藥。」蕭朔道：「府上湯池可得用嗎？」

老主簿愣了愣，「什麼藥？怎麼還用湯……」

這話問得不解風情，老主簿話才出口便已恍然，一拳砸在掌心，「得用、得用！」

老主簿已一年不曾見兩人，此時越想越高興，壓不住滿眼欣然，「聽說王爺與小侯爺回

來，湯池便早收拾好了！日日備著熱水，該用的也都有，只一句話……」

蕭朔點了點頭，解下大氅交給隨從。

他先回書房，取了兩罈通經活絡、舒筋活血的藥酒。

這些藥酒都是梁太醫的寶貝，用了上好的藥草，存在琰王府，拿來外用內服，是給雲少將軍袪除體內久積的舊傷的。

雲琅向來閒不住，一身沉屙舊傷養好了八九成，便再不耐煩整日裡精細休養。他口味又刁，喝不慣藥酒的古怪味道，在下面閒逛的大半年裡，就不曾再好生調理過。

今日筋是舒定了，趁少將軍血氣激蕩，蕭朔有心外輔藥酒，再替雲琅通一通經絡。

老主簿跟在後面，眼睜睜看著王爺拿出帶了鎖銬的小鐵鐐，一時心驚肉跳，「小侯爺才回家……」

蕭朔問：「怎麼了？」

老主簿心說第一日就用這個，未免太過驚險刺激，手上卻已忍不住俐落翻出鑰匙交過去，低聲苦心勸：「多少……多少緩著些，溫存為好。」

蕭朔拿著鐐銬，看老主簿欲言又止神色，蹙了下眉，「不是用來鎖他的。」

老主簿駭然，「莫非是拿來鎖您的？」

「……」蕭朔將鑰匙接過來，「不是。」

老主簿：「啊？」

蕭朔叫他盯得彆扭，拿著那一副鐵鐐，低頭看了看。

這一副鐵鐐銬看似尋常，在精鐵鐐銬之下，其實藏了柔軟妥貼的布料，其中綴著上好藥材薰製的粗鹽。

薰熱了箍在腕間，最能拔除筋骨間冥頑的濕氣寒意。熱敷時，濕寒氣向外走，真論起來，反倒比舊傷犯了更痠疼難熬。

雲少將軍這一年來用不著張弓掄槍殺敵，手腕不疼了，便自覺已徹底好全。次次胡攪蠻纏耍賴，糊弄一次算一次，已大半年不曾好好敷過。

老主簿看了半晌，也才認出原來是這一副鐐銬。他回過神，忙命人去尋了薰香爐，一併送去了湯池旁。

「您如今……替小侯爺療傷，比過去寬鬆多了。」老主簿捧了專給雲琅留的折梅香，隨蕭朔出門，低聲道：「小侯爺已大好了吧？」

蕭朔走出書房，迎上老主簿殷殷期盼神色，停下腳步。

在他而言，即使雲琅早已翻牆躍房如履平地，一鬆手便容易捉不住，只要尚且有半分舊傷沒好全，就算不得大好。

可將這副鐐銬拿在手中，再回頭看這一處書房裡幾乎散不淨的隱約沁苦藥香，才忽然叫人察覺，雲少將軍一身幾乎將命也索去的傷病，原來當真已好得差不多了。

老主簿凝神細看，在王爺眼中尋見了確認神色，喜不自勝，來回踱了幾圈，眼眶竟隱隱酸澀滾燙，「好好，甚好、甚好……」

「只剩些細微處，還要慢慢調理。」蕭朔道：「我與他會長長久久在一處，慢慢調理，不必心急。」

「是。」老主簿壓著胸口熱意，用力點頭，「慢慢來，您與小侯爺的日子長得很，日日夜夜，歲歲年年……」

冬節過去，轉眼就該新年，處處都是歲歲年年的吉祥話。

王府內忙碌著置辦年貨燈火，一片張燈結綵熱熱鬧鬧，廊下風燈都暖亮，明晃晃映著人的影子。

多年不曾有過的熱鬧生機，終於重新回到了這一座空蕩寂靜了太久的王府裡。透過記憶，與太過久遠的過往相合，連在一處，又探向彷彿長久到看不見盡頭的去路。

蕭朔在廊下立了一刻，攔住抱了滿懷煙花的玄鐵衛，取了兩顆雲少將軍最喜歡的，迎風往房頂道：「在上面放？」

老主簿一愣，跟著探頭往靜悄悄的房頂上看，果然看見一道不知坐了多久的人影。

「不成不成，房頂上的冰還沒敲！」老主簿忽然從太過安穩的氛圍裡清醒過來，不住頓足，急得團團轉，「快下來！摔著了怎麼得了？前日裡才下過雪，曬化了盡是冰，一步一滑一跟頭。」

雲琅聽得胸口暖熱，探過半個身子，笑吟吟答應：「好。」

再好的踏雪無痕輕功，也不能在此溜滑的冰面上飛起來。小侯爺當年雄心勃勃要伏擊蕭朔，便是一腳在房頂上踩滑了，才會一路收不住掉進假山石下冰窟窿的。

老主簿忙要叫人去搬梯子，才揚聲張羅，雲琅已撐起身，朝下面張了手臂。

蕭朔靜立在廊下，拿了替雲少將軍挑的煙花，抬起視線。

月色皎潔，星子同花燈交映，織成流錦夜色。

清新明淨的涼潤雪粉，被颯白人影挾著，覆面撲落。

蕭朔上前一步，穩穩接住了半分輕功也不曾施展、膽大包天說跳就跳的少將軍，將人在胸肩牢牢扣實。

雲琅身上帶著夜風和月的涼，氣息卻分明，鮮活溫熱地透過衣料，寸寸熨貼在胸肩。

「蕭朔。」雲琅低頭埋進他頸間，「蕭朔。」

少將軍的話音裡有暖洋洋的笑意，蕭朔穩穩當當護著他的肩背，將人攬著站定，迎上雲琅視線，在他眼尾輕輕一按，「留神結冰。」

「你才結冰。」

雲琅沒繃住樂出來，隨手抹了一把，搶過他手裡的煙花，「你放哪個？」

蕭朔由雲琅握著兩隻手，掃了一眼，「左邊的。」

老主簿笑吟吟守在一旁，飛快拿衣袖擦乾了眼中潮氣，看小侯爺興致勃勃去翻起了長香。他實在按捺不住好奇，細看了半晌，還是悄悄同自家王爺打聽，好奇詢問：「左右兩個……有什麼不同？」

蕭朔搖了搖頭，「沒什麼不同。」

老主簿有些茫然，細看了看。

蕭朔將兩顆煙花拿在手裡，慢慢調換了幾次，召人取來些冷焰磷火，加進了雲少將軍挑中的那一顆煙花裡。

煙花沒什麼不同，只是倘若放任少將軍親自來挑，不一定要挑到什麼時候。

昔日在端王府，兩人拿了王妃悄悄塞過來的煙花，次次少不得要糾結上幾日。

小雲琅拿了一個，定然看著另一個更好。軟磨硬泡著小蕭朔換過來，卻又沒多久便覺得後悔，總覺得自己換出去的那個更大、更漂亮，一心想再換回來。

反倒是由蕭朔先挑，小雲琅卻大方得很，不論他要哪個都肯給，從不曾與他爭過。

「小侯爺原來是這般脾氣？」老主簿聽得驚訝，「當年在府裡，無論先王、先王妃給什麼，小侯爺都是從來不挑的。」

「他不是這個脾氣。」蕭朔道：「只是我有意引他覺得，彷彿我手裡的這個更大些。」

老主簿：「……」

「等他換過去了，」蕭朔慢慢道：「我便再對他說，但原本的那個更漂亮。」

「……」老主簿從不知道自家王爺少年時的心路歷程，一時有些不知該如何接話，清清喉嚨，硬著頭皮道：「您、您也只是……」

蕭朔：「我也只是……想多同他說說話。」

老主簿愣了愣，停下話頭，看著靜立在簷下的人影。

琰王府的小世子，十來歲時仍沉默內斂、寡語少言，誰見了都說開竅只怕比旁人晚些。只有王妃說，世子心裡清楚，房頂上的小糊塗蛋才是真不開竅。

房頂上的雲姓小糊塗蛋恰巧聽見這一句，頗不服氣，張牙舞爪撲下來要王妃重說。王妃看一眼旁邊的少年蕭朔，笑吟吟敲雲琅的額頭，推過去一盒剛細細烘熟了的香甜嫩栗，叫蕭朔剝來給雲琅吃。

那時老主簿抱了府上帳冊從邊上過，無意中看一眼。

正看見小世子正襟危坐著剝栗子，一絲不苟、嚴謹得倒像是應對學宮考評，只將完整剝出來的栗仁排成一列，放在雲小侯爺面前。

雲小侯爺來回指指點點選著吃，選出幾個最好看的，藏在手心裡，有意挑三揀四。等蕭朔轉回來想要說話，便飛快出手，一把盡塞進他嘴裡。

老主簿躲在假山石後，看著舉止素來端正的小世子靜坐著，耳後泛起隱約薄熱，慢慢細細嚼著嚥了，目光落在又埋頭去挑栗子的雲琅身上。

……

往事都已觸不及，縱有說不清的遺憾惋惜，也都已再改不得半分。

老主簿壓了壓心頭酸澀，深吸口氣，抬頭看著又頭碰頭湊在一塊兒、研究著煙花的兩個小主人，終歸用力抹了把眼睛，露出笑意。

沒什麼不同。

老主簿悄悄向後退了退，不去打攪兩人，看著沖天而起的絢爛光流。

雲琅那一顆煙花加了冷焰火，比原本的火樹銀花更添了流溢光彩。他一向喜歡這個，興致勃勃扯了蕭朔，在熱鬧連綿的劈啪爆竹聲裡說著話，蕭朔微微偏過頭，耐心聽著，視線靜落在雲少將軍軒秀的眉宇間。

世事磋磨，聚散離合。

這兩人各自在刀山火海裡滾過一遭，兜兜轉轉繞回來，與當初那兩道少年身影，竟仍能依稀合在一處。

老主簿立了良久，高高興興去吩咐後廚，備小侯爺最喜歡的幾樣點心去了。

盡興放了一場焰火爆竹，雲琅被蕭小王爺領去湯池，尚有些意猶未盡，「幾年不曾這般熱鬧過了？你長大後，實在有些無趣。」

蕭朔點了點頭，揭開一罈藥酒封泥。

雲琅一時訝然好奇：「你也知道你無趣？」

「那時不懂事，只急著再快些長大成人。」蕭朔道：「如今回頭看，不止無趣，而且迂

闊木訥，煩人得很。」

雲琅：「啊？」

小王爺葫蘆裡不知賣的什麼藥，雲琅品不出，只本能不願聽這個，皺了眉湊過來，「誰說你煩人？」

蕭朔將藥酒倒在掌心，望了他一眼，「不煩嗎？」

「自然不。」雲琅一條條歷數：「雖然迂闊木訥、不通情理、不知變通、不解風情、刻板古板又不會笑，還錙銖必較事事記仇，可明明一點都不煩。」

蕭朔：「……」

蕭朔早知他說不出什麼好話，將人抱起來，放平在暖玉榻上。

「當真。」雲琅半撐起來，回身誠懇道：「我……」

他才說了一個字，神色忽然變了變，慢慢蹙了眉。

蕭朔伸出手臂，攬住雲琅胸肩，察覺到少將軍肩背在臂間顫了顫，「雲琅？」

「沒事。」雲琅咬了牙，小口小口掣氣，勉強擠出半句：「藥力不是……」

原本也不曾有人拿淫羊藿吨吨吨灌過，蕭朔沒有十足把握，攬實雲琅肩背，抬手輕按在他心口。

堅實有力的心跳抵在掌心，尚且算得上穩定，卻有熱意隱隱自內而外燎上來，泛開一片觸手可及的灼燙。

藥力不算強，卻極古怪。

雲琅從沒受過這等滋味，忍不住蹙了眉，攥緊蕭朔手臂，「怎麼……怎麼回事？」

「難受便咬我。」蕭朔攬住他，猜測道：「你氣血薄弱太久，驟然激蕩起來，未必能立

即適應。」

雲琅悶哼一聲，一頭扎在蕭小王爺肩窩。

倒不是……難受。

不知是不是受了撩撥，叫茶水意外壓制的藥力一朝席捲上來，激得氣血翻騰，知覺反倒比先前更清晰敏感。

池水溫熱，淋了水濕漉漉的身上反倒覺得涼，更容易察覺近在咫尺的溫暖。

有力的手臂扶持著他，圈住他的肩背，將他從彷彿不能自主的難熬裡拖出來。

拖出來……拖出來。

拖著他不放，一步步往生路上掙。

拖著他回來，看著一夜的好風好月、火樹銀花。

雲琅盡力穩著呼吸，摸索過蕭朔帶過來的小鐵銬，碰了碰蕭小王爺，「給我銬上……」

「是給你暖手腕用的。」蕭朔今日處處叫人懷疑，攬了雲琅，低聲道：「過幾日，叫人將鐵鐐拆了。」

雲琅沒繃住一樂，啞聲嘀咕：「拆了做什麼。」

蕭朔微頓，他素來不知雲少將軍竟真喜歡這個，有些遲疑，低聲道：「你……」

「胡想什麼？」雲琅匪夷瞪他，半晌自己先笑出來，索性穩了穩那一隻手，在腕間結結實實扣牢。

雲琅呼了口氣，熱乎乎的偎過來，闔了眼靠在他胸前，緩了片刻後低聲道：「有件事……該我認錯。」

蕭朔將雲琅攬了，「認什麼錯？」

「今日見商恪犯軸，看開封府尹與參知政事，將心比心，才知你當初有多頭疼。」雲琅輕聲：「我那日……沒在刑場見你，就猜你只怕生了我的氣。」

蕭朔肩背無聲緊了緊，「我不曾生你的氣。」

雲琅再信蕭小王爺，這時也無論如何忍不住了，「噫。」

蕭朔：「……」

蕭朔靜了一刻，抬手覆在少將軍髮頂，慢慢撫了撫，如實承認：「有些生你的氣，想將你按在腿上教訓。」

雲琅可太知道這個了，他順著力道伏在蕭朔腿上，察覺蕭朔在用藥酒替自己疏通經絡筋脈，澎湃卻奇妙的熱意滾沸著，一股一股撞著心胸。

雲琅將臉埋進臂彎，閉上眼睛。

在刑場，他沒看見蕭朔。

蕭朔不來，那些暗算朔方軍與禁軍，因私亂軍的罪名便沒法往他自己身上扣。雲琅躺在鍘刀底下，心裡既著急，又在不知不覺，在自己也不曾察覺的地方生出一點點念頭。

少將軍生性瀟脫俐落，從不木訥迂闊，卻就只因為這一點點念頭，忽然不捨得死了。

雲琅被翻了個面，仰在蕭朔腿上，忽然有些懷念起那一對龍鳳胎，「可惜……」

蕭朔低聲：「可惜什麼？」

雲琅扯扯嘴角，將鐵鍊嘩啦啦拎起來，塞進蕭朔手裡，「攥住。」

蕭朔伸出手，將鎖鏈握在掌心。

雲琅眨了下眼睛，他的眉睫叫水氣沁著，清晰得如同墨勒，叫藥力激得起伏不定的氣息裡，那雙眼睛卻仍清明坦澈，同蕭朔盡力一笑。

雲琅傾身，額頭貼上蕭朔握著鐵鍊的手。

這個動作彷彿帶了太深重的含義，蕭朔靜了一刻，將空著的半邊鐐銬戴在自己腕間，把鎖鏈遞過去。

雲琅笑了笑，不伸手去接，反倒扣住了蕭朔的那隻手。

雲少將軍征戰沙場，掌心帶了薄薄的槍繭，還能摸得出指骨間礪出的隱隱傷痕。他牢牢握著蕭朔的手，力道堅實，彷彿另一道鎖銬，將兩人徹徹底底、結結實實扣合在一處。

「小王爺。」雲琅輕聲道：「只你一個，叫我甘心自投羅網。」

「煩人得很。」雲琅笑了笑，闔眼嘟囔：「只你一個。」

蕭朔胸口狠悸了下，將他死死扣進胸肩。

月影透過窗櫺，落在溫熱的池水裡，攪碎成一片雪亮亂銀。

當著蕭小王爺的面自尋死路，當著蕭小王爺的面，約他同赴忘川黃泉。

雲琅知錯認錯，自覺領罰，在鈍痛的涔涔冷汗與血氣激蕩的劈頂酥熱裡抬起臉。視野裡清晰得纖毫可辨，又被白磷火石的曜目光芒占據，沒頂的心跳聲裡，只剩下彷彿無論何時何地，一回頭便能尋見的安靜注視。

……

水聲靜下來，池裡月影又還成一輪。

雲少將軍化成一小灘，窩在叫水氣烘得暖熱的青石板上。他就著蕭朔的手，小口小口抿盡了一杯冰鎮過的葡萄釀，長舒口氣。

蕭朔見他氣息漸穩，將人攬起來，「筋脈經絡，可都通了？」

「通了通了。」雲琅當即抬手，「十分通暢，一處阻塞也沒有了。」

蕭朔看他煞有介事保證，有些啞然，將少將軍那隻手拿過來，把腕間鐐銬解開。

「對了。」雲琅心滿意足，舒舒服服伸了個懶腰，忽然想起件事，「商兄也喝了那茶，他與衛大人如何了？你我……」

蕭朔：「不能翻牆去大理寺。」

雲琅乾咳一聲，有些惋惜：「不能嗎？」

「不能。」蕭朔道：「我幫大理寺卿重新整飭了防務，如今巡邏森嚴，你我若不想驚動人，也難再潛得進去。」

雲琅很是失落，長嘆一聲，半晌卻又笑出來，「也好。」

蕭朔抬眸，視線落在他身上。

「各人有各人的歸處，我有家可回，就總想叫旁人也趕快回家去。」雲琅道：「商兄總有處去的。」

蕭朔點了下頭，將他手腕攏在掌心。

今夜月色，好得叫人忍不住賞看。

寒氣叫流雲拂淨了，只剩明淨潤朗，當空灑下來，鋪遍汴梁城的每一處角落。

大理寺內燈燭溫潤，簷下又見新雪覆落。

門戶靜悄悄闔著，月色下，不曾驚動半分新雪薄霜。

護衛挑燈巡邏徹夜，天將明時，接了開封府差人送來的兩套冬衣。

（完）

【作者後記】

故事因為他們而存在，又因為你們而有了存在的意義

這個故事原本存在於我的另一本書裡。

那本書和娛樂圈有關，在給主角構思劇本的時候，我的腦海裡忽然出現了一個躺在雪地上自己給自己放煙花，含含混混抱怨著疼的小將軍。

這是一個非常漂亮的終局，白袍銀甲的少年將軍，折斷的纓槍，洇開的殷紅血跡和冰冷的寒星，還有戈壁上粗礪的砂石和嗚咽的風。

這一幕讓我想給他單獨寫個故事，但故事出來，我又不捨得這一幕真的發生了。

一個金尊玉貴又天生將星的小侯爺，他親生的父母害得他最好的朋友滿門盡沒，他好像有了罪，但好像又什麼都沒做錯，他在大廈將傾的時候被每個人託付，然後命變成了不是他自己的。這是小侯爺的故事，而故事的另一個人是誰，其實已經不用懷疑。

蕭家的遺孤，他的過去是什麼樣已經不重要了，也沒有人會在意這件事，人們看著現在恩寵正盛的琰王，有人說他殺人不眨眼，有人說他殘忍嗜血，琰王府能止小兒夜啼。

可蕭朔又不是這樣的。

他不夠聰明、不夠像雲琅那樣有傲人的天賦，也不夠討人喜歡。他在小時候幾乎是個笨拙的孩子，他追著雲琅，像是追著一道光。

即使雲家似乎是成了他全家人被害的兇手，他其實也沒有真正恨過雲琅，他只是想找到雲琅，問清楚一些事，他又怕找到雲琅，不得不面對一個答案。

我無法抗拒這兩個人對我的吸引，我想把他們放在一起，想看他們能碰撞出什麼樣的火花，然後故事就自己成型了，他們帶著故事在走，他們在一無所有裡攜手撕開一個口子。

他們最後成功了。

寫這本書，其實花費了我自己都意想不到的精力，我收集了汴梁各個時代的地圖，收集了古代戰爭的陣法、鎧甲、兵器資料，甚至還特意去翻古籍學了古人是怎麼爆粗口的。為了分清陣營和理順後期戰事，我還做了好幾張思維導圖。

這些經歷非常有趣，我像是接觸到了一個過去不那麼熟悉的時代——那個時代的繁華和落寞，戰爭的傷痛和掙扎，以史為鑑，有很多東西，到了今天依然有意義。

能講述這樣一個故事是我的幸運，這個故事在他們從我腦海裡出現的那一刻就已經成型，沒有更改的餘地。

我永遠喜歡他們，也永遠感謝喜歡他們的人。

故事因為他們而存在，又因為你們而有了存在的意義。那個終局已經不再是他們的結束，他們會永遠生活在故事的某個角落裡。

故事不會結束。

用力鞠躬，永遠愛大家。

三千大夢敘平生
二〇二一年夏

【特別收錄】——

作者獨家訪談最終回，創作雜談

Q19：請問平常除了寫作外，有沒有其他興趣或嗜好？

A19：很喜歡看電影，是電影院的常客。

Q20：最近有看過什麼印象比較深的小說或電影或連續劇嗎？

A20：最近在看《掃黑風暴》，之前看的《覺醒年代》也很不錯。

Q21：您覺得自己私底下是個怎樣的人？筆下有沒有哪部作品的角色跟您最像？

A21：私底下其實是個很悶的人，有點不會開玩笑，和我最像的角色可能是衛准了。

Q22：有沒有曾經讓您難忘（或覺得好笑）的讀者互動經驗？

A22：其實有很多呀，大家會給故事寫長評，會在我迷茫的時候支持我。

還有小可愛做了雲琅和蕭朔的立牌和鑰匙鏈送我，都超級感謝。

Q23：請問接下來有沒有想挑戰什麼沒寫過的題材？請問已經有構想了嗎？若已有初步構想，能稍微透露一下大概會是怎樣的故事嗎？謝謝。

A23：打算試一試科幻之類的題材。已經有初步架構啦，在另一本書中第一次有所涉及，是有關維度和宇宙文明的設想。以後的創造裡還會繼續完善整個世界觀和設定，敬請期待，用力鞠躬。

Q24：感謝您辛苦的回答，《殿下讓我還他清譽》即將完結，有沒有什麼想跟讀者說的話？

A24：感謝大家喜歡《殿下讓我還他清譽》這本書，也感謝大家喜歡雲琅和蕭朔。故事因他們而存在，又因你們而有了意義。在這裡用力鞠躬，超級感謝！

（完）

i小說 041

殿下讓我還他清譽5（完）

國家圖書館出版品預行編目（CIP）資料

殿下讓我還他清譽 / 三千大夢敘平生著 ; . -- 初版.
-- 臺北市 : 愛呦文創有限公司, 2022.05
冊 ;　公分. --（i小說 ; 41）
ISBN 978-986-06917-6-4（第5冊 : 平裝）. --

857.7　　111003118

愛呦文創

作者	三千大夢敘平生
封面繪圖	蓮花落
書衣繪圖	Zorya
責任編輯	高章敏
特約編輯	楊惠晴
文字校對	劉綺文
版權主編	茉莉茶
行銷企劃	羅婷婷
發行人	高章敏
出版	愛呦文創有限公司
地址	10691台北市忠孝東路四段59號10-2樓
電話	（886）2-25287229
郵電信箱	iyao.service@gmail.com
愛呦粉絲團	https://www.facebook.com/iyao.book
總經銷	聯合發行股份有限公司
電話	（886）2-29178022
地址	231新北市新店區寶橋路235巷6弄6號2樓
美術設計	Rooney Lee
內頁排版	陳佩君
印刷	沐春行銷創意有限公司
初版一刷	2022年5月
初版二刷	2022年12月
定價	360元
ISBN	978-986-06917-6-4